木羽 著

锦帆应是到天涯

图书在版编目（CIP）数据

锦帆应是到天涯 / 木羽著． -- 太原：北岳文艺出版社，2025．1． -- ISBN 978-7-5378-6952-2

Ⅰ．I247.5

中国国家版本馆 CIP 数据核字第 2024F8N705 号

锦帆应是到天涯

木羽 ◎ 著

JINFAN YING SHI DAO TIANYA

出品人
郭文礼

选题策划
贾江涛

责任编辑
左树涛

封面设计
沈清

书名题写
崔璟

印装监制
郭勇

出版发行：山西出版传媒集团·北岳文艺出版社
地址：山西省太原市并州南路 57 号　邮编：030012
电话：0351-5628696（发行部）　0351-5628688（总编室）
传真：0351-5628680
经销商：新华书店
印刷装订：山西万佳印业有限公司

开本：890 mm×1240 mm　1/32
字数：186 千
印张：7.5
版次：2025 年 1 月第 1 版
印次：2025 年 1 月山西第 1 次印刷
书号：ISBN 978-7-5378-6952-2
定价：59.80 元

本书版权为本社独家所有，未经本社同意不得转载、摘编或复制

目录

001 · 第一章　门泊东吴万里船

018 · 第二章　今日良宴会

036 · 第三章　归云一去无踪迹

055 · 第四章　岂不惮艰险

072 · 第五章　六国兴亡事系君

090 · 第六章　子兴视夜

112 · 第七章　何如莫相识

143 · 第八章　嘒彼小星

163 · 第九章　如入火聚

185 · 第十章　直挂云帆

203 · 第十一章　风波万里清

225 · 第十二章　应是到天涯

第一章 门泊东吴万里船

一列船队逆着漳水而上，行至相州城外。

相州城毗邻邺都，城内漳河贯通，又有驰道纵横，北接幽燕，南连荆楚，西走三晋，东达兖州、青州，因此颇有了些四面通衢、八方辐辏的意思，曾经也不失为一繁荣富贵之所。这相州城中还有一位世封于此的相王，初代相王乃是明帝宠妃的幼子，明帝舍不得其远就封地，因此将这都城近畿的相城封给了娇儿。

自古君道权衡之术，藏于胸中、潜驭群下，而掌兵的王爵封地临近都城，宛如腹心之地安了把匕首，这本是明帝晚年的昏聩之举。幸好初代相王老实本分，做人又乖觉，并没有当"京城太叔"的心思，明帝薨逝后便主动交了兵权，并自请移封别郡。新君为表手足亲睦，自然是只收了兵权却不许移封。相王的王爵稳稳地传了两代，到如今已是第三代相王。

自戍镇叛乱以来二十余年，北地战事频仍，百姓多逃难避走，故旧时盛景已渐萧瑟。虽则丞相文渤主政后稍有些兴利除弊之举，也是多方掣肘，颓势难挽。可知相城元气已伤，非二三十年修养再难复兴。

七个月前，文渤老丞相去世，皇帝封其子文翮为大丞相，都督中外诸军事。不到一月时间，文老丞相原本的部将镇南大将军申万景便以"清君侧"之名起兵讨伐文翾。沿途诸镇反应不及，那第三代相王又见势生心，伙同相城守将一起开城门迎了申万景。申万景年逾五十，经历战阵无数，是从戍镇之乱、柔然南侵等一系列战争中成长起来的传奇老将，年不过三十的文翾怎么能抵挡？文翾不敢与申氏正面交战，只能坚壁清野，龟缩在邺都不出头，等着各地诸侯前来勤王。

如此境况，漳河两岸自然也不见些生机，只有零星几户人家、几家破败的店铺还存着，主人也懒做修葺，尽显残旧之态。

满目凄清，又加天色阴沉，候了一下午了并无一个客人，岸边上韩家酒肆的伙计无精打采地靠在门框上，偶有几个行人路过，伙计也懒做张望。帘外的酒幌也无精打采地垂在杆上，时有些许风丝儿吹过，才极怠惰地挥扬一下。

如同相王显贵的王爵一般，韩家酒肆临着这漳河也已传了三代，借了水运的光，曾经也有过生意兴隆的景象。人都说水是财。战乱之前，这一条漳河每日往来迎送多少行商巨贾、漕运官员。人多了，就要有落脚的地方，就算不落脚，下了岸总得打发舌尖儿，因此这沿河一带客栈、酒家各个财源广进。那时节，各式漕船、商船、客船、渔船挤得几十丈宽的漳河好像一条吵吵嚷嚷的菜市街。若遇到皇亲国戚出游，还能见着那十丈高的楼船。楼上四角飞檐，朱栏碧瓦，真个气派非凡，时人唤作水殿龙舟。那会儿别说是伙计未生出来，就是这韩家酒肆现任掌柜的爹都还是个五六岁的毛头小子，被大人扛在肩头才能越过拥挤攒动的人头看见那些大船。

后来就再也没这些盛景了，一则是漳河因为多年积淤，水量消减，再载不起那样的大船，另一则是战乱频仍、中原扰攘，以至商路中断。

可是此时此刻，却不由得这小伙计不惊得瞪大了眼。眼前这一船队共十二条楼船,清一色的鹢首当头,上有楼宇三重,好不气派。船只依次相接,溯流而上,航行如飞,却不见船上有一张帆,亦不见橹、桨摇动,竟不知究竟如何运作,抑或借了神力?

伙计觉得新奇,韩老板家一个六岁、一个八岁的小儿也被吸引了目光。这一大两小的三人,一个倚着门框,两个坐在房前,都是延颈鹤望地要饱览一番这不世奇观,却偏偏此时有客上门了。

来的都是熟客,共五个人,三个稍长,两个稍幼,皆着长袍,戴方巾,一脸风霜之色。这几人都是本地读书的秀士,只是读了这许多年书,照旧还是一身白衣罢了。虽是白身,却专好高谈阔论,动情处恨不能指天画地、捶胸顿足。如此激昂意气,本该有些豪阔气度相衬才是,这几人却偏偏是一帮子算盘脑袋,一毫也不肯轻拔,通常只点上一碟子点心、二两酒,便在店里赖坐一下午。

伙计本不爱应承他们几个,两只眼睛又不愿离了那船队,只因怕掌柜的瞧见他懒,这才招呼这五人进去,态度上先多了几分不耐烦。

就在伙计离开时,酒肆门前又踱来了两人。这两人好生奇异,其中一人是个竹竿似的高个儿,穿着破破烂烂的长褂,恰如一个乞丐,四肢也如同竹竿一样又细又直,细长的脖颈上顶着一颗冬瓜似的大脑袋,真让人担心会不会把他的脖子压折;另一人则是个年轻的世家公子,他身量不算高,穿一件缃色云锦长衫,容貌清俊、气度雍华,看来二十岁上下。

这两人边聊边走,如同沿着河岸散步一样神态悠然。"竹竿"听见韩老板家的两个幼童正争论漳河上的十二条楼船,没有帆也没有桨,究竟是怎么运行的。两人竟然同时止住了脚步,神色认真地听那两个孩子聊天。

一个孩子说，肯定是水中有大鱼牵引着巨船前行，就像陆地上马拉车一样。

另一个孩子则说，兴许这些船原本就是大鱼变的。

那个"竹竿"似的怪人突然在二童身边坐下，把二童吓得尖叫了一声。"竹竿"嘴里嘟嘟囔囔，细听才能分辨，他是在问二童是否知道诸葛亮。

年岁较大那个儿童道："我知道，诸葛亮是蜀汉的大丞相，是天下最聪明的人。"

"竹竿"道："这巨船没什么特别之处，船里有船工脚蹬轮桨才能向前，也就是复原了几百年前诸葛亮发明的千里船。"

年轻公子补充道："不光是复原，岑兄不还改良了一部分？"

随后，"竹竿"又认真地给二童讲起这大船的构造原理。他以手指为笔，在地上画出巨船的构造图来，神态认真又诚恳。二童也忘了恐惧，听得入神。

这大小三人正闲谈着，原本去招呼先前进店的那五个读书人的伙计走到了门口。他先看见一个乞丐坐在二童身边，正要张嘴叱骂，却又看到了立在一侧那位锦衣华服的年轻公子，二人极相熟的样子，不由得把骂娘的话憋回了嗓子眼，换了一张笑脸问道："二位客官是要进店坐坐？"

这倒也怪不得伙计势利眼，世风凉薄，哪个不是先敬罗衫后敬人？

那年轻公子笑道："小哥别见怪，我们和这两位小友一见如故，聊得忘情。既然店家相邀，不如就移步到店内去聊？"

二人步入店内，在二楼临窗的一张桌前坐下，与原先进店的五人相隔不算太远，视野却开阔许多。伙计心底疑惑，自古交友是朱门对朱门、竹门对竹门,这两个天悬地隔的人究竟是怎么凑一桌的?这两人看来多少都有点儿呆傻,竟能和两个童稚小儿聊得火热,别是大盗或拐子来这里踩点,还是得通报给掌柜,多留意些。

先前入店的那五个书生自然也注意到了新来的这二人,见"竹竿"破衣烂衫,便面露鄙夷之色,见少年姿容秀美,更是欣羡妒忌。待听得那少年口音时,一人道:"我说他如何这样标致,原来却是南人。"

另一人笑道:"早闻吴越中的贵游子弟,一个个傅粉施朱、熏衣剃面,今日一见,果真如此。"

五人见小伙计对那少年百般殷勤,韩家酒肆的老板也认定少年是位贵客,亲自来招呼服侍,竟为此生出嫉妒来,且他们几个自诩贫士傲骨,见那少年富贵气象,便又多了些贫贱骄人的意味。于是五人讲起多少南人笑话,一阵阵哄笑,引了那少年回身来看。五人中的一人道:"南人德贫矣!"

他本不算高声,谁知那少年耳聪得很,当即以正宗的官话回嘴道:"南北人数百万,何能概指?若仅论今日肆中,怕德贫者未必是在下,德富者也不尽然是诸君。"

五人何曾想到他会还口,竟还回得如此利索,一时都不知如何答对,只得装作不闻。这五人中,年岁居中的一位姓赵,名思齐,前不久刚得了申万景座下谋主钟离淼的赏识,这次五人聚会,正是为了庆贺此事。

要论这五人的才学,其实倒也算不得不济,只为时运未至,多年来功名蹭蹬,心中多有郁悒,又自矜身价,不肯亲治生产,只以四处打秋风为业,这才穷困潦倒。凡读书之人,若心气极高,于未遇之时,心中难免苦闷。这一苦闷,便不由得尖酸起来,故而为人所厌。这五人之中,还数赵思齐最是聪颖广博,念头通达。

五人中年最长者姓刘，今年四十一岁。他领众人贺赵思齐道："贤弟如今得了贵人赏识，日后只怕还要云霄直上，我们当共祝一杯才是。"众人于是举杯共贺。

赵思齐道："愚弟不过侥幸通晓些水利之事，得在钟将军帐下略效微劳罢了。兄长才学百倍于弟，如今暂时不遇，是积风于翼下，以待扶摇而起。弟今不过得了个区区末职，何敢自矜，令诸兄耻笑？"

其余三人又依次恭维一番，赵思齐皆按惯例自谦。五人中年岁稍次于刘生的蒋生叹道："如今诸侯四起，宰割天下，如何泱泱诸夏，竟无一人可收拾之？"

赵思齐笑道："怎么便曰无人？我在钟将军那儿倒是听见一件奇事，说来与诸兄听。金陵紫金山上多生磁石，引了当地一位姓秋的名士好奇，于是雇人挖掘，挖了七天却碰了一块巨大岩石阻隔，再不能向下挖了。那名士本欲放弃，遣散了民夫，谁料却于当天夜里，岩石被天雷炸出一个大裂缝来，里面金光闪耀，竟露出数个五六丈高的金人来。那秋先生便把金人用大车装了进献给吴王。刘兄博闻强识，想来知道这金人的渊源？"

刘生道："秦始皇灭六国时，为防范六国反复，于是收缴天下兵器、金属，熔铸成十二金人，置于阿房宫之内。后来有望气者禀知秦皇，言说东南有王气，秦皇厌之，于是以数金人埋入，镇压金陵王气，亦是从此之后，彼处才有了'金陵'之称，意为秦皇埋金之所。如今挖出的这些金人，想来正应着这样一段缘故。"

五人中年龄最小的蓝生道："倘或真有始皇帝的金人，以南人趋利本性，还能由着它埋到现在吗？且世传江表王气，三百岁而终，而今南北异治，已历三百余年，南国尸居余气罢了。我想此分明吴王诡计，欲使人以为金人既出，金陵王气重盛，方便日后有所图谋罢了。"

赵思齐道："贤弟莫着急，听愚兄接着说。那位挖出了金人的名士唤作秋晗，乃是江都荀公的座上宾。此人遍游大江南北，当下寓居江都，人传他有数不尽的财富，靠着这笔财富交游世族、礼通王侯，又开门宴客，最是礼贤下士。那位秋晗先生，不光在紫金山上挖出了金人，还挖出了一片先秦古简残片，乃是用上古文字书写而成。因此秋先生办了麒麟宴会，邀天下饱学之士共来江都破译古简。破译之后，发现简上所言正是秦灭六国一直到本朝之古史，这残简也被称为麒麟简。"

刘生喃喃道："我倒是知道此人。北地纷乱扰攘，南国却能筹办如此文士盛会，那麒麟宴会的盛景，真是做梦都想一见啊！"

蓝生道："赵兄所说原来是麒麟简！麒麟盛会早被写成脍炙人口的快书，口口相传，如今这麒麟简的大名，只怕连路边老妪都知道呢。只是谶纬古书之言，愚弟一向不大相信，就算是真有一位先秦古人夜观星象，推测出往后千百年的历史轨迹，于今人又有何益呢？难道身负天命之人，得了这天书，便能早一二年得势？难道无命无运之人，看了这天书便可逆天改命吗？"

"良禽择木而栖，贤臣择主而事。天书谶纬对应运而生的贤主自然无益，但对我们却是有用。那书简上还真说了，不出一二年必有一命世之人，可以廓清中原，统一南北。"赵生又将声音压低，故作神秘道，"我幼时曾随一位高人学过望气，见镇南申将军所在之处常有五彩祥云聚合，此定为麒麟简所谓命世者。"

蓝生道："赵兄此言差矣。那申万景锋芒毕露，虽则百战百胜，却是有小谋而无大略。他自恃力强，竟敢进逼邺都，还扬言什么迎天子、讨文氏。他本就是文渤老丞相一手拔擢起来的部将，难道文老丞相在世时,他看不出文氏是一手遮天,老丞相一去世,他便看出文翮是奸佞权相了?更何况文翮此人,虽有不臣之心,却并不曾行禅代之事,申万景怎好轻易讨伐?邺城百年国都,难道便是轻易就能攻克的?只是可笑文翮如今只得拘在这相城之中,进退不得。他们两个这一出,不过是诸侯倾轧,狗咬狗罢了。"

他此言一出,便惹了赵思齐不悦,可恨这蓝氏小儿,不过一黄口孺子,岂敢放此厥词!心下道:他必是妒我做了幕宾,因此故意找不痛快。赵思齐当即冷笑道:"蓝贤弟之见,劣兄不敢苟同。镇南将军之所以苦围邺城,是有天子密授诏书一封,命其诏讨逆,诛杀文氏。文氏把控朝政已近十载,视天子如同傀儡。文老丞相在时,好歹还对天子客气些,如今他入了土,换他儿子文翮做了大丞相,竟敢当堂对天子不敬,又轻浮放浪,逼死了嘉成公主。此等忤逆之辈,难道不该诛灭?"

这一边,五人正喋喋争论时,那边的"竹竿"和年轻公子却不作声,只是遥望着窗外。漳水滔滔,逝者如斯夫,不舍昼夜!还有谁记得,它是如何从繁荣走到了衰败?多少痴儿怨女洒泪江中,多少兵戈兴替血染江面……而它只是默默流淌。漳水之上,十二只巨船宛如一条巨龙露于水面的骨节,它逆流而行,用一身的反骨抗击着天命。

从年轻公子的视角刚好可以望见,河面上队首的那艘巨船,已接近清水闸了。

这清水闸是太祖年间漳河建成后为节制入京船只而设。早年间,漳河上通运繁忙,每日路过清水闸的往来船只数百。一则为方便管制;二则为纪念当年邺城水师顺漳河南下平乱一举成功,本朝太祖又在清水闸旁设了清水营，引出一条水系建了相城外的广明湖，常年蓄养着一支水军，这清水闸便成了京师脚下的军屯重镇。只是后来漳河冷落，京都凋敝，此处的水师也早就取缔，只剩了清水闸一座，孤单冷寂的门楼并几个瞭望台。

漳河之水素来浑浊，以"清水"为名，倒显得有些讽刺。

自镇南将军申万景到得相州，围定邺城，觑定地势之便，与相王商议后派屯骑校尉董翰驻兵于此，扼守入城的水道，自己则屯兵相城之外。两营互为犄角之势，以成援救之便。

这董翰年约四十，早年也是个功名不遂的文士，后来天下大乱，深感局蹐读书不过虚耗光阴，便投笔从戎。因会写几首酸诗，他自己也常以儒将自居。

此时此刻，董翰正站在岸边，看那支船队徐徐行来。放船入闸的事儿，手下人做就行了，只是今日这船队，相王专门授意留心，董翰只得亲为。如今的相州内外交困，邺都久攻不下，四境诸侯皆有趁此攻伐之意。镇南申将军虽几次分兵击退"勤王"兵马，内外之患却日益深重。因此莫说是这样一支船队，就连一只燕子想要入闸都务必盘查清楚。

这船打着江都荀氏的名号，实则属于一个名叫秋晗的人。董翰自然也听说过这位秋先生。市井间流传他胸怀文采、腹蕴锦绣，是以人人都称他一句"先生"，又借着什么泥地里挖出古简的由头，在金陵城中开了一场麒麟宴，宴请天下饱学之士，可谓风流无二。

以前每每想起这话，董翰都冷冷一笑。此般市井传言，终究难辨真假，想那秋晗大抵也不过是一个攀权附会的市井之徒，开的什么麒麟宴，不过是把些银子给那些穷酸秀才，用钱财邀买些名气罢了。这样的人，钱财是必然有的，是不是真的学富五车，那可就难说了。

董翰正出神间，已有兵士引船靠岸。

却见从第一只船上下来一个年轻女子，身后跟着几个管家模样的中年男人。董翰定睛望去，只见这女子穿一条杏黄底子的齐腰百裥裙，上搭一件浅紫色的绸缎交领襦衣。头上挽着个十分轻捷的惊鹄髻，点缀着几个翠色花钿。除此外耳中明月珠、腕上翡翠镯，颈间戴着红宝石嵌的项圈子。纤腰上佩着香囊，动摇微风，乃是苏合之香。足下蜀绣的凤头丝履，手里握着一把小巧的紫檀折扇，扇子上坠着一朵紫水晶雕成的梅花。行动处环佩叮当，更衬得她步态轻盈婉约，好似凌波仙子。看她的年纪二十上下，生着一张鹅蛋脸，雪肤花貌，朱唇皓齿，一双剪水秋瞳极擅横波，当真是个不世出的美人。

董翰自发迹以来，看过的美貌女子也不算少，可这样神仙一般的人物，却还是头一回见，不由得有些痴迷。

董翰还未缓过神来，就见那女子盈盈一拜，对他道："婢子斐娥，是秋先生的都管，给董将军见礼了。这位是薛姑娘，她和她的弟兄们一路护卫我们而来。"董翰这才注意到，斐娥身边站着的镖师装扮的人竟是一女子，她身后挂着一根水火棍，虽说姿色平平，却是劲装短打，别有一番英姿飒爽的风韵。

董翰问斐娥道："你是闻都管？"

斐娥道："婢子正是。秋先生有恙在身，不能亲自下船拜见将军，还望恕罪。"

她的声音好似玉磬含风，清灵悦耳，说的是极正宗的北方官话，一时竟听不出一丁点儿南音。

董翰心中虽觉得那姓秋的无礼，可面对这精灵一般的女子，却怎么也怒不起来，又见她一小女子声称都管，实在荒谬可笑，心下诧异道：怎么这秋先生如此怪癖，竟找了位姑娘做都管？或者这美貌女子多半是秋晗豢养的侍妾，托名为都管，不过是图一个清名罢了。她年纪轻轻，能有几分本事管得了家？

董翰问道："你们这船怎么不张帆也不用桨，就走得如此之快？"

斐娥道："此船由葛氏千里船改进而来，可'不因风水，施机自行'，靠的是船体中的轮桨。"

董翰心下惊道：从未听说过如何轮桨行船，南人造船之手段，竟已如此高超了？因问斐娥道："若此船用于水战，岂不所向披靡？"

斐娥笑道："此船行动虽快，但也有一个弊端。轮桨极易被壅积阻塞，若敌军在水面上遍撒茅草，轮桨一旦被阻，此船就寸步也难行，满船的人只能束手待毙。故而这种船，一般只用作运送，不用于作战。"

董翰这才松了口气，问斐娥道："我听你的口音，丝毫不像南人。"

斐娥道："不瞒将军，婢子本是北人，还在襁褓时家人便因戍镇之乱无以生计，一路逃荒南下过了淮水，五岁上便典身给江都荀府做下人了，得江都公提携，学得些管家记账的本事，也跟着料理买卖。因秋先生才从南洋回来，身边没个得力的帮手，江都公这才将婢子赠予秋先生，权为都管。"

董翰道："原来如此。你家先生是相王的客人，既然不方便下来，那我也只得上船去见他。"

斐娥道："劳动将军玉趾，还望勿怪。请将军随婢子来。"她又转头对薛姑娘道："将军这里有我就行了，姑娘可去王都管他们那儿照看一下。"

那姓薛的女子点头离去。董翰心中虽对斐娥颇有些轻慢之意，却爱她容貌，巴不得多看她几眼，多与她说几句话，便让两个副手与她手下几个副都管交接，自己则带了两个亲兵跟随她前去。

秋晗先生所在的船，乃是船队中的第七只，名为乾庚。这一路走去，斐娥给董翰讲起了这船队的情形。船队共有多少船舱、多少货物、多少米粮，船上的人头，包括管家、镖师、水手、伙夫、仆婢，事无巨细，她都记得清清楚楚。这一路上过了多少关卡、有多少通关路引，是哪一位关令盖章放行，她也都一一给董翰讲说明白。如此博闻强识、口齿伶俐，就连董翰也不由得吃惊。

一路先后碰见六七只船上的管事的人，无不对这位斐娥姑娘恭敬行礼，口称"闻都管"。

董翰这才相信，这斐娥姑娘确乎是秋先生的都管。只是董翰心里仍旧存了轻慢之意，心想斐娥生得如此嫣然妩媚，却不在闺阁之中，成日里在外面见人，哪里还有清白可言？

说话间到了乾庚船，此船外观上与别的船并没有什么异处，可甫一登船，董翰就为室内的豪奢吃了一惊。入目雕梁绮柱，玉阶金壁，陈设琳琅，珍宝满目。柱间垂着锦幔，以明珠压角，壁散兰麝之气，炉焚沉水之香。其间侍儿如云，皆貌若仙子，锦衣华饰。看得董翰如痴如醉，恍入仙窟。

斐娥便将他引入一阁中。董翰一窥之下，瞠目结舌，顿感方才那厅堂不过是小儿科，这才是真正的金窟！怎么好像世间所有上佳的古玩珍器，都集于此阁中了？原来这世间当真有如此豪富之人。

斐娥逐一介绍来：大秦的玛瑙枕，安南的玳瑁雕琴，汉武帝招魂时的水精帘帐，韩寿窥贾氏时隔着的云母屏风……董翰信手拿了一周身通透的摆件儿赏玩，正不知此为何物，就听得斐娥道："这琥珀摆件儿是抚顺所产。枫脂入于地,千年则为茯苓,又千年方为琥珀,这么通透润泽的,如今也难见……"说罢又吩咐左右侍婢道:"给董将军包装好了,送去府上。"

董翰并不作声,仍是一一看过去。只见一棵珊瑚树极为醒目,足有一人之高,通身赤色,天灼焕烂,艳彩浮光,看得董翰竟然有些缓不过神来。

斐娥道:"这珊瑚树倒是十分难得。昔年,晋武帝赐给王恺的珊瑚树,是为库中至宝,可也不过二尺上下。这株却有五尺三寸,且颜色鲜艳,体态完满,不曾有断枝。将军若是还看得上,便请带回赏玩吧。"

董翰唯唯道:"那就多谢姑娘了。"

斐娥笑道:"这都是秋先生的心意。先生专门吩咐过,让婢子不可怠慢了将军。"

董翰笑而不言。又见那江汉明月之珠、昆冈夜光之璧,皆不用他张口,凡是见他驻足留意的,斐娥都吩咐人包起来送去他府邸。

又见一古画,名为《深山窃听图》,乃是前朝名家之作。画中有一仙客抚琴深林之间,鹤发童颜,衣袂飘飘然有当风之态。山中樵夫、狐狸、野兔、山雀,皆侧耳静听,仿佛山水清音,此刻亦为琴声所屏。深林幽邃,仙籁流响,自有一种悠然出世之概。

斐娥又让人包起来。

董翰道:"此画珍贵,想来必是你主人心爱之物,你轻易送给我,不怕你主人怪罪?"

斐娥笑道:"虽然是主人心爱之物,送给将军倒还没什么舍不得的。我主人常说,这名画亦要名士来赏,方能得其真味,倘若给了不通的人,便算是糟践了。婢子听闻将军非但精于兵法,且文采斐然,如此武为表而文为里,堪称当今名士之冠。因此将军得了这画,是此画之大幸,非但我主人不怪罪,还要对此画祝贺一番呢。"

董翰听她恭维,自然得意不已。转了半日,林林总总,董翰眼睛也花了,猛然记起自己是来见秋晗的,对斐娥道:"还是先见秋先生。"

斐娥道:"秋先生卧房在三层,请将军随婢子来。"

说话间,二人便来到了秋先生的卧房前。一入室中,只见云雾环绕,银炉中散着清香,四周纱幔徐动,颇有朦胧之感,两名婢女正围着一个炉子煎药。

斐娥抱愧道:"这是秋先生日常吃的药,若这气味冲撞了将军,还望见谅。这熏香也是防时疫的。"

董翰点点头道:"姑娘多虑了,不妨事。"

再往前进,乃是一组套间,外为客厅,内为卧房,并有左右两个耳厅,厅中皆有妙龄侍女伺候着。董翰这一路走来,见惯了奢华气象,如今到了这秋先生房间里,却发现屋内布置得十分清雅,甚至有些蓬门陋室的意思,仅有的装饰无非粉壁上的两幅书帖和矮几上的一张古琴。

侍女进屋传达,片刻便开了卧房的门。董翰向门内看去,只见一道白玉珠帘隔住了视线,珠帘内有个长身玉立的人影。两个侍女卷起珠帘,却仍是隔着一层纱幔,看不真切。虽只看得一隐约剪影,秋晗之气质雍雅、不类凡俗,却还是让董翰暗自吃惊。

帘子里的人道:"草民秋晗,因有病在身,只得与将军如此相见,还请莫要怪罪。一应人员名册、货物清单,草民已吩咐都管闻斐娥代草民呈递将军。将军若有什么疑问,可以直接问她,或者有她说不清楚的,可随时差个人来这里。"

这秋晗声音清越,听着好像二三十岁。董翰心下好笑,此人遮遮掩掩，一层又一层的珠帘、帷幔，倒像个闺阁女子一般，于是哂笑道："先生既然有病在身，本将军又怎会怪罪？只是相王命我镇守清水闸，不见见先生，怎好放船过闸呢？"

秋晗道："既如此，便拉开纱幔。我与董将军倾盖如故，必要赤诚相见。"

两个侍婢正要拉开纱幔，却听得其中一个侍婢微微咳了一声。董翰想到这秋晗定是得了什么会过人的病，这才要熏香以防时疫，不由得后退了一步。匆匆相见过后，董翰赶忙道："快将纱幔拉上吧，别让你们家先生着了风。"

双方交接完毕，那十二只巨船由董翰的士兵引导着停泊进了广明湖，士兵又将船中的粮食、布匹卸下装车，运送进了相王府邸的私库。一个年轻侍者策马从广明湖军营奔回了韩家酒肆，翻身下马，大步流星地上了二楼，在那临窗而坐的年轻公子耳畔说了两句话。

年轻公子微微颔首，双眉舒展。待那侍者与"竹竿"走后，年轻公子踱步到五位书生桌前，见礼道："鄙姓荀，字焕若，扬州人氏。敢问诸位高姓？"

这五书生虽方才与年轻公子有过口角，但见他此时谦谦有礼，若再不饶人，便显得有失风度，只得起身同他见礼，并依次报了名姓。

刘生知道荀乃淮南大姓，便道："不知江都荀公是阁下的什么人？"

焕若道："实不相瞒，江都公正是在下的祖父。我此来也是受了秋先生的委托，到相城办一件大事。"

众人暗自惊诧道，这秋先生一介白衣，竟能请得郡公之孙为他奔走劳顿，不惜深入险地，可见其人之势大。

数月前,刘生听闻秋晗在金陵办了麒麟宴会,总揽天下文人士子时,便起了南下投奔的意思。只是一念山高路远,二念南北殊异,三念南人素执门第观念,士庶之隔,阔于霄汉,至于"上品无寒门,下品无士族",自己出身微末,若轻易去了南方,难保不为人所轻贱。

刘生思索再三,还是对焕若坦陈道:"荀公孙,在下听闻秋先生于金陵开门揽士,也曾有心去投,只是出身寒微,怕被人轻贱,因此久未成行。"

焕若笑道:"刘兄不必有此顾虑。秋先生一向惜才,以为人才难得,不应以出身贵贱为评判准则。九品官人之法,使世胄蹑居高位,俊才沉于下僚,实为朽木之法。秋先生每一思及世间不平,便不免伤怀痛惜,至于难以寝食。刘兄身负才学,何愁无人赏识呢?"

刘生听他如此说,心下自是万分感激:"不知公孙可否为在下写一封荐书。"

焕若笑道:"何用荐书?诸位可知秋先生现下在哪里?"

蓝生疑惑道:"难道不在金陵吗?"

焕若指着窗外道:"秋先生如今就在那巨船上。近几日,秋先生染疾,不能见客,待他病愈,诸位又何妨自去拜访呢?"

刘生半生未遇,今日甫得贵人相助,初时大喜,大喜过后,却只觉得满目辛酸,忍不住坠泪,激动之下,几欲下拜,却被焕若止住。焕若道:"举手之劳,何用如此?秋先生能得刘兄,才是大幸。"

又聊过片刻,有两个仆从将焕若的马牵来。焕若于是告别五人,起身离去。

伙计倚着门朝外一望,见焕若鲜衣骏马,同两个仆从策马而去。红日西沉,寒鸦惊掠,漳河上漾起一片片水光。韩家酒肆前,两个孩童游戏着唱起一支歌谣来：

> 漳水清，漳水浊。
> 问君何所思？
> 一城复一河。
> 烽火烧成灰，
> 沧海流泽国。

自天下割裂，沧海横流，世事如此，人何以堪？家国不安，世间又会有多少至亲离散，多少挚友远隔？

几度把盏后，五人在韩家酒肆门口作别。赵生道："如今正值多事，秋先生千里迢迢来此，不知于相城而言究竟是福是祸。"

刘生望着漳水叹道："何得长策，安此亿万，何得山林，完此生年？此水浊兮，久思清宴。借问江中，此水何当澄？借问天下，此水何当澄！"

抬眼看时，四位好友亦是动容。他们几人平日虽偶生口角，数载相伴之情，又岂不知刘生胸中块垒？况且生逢乱世，人之相与，也不过聚散浮萍，明年后岁，又知谁有谁无。倘若门口的柳条能够把这夕阳钩住，不再让它下沉……让此时的相聚，长一些，再长一些。

第二章　今日良宴会

魏明帝青龙四年，太尉司马宣王献白鹿，明帝忆存麑故事，故起一鹿苑于洛阳，又将宣王白鹿之献比于周公素雉之贡，曰："岂非忠诚协符，千载同契，俾乂邦家，以永厥休邪！"后，宣王果然再受托孤之任。明帝临终之际，千里托梦，忍死以待宣王，情意何等深厚；然而逝者坟土未干，生人已尽负恩义。使三尺之孤，见欺于狼顾，泱泱华国，受制于权奸。司马宣王一生刚戾忍鸷，到了晚年反心昭然，将曹氏王公尽数迁于邺，命有司严密监察，使其不得交关。正是此时，宣王将洛阳城中的鹿苑一并迁到了离邺城不远的相城。

司马宣王将鹿苑随魏皇室一起迁出洛阳，大抵是心虚愧怍，无颜相见故物。经百年动荡、风雨飘摇，鹿苑里早已没有了白鹿。如今鹿苑传到这第三代相王的手里。此人原是酒色之徒，自得了这鹿苑，更是下足了功夫将之打造成了藏娇欢宴的场所。宫娥舞女娉婷袅娜，倒也算是重新赋予了鹿苑一种妩媚。

秋日凉爽，星野澄澈，宴会就露天设在园林正中，众宾客随曲水落座。每一座位旁都有两翠衫婢女侍奉，或是掌灯，或是布菜。这些侍婢显然都是依着相王的喜好挑选的，一个个眼波流转，尽显风情。曲水上自然是漂着河灯，宛如满天星斗倾泻而来。座中并不见一个乐工,却有丝竹之音遥遥地飘来,像是另一个世界的仙乐。

宾客面前的桌上摆着果品,岭南的荔枝、金陵的樱桃、江西的佛手和橘柚,又有那安期枣、方朔桃……用玉盘盛着,玲珑剔透,好不诱人。都是随船带来的秋先生献给相王的礼物,也不知是用了什么法子,竟使不同时令的果品汇聚一处,还都是这般新鲜可爱,令人垂涎。

在席的宾客多是北人,哪里见过这许多的新鲜果品,一时都看花了眼,莫不暗自唏嘘感叹,"橘生淮南则为橘,生于淮北则为枳",诸夏大地隔淮分治近三百年,这三百年里,又有几个北人尝过淮南的橘?

入夜,鹿苑盛宴的主人——第三代相王,终于迈着缓慢的步伐走入了这座园林。他只有三十出头,却已经被长年累月的狂欢暴饮掏空了身体。他高大肥硕,长着一个如同身怀六甲的大肚腩。一张白皙少须阔面,两颊微微发红。肥厚的嘴唇宛如沾着油光。一双狭长的凤眼,从中射出慵懒却狡黠的光。

相王一入场,众宾客纷纷起身见礼。他微笑致意,落座后,王府的都管引着一个杏黄衫子的女子上前。那女子迤迤然下拜,身形曼妙、举止优雅。相王早听说秋先生有这么一位年轻的女都管,替他打理诸多烦琐事务,不禁愈发好奇这女子究竟是何等样貌。

相王命那女子起身。她缓缓抬起头来,是一张绝色的面容,比这鹿苑中相王最宠爱的两个姬妾,亦是不遑多让。她手里提着一盏小巧玲珑的宫灯,暖黄色的烛光照映着她的面容,更添了些温柔娇艳。

相王笑道:"斐娥姑娘这样年轻,便管了那样大的家业,真是古今少有的奇女子,让本王由衷敬佩啊。"

斐娥道:"殿下谬赞了。我家主人因染疾不能赴宴,还望殿下莫要怪罪。"

相王道:"秋先生虽是白身,却能为国分忧,愿意捐出家资以资助本王清君侧、讨逆贼,有西汉卜式之贤。本王已上表天子,为你家秋先生请封。"

如今都城被申万景围得水泄不通,而天子又被权奸文翻困在宫禁之内不得自由,相王上表之说自然也只是一句虚言。斐娥心下明白,面上却露出喜色,再次下拜道:"殿下的识人之能海内咸服,又奉天子密诏首倡高义,征讨那文氏逆贼,是以我家主人倾心仰慕,只恨身染沉疴,不能投身报效。区区几船钱粮不过略尽绵薄,竟承殿下如此美意,婢子替家主叩谢殿下。"

相王命她起身,说道:"那文氏逆贼何等猖狂,竟敢当着天子的面羞辱天子的堂姐嘉成长公主,以致嘉成公主含恨自尽。天子未践祚时,我也曾见过他,那时他还是雍王世子呢,虽说后来病了几年,但依旧是那样清秀俊雅的人,被文翻折磨得人不像人,鬼不像鬼⋯⋯唉,如此情势,本王怎能不匡危救难、挺身而出呢?"接着,又对王府都管道:"既然斐娥姑娘是代秋先生赴宴,那就给斐娥姑娘在本王身边设座吧。"

斐娥自然是推说不敢僭越,但多次推辞不过,只得坐于下首。

王府都管又引着一个年轻公子上前见礼。这位年轻公子是江都公的嫡孙,秋先生延请的贵宾。想来秋晗此次北上,意欲交游国朝权贵。但他虽有陶朱子贡之富,却无官爵傍身,必要借重江都公的名头,这才邀了这位荀公孙一同前来。这位荀公孙倒是长得好俊俏的模样。相王道:"真是闻名不如见面,江都公贤孙果然是玉树芝兰,把我们北地才俊都比下去了。"

焕若道:"殿下风姿雅范,臣在家中时便已不胜钦慕,今日得见,果然是英才卓荦、举国无双,令臣无地自容。"

相王大笑道："还请公孙入座，一路远来，舟车劳顿，本王先敬你一杯酒，解解疲乏。"又问道："吴王的身体可还康健？这北国的饮食可还吃得习惯吗？"

焕若道："承蒙殿下挂念，吴王身体还算硬朗，只是精神头不如从前了。"

相王笑道："那老家伙'本是朔方士，今为吴越民'，金陵就那么好，到老了都舍不得回乡？他的亲族祖坟可都还在北境，难道他真打算客死南国吗？不过说来也是，'江南佳丽地，金陵帝王州'，南国虽小，却也富庶，足够让人乐不思蜀了。"

吴王本是北人。宣帝时，盘踞淮南的伪朝宗室内乱，给了北朝可乘之机，彼时的吴王还是魏国的曜武大将军，奉命荡平伪朝。他临行前向宣帝许下诺言，不出三月便可凯旋，可谁知竟是一去不还。北军一路摧枯拉朽，灭亡伪朝只花了不到一个月。曜武大将军却以"煽动叛乱"的罪名斩杀了同行的大将和监军，自己则占了金陵城，又派遣部下沿江、淮布置防线，逼着宣帝给自己吴王的封号。宣帝本要发兵征讨，却遇上了戍镇之乱殒身乱军之中。后来，文老丞相辅佐先帝坐上龙椅，暂且稳定了局面，却已再无力发兵南征，只得认了"吴王"这个既成事实。好歹吴王名义上向邺都称臣，总比把他逼到西虏那边去的好。

如今，这吴王已是年过古稀，却依旧精神矍铄。他早先也曾多次上书请求将其亲眷送去金陵，但文氏攥着他的亲眷如同人质，怎么会轻易给他送了去？吴王见前前后后送了几船的金银珠宝都换不来家眷，索性把心一横，只当留在邺城的老婆孩子都死了，一口气又娶了几位江南的世家闺秀，生了七八个儿子。

焕若道："殿下说得极是。臣倒是觉得，南国虽富，却不是久恋之乡。臣此次北上，是想要留在殿下帐前，为殿下效力，不再回去了。"

相王疑惑道："江南富庶，不少北人逃去后都不愿归乡，公孙怎么反其道而行之？"

焕若道："人之能力际遇，大多被环境影响，譬如蓬生麻中、白沙在涅。南国富庶奢靡，只是人一旦到了此处，就被环境感染，再无斗志了。吴王当年南下，剑锋直指金陵，何等英风锐气，然而现在却成了个只知享乐的老人。南国的王公阀阅，无不纸醉金迷、浑浑噩噩。就好比一群喝醉的人，手舞足蹈、得意扬扬，明明已经走到悬崖边上了，却怎么叫也叫不醒。臣闻危邦不居，既不忍坐视其灭，怎肯与之俱亡？"

相王道："公孙年纪轻轻，竟有如此见识和抱负，那你就留在本王这儿吧，本王必不会亏待你。至于吴王那老头子，他既能给秋先生放行，千里送粮草来为本王纾困，本王自然也领他的情，来日打下邺都，自会归还他的亲眷。"

焕若继续拍马屁道："殿下这般仁义，臣敬服不已。"心中却觉得可笑。吴王在金陵生的世子今年也该十九岁了，其母出自江南望族，又颇受吴王宠爱，必然是不愿意凭空来个大他二十几岁的兄长。至于那吴王本人，顾虑着淮南伪朝兄弟阋墙，招致大祸的旧事，只怕也没那么愿意接邺城的亲眷回去了。相王"发善心"要送吴王亲眷去金陵，是想要在金陵掀起一场夺嫡内乱，好趁乱渔翁得利。

焕若与相王寒暄过后，两队身披轻纱的舞姬分别从两个方向入场。欢乐的舞乐响起，长袖招展、纤腰扭动，看得众宾客血脉偾张，移杯换盏之间，气氛便热闹了起来。

焕若冷眼看去，今日宴会的宾客名单他早已到手，知晓座上众人大抵都是相王的亲信府官或原相州城的守军将领，唯有一位申钺将军乃是申万景的第三子。此人半月前才娶了相王的嫡亲妹子为妻。不知这段仓促而就的姻缘夫妻二人是否满意，也不知这申氏与相城的联盟究竟坚固到何种程度。不过话说回来，自古以来诸侯是和还是战，哪里又是一纸婚书、两个怨偶所能保证的呢？

申钺看起来二十岁上下，与周围谈笑晏晏的气氛看起来并不相融。他眉头微微皱着，目光只盯着眼前的菜肴，正独自喝着闷酒。

酒过三巡，菜过五味，不少宾客都已是酒酣耳热。相王每每开宴会，都要求宾客暂且忘却尊卑，以尽欢为第一要务。在场的宾客大多熟知这个情况，因此也并不拘束，不少人离座在鹿苑中赏景游玩。

忽有一仆报曰："苑东南角的秋海棠开花了。"相王大喜，以为嘉兆，对斐娥道："你家秋先生甫一来，本王苑里的秋海棠就开了花，这难道不是灵感所致吗？"

斐娥亦起身敬贺道："这花开得应景，当是殿下德泽深厚，让花儿也有了灵感。"

相王道："诸位，诸位，与我一同赏花去吧。"

众人随相王来到花圃，果然见秋海棠开得正好，一簇簇、一团团，鲜红欲滴，好生热闹喜庆，让人挪不开眼。焕若心道：看泥土的颜色，苑中的秋海棠明显是新栽的，怎么可能是今夜始绽的呢？看来这位相王也是个热衷于搞点祥瑞来应景的乐子人。

众人轮番恭贺，相王扬扬得意，宴会的欢乐已接近极点。几个喝醉的人竟携手唱起歌来，边唱边跳，好不快活：

> 今日乐上乐，相从步云衢。
> 天公出美酒，河伯出鲤鱼。
> 青龙前铺席，白虎持榼壶。
> 南斗工鼓瑟，北斗吹笙竽。
> 妲娥垂明珰，织女奉瑛琚。
> 苍霞扬东讴，清风流西歈。
> 垂露成帏幄，奔星扶轮舆。

相王看着宾客都已尽欢，露出满意的微笑。他看看站在自己身侧的斐娥，发觉她的发簪上雕琢的是一朵朵梅花，便问道："怎么，斐娥姑娘也爱梅花？"

斐娥笑道："'中庭多杂树，偏为梅咨嗟'，百花之中，婢子的确是最偏爱梅花。"

想不到这小小女婢竟通诗文，相王心道这自古妇人多才则思乱，必有轻浮之举，不由愈发动了念，唱和道："'念其霜中能作花，露中能作实。'本王亦爱梅花凌霜傲雪，质洁气清啊！说起来，这梅花不正如姑娘你吗？不知道姑娘头上的玉梅可否赠我一支？"

斐娥道："殿下所命，原不该辞的，只是婢子身份鄙贱，这微末之物不敢轻易赠予，只恐简亵了贵人。"

相王笑道："本王瞧着你，倒像是曾经见过似的。有句话说得好，'同在菩提下，都是有缘人'。今夜良宵美景，你我汇聚一处，秉烛夜游，难道不是前缘匪浅？我这鹿苑宴会向来不以尊卑论知交，你我就当作是旧识重逢，可好？"说着，已将一只手搭在了斐娥肩头。

你道这斐娥是何等人物？她本是江都荀家三两银子买来的奴婢，

在荀府的最底层摸爬滚打混到都管的位置上，借着江都公的势，什么样权势滔天的人物不曾见过，什么样的色中恶鬼、风月高人不曾应承。她如今不过二十六岁，却已借着荀家要在邺城办得这一件大事，由秋先生出面赎回了身契，如今已是自由之身。相王安的是何种心思，斐娥会不知道？她即刻抬眸莞尔一笑，更添了一种明艳摄人的风韵，声如婉转莺啼道："殿下不弃婢子微贱，婢子纵倾身亦难以报答。只是我家主人待我恩重，我怎敢为一己之私，而坏了他的大事？让天下人以为秋先生是那等心术不正、只以旁门左道攀龙附凤之人。"

斐娥媚眼如丝，早已缠得相王意乱情迷，握住斐娥的手低声恳求道："襄王已入梦，还请神女垂怜一二，莫要使鸣佩见弃、朝云成空。"

斐娥早有拿下这相王之意，却是欲擒故纵，哀叹了一声，眉间虽染了些许愁郁，颜色却显得愈加动人，她双眸似闪着泪光，任谁见了不生怜爱之意？她将身微微一转，宛如一只翩跹在花丛的蝴蝶，在相王怀袖之间轻轻一蹭，却已脱离："婢子为人都管，身系庶务，万事总不由人，虽倾慕殿下，此时此刻却还不敢忘情。今夜人多口杂，请殿下怜惜，'无使尨也吠'。来日方长呢，不是吗？"

焕若见斐娥那边似乎陷入相王的纠缠，朝她投去一个关切的目光。斐娥对他从容一笑，以示自己这里无须担心。她的目光瞥向正准备离开的申钺，要焕若抓住机会。

焕若回以一个微笑，随后跟上了申钺，走到一无人的柳树林里。那申钺突然转身问道："荀公孙有什么事吗？"

焕若道："将军，我有青州张刺史亲笔密信一封，请代呈令尊。"

申钺的目光中满是疑惑，接过密信，收于袖中，问道："那张舜宾向来与我父帅不睦，先前还曾多次派兵袭扰我军后方，只是都被打退回去了。他有什么要事，不能遣使来商谈，而要公孙这样偷偷地在相王殿下的宴会上交付密信？你我这样的举动，不惹人生疑吗？"

他这样一番质问，反倒是坐实了焕若的推测——在这相州城内，申氏和相王的双方势力，并不像他们表现得那样亲密无间。焕若颜色不改道："此事关系重大，还请将军莫要泄露。"

申钺上下打量着焕若，道："公孙是怕我泄露给郡主吧？究竟是什么事，竟要瞒着相王殿下？如今我们两家已是姻亲，且同心并力讨伐文翻逆贼，公孙若是想挑拨离间，大可不必费这个心思。"

焕若道："将军想到哪里去了？我们也都是为了能早日灭除权奸，匡扶天子嘛。"

申钺眯着眼道："'我们'？公孙所说的'我们'是谁？公孙与秋晗先生这样千里奔波，究竟是为谁做事，是吴王、江都公，还是青州的张舜宾？"

焕若还未回话，却见远处有一人走了过来。那人穿着常服，看不出官阶，行至二人面前，行了一礼。

申钺面露不悦，却看那苟焕若的脸上，闪过一刹那几乎不可捕捉的惊惶。但这位苟公孙也不简单，虽被人撞破私会密谋，却及时调整了面部表情，不使神色有异。

来人名唤何典，是相州城的属官，如今颇得相王器重，是个能做事的聪明人。他近来向申氏投诚，申钺的父帅也有意收拢何典这个人才，已拿他当了自己人，只是暂留他在相王那里效力，如此也可时时获知相王的心思，待大事落定，再将他招于帐下。

谁知何典并没有主动找申钺搭话，只是对着焕若道："苟公孙，方才人多不方便去拜见,在下何典,是这相州城的主簿。"

焕若笑道:"何主簿,在下作为相王殿下的主宾,离席太久是有些失礼了,在下这就还席。"

待焕若离开后,申钺皱眉道:"你此时过来干吗?你我本该避嫌,你这样大刺刺地来找我,不怕别人怀疑你有异心吗?"

何典受了责骂,态度却十分坦然:"少将军不必紧张,待我回去,大可以主动向殿下禀告说,是见了荀公孙单独跟着少将军出来,这才跟过来探听的。倒是荀公孙,他此来相城的目的,必然不是随船做客那么简单。他单独来找您,想是为了令我们起疑,使殿下猜忌……"

"这我会想不到吗,用得着你来提点我?"申钺打断道。

何典依旧是不卑不亢:"少将军在席间的脸色可不大好。"

"我来参加这什么宴会,已经够给相王面子了。"申钺冷哼道,"我父帅为了攻城日夜殚精竭虑、衣不解带。如今青州那边与我们不睦,柔然大兵压境,西虏趁着我们讨贼向东蚕食,代王等一干诸侯都凑上来想趁机渔利,吴王又不知道有什么图谋,正是四面楚歌的时候,他竟然还有心思搞什么宴会!"

何典道:"相王殿下三十年来都只知声色犬马,桀贪骜诈却无谋少智。申将军本就只是借重其在相城的影响力罢了,少将军何必为此生气呢?"

申钺道:"还说什么是为了酬谢表彰那个什么秋晗千里馈粮的高义,明明就是他自己想办宴会!"

何典道:"相王的事倒没什么要紧,他这般荒唐行径,只怕日后还有更多。只是荀公孙方才与少将军说了什么,还望少将军告知。我与那荀公孙本为旧识,兴许能为少将军提供一些信息。"

"哦？"申钺来了兴趣，"你认得他？你怎会认得他呢？"

"在下曾在归云山求学，那荀公孙与秋晗先生可算的是在下的同门。"何典答道。

申钺笑道："对，我竟忘了，你还是归云居士的高足呢。荀焕若是你的同门师弟？怪不得他刚才见你，神色竟有些慌张。他也没对我说什么，只是给了我一封信，要我交给父帅，还三令五申让我莫要泄露。你快回席上去吧，在此聊得太久，惹人生疑。待宴会结束，你再寻个机会来找我，同我好好说说这荀焕若的事。"

何典意味不明地笑了起来，对申钺道："荀公孙与秋先生勾结在一起，背后难保没有归云山的筹划。"

"怎么连归云山都搅和进来……"申钺沉吟道，"归云山号称本朝第一学府，一向不是只教书育人，不左右诸侯之事的吗？"

"虽说归云山建在临海孤山之上与世隔绝，博了个一心治学的名声，但归云子弟大多要下山走仕途，又怎会与世俗之事全无瓜葛呢？"

申钺道："这可真是乱如麻了。"

何典宽慰道："少将军还请放心，兵来将挡水来土掩。在下毕竟也在归云待过几年，在那里还有些消息灵通的故人。五日前，听说秋先生要来，在下已经派了个心腹快马去往光州打探情报，想来再过一两日便能传回消息了。"

申钺看着何典，拍了拍他的肩膀，今夜第一次展露了笑容："我父亲说你是个老成任事之人，果然如此，原先是我不了解你……何主簿，你能这般用心地为我父亲做事，自然会前途无量的。"

鹿苑的宴会一直开到凌晨，在极其热烈的氛围与宾客们不舍的眼泪中盛大闭幕。相较于以往那些通宵达旦的宴会，开得人人精疲力竭，被榨干了最后一丝精力才能作罢，这次相王还算是收敛了。

何典甚至怀疑，相王响应申万景起事的终极追求，会不会是为了当上了皇帝举办规模更大的宴会？那样的话，他甚至还能突破封地的限制，全国巡回地举办宴会。

何典回到家中时，已是丑时三刻，发妻还在院中等着他。他与夫人携手走进卧房里，发觉夫人双手冰冷，问道："夫人怎么不早些歇息？殿下那边又不是第一次办这样的宴会了，更深露重，何苦在院中站着？"

夫人为他解下外衣，又把炉上坐着的开水倒在脸盆里，打湿了一块巾子给何典擦手，道："梅香她们贪睡，我怕你深夜回来，没人能服侍你换衣洗漱。"

何典笑道："没人服侍，我自己就行了。以后别再等了，听话。"

夫人点点头。但何典知道，下次她还是会再等着他的。借着烛光，他看见夫人发髻上插着的银簪上的珠子脱落了一颗。对吃穿之事，何典一向是不甚在意的，虽已是六品的主簿，却依旧保持着微末时的节俭，四季常服不过几套，数年来缝缝补补，足以御寒和蔽体也就是了，可看见自己夫人头上戴着残缺不全的首饰，却让他心中伤怜，暗自决定明天去为夫人挑选一支新簪子。

次日傍晚，何典收到焕若的书信邀约，决定前去与焕若一会时，他的衣襟里正藏着一支新买的簪子。

刚迈进茶坊，何典便看到了焕若。茶坊内除了焕若之外再无其他客人，看来是她提前清场了。

焕若起身相迎："师兄，别来无恙？"

"荀师弟……"何典径自落座，淡然微笑道，"不对，该称呼你为师妹才对。如今易钗而弁，却是为何？"

焕若虽被点破了女扮男装的秘辛，却也神色不改："文则师兄不也改了名字吗，又是为何啊？前日愚弟眼拙，在宴会上没能认出师兄来，还劳烦师兄亲自来会我，实在是愚弟的不应该。师兄还不知道吧，'焕若'是我的字，我现在以字行于世。"她一边说着，一边用块白布擦拭着茶具。

何典当年几乎算是叛出师门的。归云山道向来通着仕途，他为了免去纠葛与纷扰，这才换了一个名字，以示与旧日之自己割断。焕若如今提起改名之事，何典自然是不答话。

他虽不答，焕若却是态度依旧，就好像他依旧是她亲密无间的师兄，可以由着她撒娇撒痴。她睁着一双水灵灵的眼睛问他："永嘉的雁山云和宣城的敬亭雪，不知师兄爱喝哪一种？"

"师妹难道忘了，就是把全天下最好的茶水放在我面前，我喝着也不过白水的滋味。何必在我这儿浪费你的好茶？"

焕若嗔道："师兄如今身份贵重，不同往昔，愚弟还以为你会在饮食上稍微用些心呢。"

何典道："怎么，愚兄不过是当了个芝麻大小的官，师妹便要前倨后恭了吗？"

焕若并没有答他的话，只是用一个竹茶则从银筒中拨出些许茶叶置在一个木茶荷里面，悠然道："那我不顾着你了。我最爱这敬亭绿雪，师兄你看这些茶叶，上面的白毫是不是像下了霜一样？这就叫'银里隐翠'。师兄可知道这敬亭山是黄山余脉，原叫昭亭山，晋泰始年间为避文帝讳才改成了敬亭山，前人有诗云'兹山亘百里，合沓与云齐'，

'上干蔽白日，下属带回溪'，当真是嶔崟秀丽、峰峦苍翠，且山水之间，自有一种妙乐清音，较之丝竹还更动人。人处山间，好似身临仙山奇境，只觉得不知何处藏着精灵、山鬼呢。你我虽不曾见敬亭山，品了敬亭之茶，也可作一番神游了。师兄可曾去过昭亭山吗？"

何典知道他这师妹在说正事前一向喜欢东拉西扯，以显得神秘莫测、难以捉摸，竟也顺着她道："不曾。师妹游历四方，见多识广，不像我，早已困在凡尘俗世之中了。"

焕若将身畔的风炉生起炭火来，把一只铜釜架上烧水，又用一杆陶制杵臼，将焙好的茶叶舂碎，再倒入一玉碾中研成粉末。她一面研磨茶粉，一面又照看铜釜，育华救沸。待水烧好，便取出一只茶碗，将茶粉用细箩筛下，并与沸水调膏，其后边点水入盏边以一茶筅反复击拂。只见茶盏里汤花翻浮，好似层层雪浪，煞是好看。

"师兄可知道这叫什么？"焕若奉上茶盏。

何典顿觉茶香扑鼻，令人心旷神怡，仿佛当真登临敬亭山，呼吸了满腔的馥郁灵秀。

"叫什么？"何典端起茶盏喝了一口。

焕若眨了眨眼，俏皮一笑，依旧是多年前那古灵精怪的少女模样，道："这叫作'谢郎衣袖初翻雪，荀令香炉更换香'。"

奉完茶，焕若又从身侧的食盒里取出四碟点心来，并一一介绍道："这是落英酥，这是白玉馒头，这是香煎雪里青和蜜冬瓜鱼儿，全都是我最喜欢的点心，师兄尝一尝吧……我用人格发誓，保证没下毒！"

何典不禁一笑，随手拿了一块点心，吃了一口，道："看你昨夜的举止，还以为几年没见你变得成熟了，怎么还和过去一样？"

焕若撒娇似的笑着，道："老成持重那是做给大人们看的，在师兄面前，还用那样吗？"

何典问道："秋师弟他果真生了重病吗？"

焕若面露欣慰之色道："果然，无论如何，师兄还是关心他的。他很不好。还请师兄看在秋师兄的面上，不要与小妹为难。"

何典想起秋晗，不禁一阵心痛，想起在归云山与秋晗高谈阔论，那时的两人是何等少年壮志、意气风发，谁知短短几年，他竟生了重病。何典道："秋师弟如今还在船上？我自当去探望他。师妹，茶也喝了，点心也吃了，你的身份，我不会去揭破，但是，食人之禄，忠人之事，我总不能做不利于相王和申将军的事……师妹，你此来的目的究竟是什么，你总是要给师兄透个底。"

焕若正襟危坐，看着何典的双眼中是无限的真诚，道："不瞒师兄，我此次北上，的确是要做一件青史留名的大事。"

"什么大事？"

焕若郑重道："合纵——攻秦。"

何典皱眉道："师妹没发癔症吧？而今之天下虽也被诸侯割裂，却已不是战国时的情形了，难道师妹还想当纵横捭阖的苏秦吗？"

焕若满脸的大惑不解道："有何不可？弟愚钝，还望师兄见教。"

何典冷笑道："师妹何等聪慧，用得着我来说吗？不过，满口荒诞之言，这倒也是你的风格，你本就是不合时宜的人。你所谓'合纵'，可是要合吴王、青州刺史以及镇南将军三家？"

"正是。"

"所谓'攻秦'，可是要攻伐文氏以及西境的伪朝？"

"正是啊。吴王、青州的张刺史，还有申大将军，大家都是忠于同一位天子的，为什么不能团结在一起呢？"

"这就不对了。"何典死死地盯着焕若,像是要灼穿她的眼睛,看出她隐藏在心底的秘密,"人心不古啊,'往年杀彭越,前年杀韩信',汉高祖之后,还有异姓诸侯的位置吗?对于当今的诸侯而言,如不是君临天下,就必是兔死狗烹,哪儿还有什么合纵连横的空间?何况公孙衍、苏秦、张仪之无耻徒,孟子亦说纵横家是'以顺为正者,妾妇之道也',师妹不是凡俗女子,何必效此二人之事口舌?"

焕若抿了一口茶,笑道:"师兄引孟子之言,觉得苏、张等纵横家'以顺为正',不违人主之意,犹如妇人以顺从夫意为闺阃之范,是所谓'妾妇之道'。我却以为纵横家乃世上最自由自在、无需顺从之人。所谓纵横家,观阴阳、知存亡、达人心、见变化,量权天下而度情诸侯,虽为白身,旦暮则致富贵,六印磊落以配,五都隐赈而封,得非大丈夫之状欤?苏秦说秦以连横不成,即西向而合纵六国,可见丝毫凝滞?扰乱天下,只为其一人进身有阶,足见纵横之士,不忠于一国,不囿于一学,不悯苍生万民,只图其一身上进。是故诸子百家之言,尽可征喻;七国雄主之势,皆供捭阖。以其辩智之才,从容游于列国,无所不出,无所不入,无所不可。问其所可者何?九州为棋盘,列王为棋子,可箝而纵,可箝而横;可引而东,可引而西;可招而反,可招而覆!是其顺诸侯意耶?是诸侯顺其意耶!天下人道其'以顺为正',却不知所谓天下之正逆、诸侯之和战,尽在其手掌翻覆之间耳!"

"果然……"何典将茶杯在桌上一蹾,"你依旧是那个唯恐天下不乱的荀玫——江都最任性的女公孙。若天下无害,你又如何施展才能呢?若上下和同,你又如何建立功勋呢?所以九州纷乱,苦的是庶民百姓,你却乐得如此,你恨不得添一把火,让它更乱一些,你好趁乱立功,进身有阶。"

焕若一改方才温柔和婉的神色，微微勾了勾唇角，双眼宛如射出暴烈的火光，道："对，我不是苏、张，我不需要以智谋取爵位。我真正追求的，是做一件空前绝后、惊天动地的大事。我不在乎是青史留名还是遗臭万年，生不能享五鼎，死必五鼎以烹！这一直都是我的座右铭来着。"

"那秋师弟，他也是被你卷进这混乱里来的吧？我就说，他明明销声匿迹了那么多年，怎么就突然在江都掘出金人了，又为何瞬息之间名动南北？在你的谋划里，他起着什么作用？你做这么一场瞒天过海的大戏，究竟是为了什么？难道只是为了搅乱相州的局势，让青州或是淮南吴国有机可乘吗？"

"是为了完成我的愿望啊。"

"你的愿望？难道是名留青史？"

焕若摇了摇头，竟不再似方才或谐谑随意，或炽烈恣睢的样子。她是个天生的表演者，情绪转换只在刹那之间。她说得动情，竟把自己也感动了，双眸湿润，声音微颤："再拜陈三愿。一愿皇帝陛下三千岁，四体康泰，万事如意。二愿海河清晏，天下太平，亿万苍生皆得所。三愿昭昭冥冥，不欺暗室，无愧本心。"

这又是什么东拉西扯、前言不搭后语的回答？

何典先是一怔，随后笑起来。这样想一出是一出，这样喜怒无常，她果真还是当年的那个小疯子。

如果不是今日的相会，他险些忘记她了。她可以是温柔俏皮的少女、颇具辩才的师妹，也可以是举止雍雅的公孙、心思深重的阴谋家。她能演出数不清的以假乱真的模样，但偶尔也会懒得装下去。那时，她就赤裸裸地展露出她本性的癫狂来。

毕竟除了荀玫之外，又有哪个学子敢在上山的第一天，就把众师兄所属的九流十家全部都"讨伐"一遍？除了荀玫之外，又有哪个人敢一把火焚了青州的永宁古刹呢？

正在何典回忆时，荀玫却也咯咯地笑了，道："这么多年了，文则师兄还穿着旧日的布衫，真是个长情的人啊。当年师兄'学成下山'后，归云山上逃走的婢女阿芸也不知所终。不知师兄与那阿芸，可还故剑情深？"

焕若是在威胁他吗？用他的夫人阿芸威胁他……

焕若依旧微笑着，何典发觉自己脊背上的冷汗浸透了衣衫。

第三章　归云一去无踪迹

阳春长成，光阴融融。

每年此时，江南的商船便沿海岸北上，在东牟郡停泊两日，把满船的绉纱、云缎卸下，或是卖给城里的绸缎庄，或是走水路、旱路运往数不清的北国城市，所谓衣被天下，便是这样的光景。江南绣娘在这些纱缎上绣出八宝、百子、四时花卉、南国盛景，摸起来轻滑如水，仿佛一丝一线之中都藏了江南烟雨，被北国的达官贵人追捧喜爱。

她随同商船一起来，穿着麻布衣裤，挽起袖口，露出一截结实的小臂，看上去正如一个少年水手。她今年十七岁，也曾跟着商船去过许多地方，知道很多关于行船的事儿。

她知道，二三月间的风，唤作明庶风，发自东南，吹往西北，此时航船便可乘风北上。

她此次是背了祖父离家出走，一路上扮作船上的帮工，竟也无人发觉。

她已经下定决心，要上归云山去瞧一瞧，然后再去洛阳、邺都，还要去看看长安。百年来，南人每每想起洛阳、想起长安，心里总要升起一丝怅惘。这些怅惘自晋人南渡起便开始生根发芽，盘根错节，长成一棵郁郁苍苍的柳树，朝露坠清泪，晚风起彷徨，凝结了数代人的乡愁。

她从未见过那些长辈口中的盛世都城。在她出生之前,这些城池便死去了,只剩它们残缺不全的城垣。即便是残存的城垣,她也有心去看一看,把它们记在心里。

商船泊岸,她背着行囊跳下甲板,宛如一头轻盈灵巧的小鹿。

归云山是毗邻东海的一段连绵的山脉。明帝时,誉满天下的大丞相黄敬年老请求归隐,明帝便将归云山赐予他以做养老之用。后来,中原扰攘,青州、光州一带盗贼纷起,黄公组织乡里年轻人训练演武以自卫,抽空也给年轻人讲学。慕名而来的人越聚越多,逐渐形成了乡校。黄公索性在归云山上盖了数十间屋宇,当真办起一座学校来,招徕四方学子,教授百家之学。借助学校之力非但可以保土安民,数十年来,还给朝廷和各路诸侯培养了一批又一批的人才。

到如今,黄公的长孙也已经年过耳顺,人都说他是黄公的孙辈中最得其真传者。因此在黄公死后,是他接替祖父做了归云山的主人,继续办学。这便是名扬四海的归云居士。当地人则为他开办学校的缘故,称呼他为黄祭酒。

归云山下有个小镇,唤作小蓬莱镇,这镇虽说不大,却还算热闹。

她穿梭在熙熙攘攘的行人中,宛如一片流云。忽然,她看到一群人围着殴打一个破衣烂衫的乞丐,便凑上前看热闹,问一个在看热闹的大叔道:"这是怎么了?"

那大叔道:"这个乞丐歹毒得很,挑唆人家的孩子坏了镇里的斋醮。"

"别……别打了。"那乞丐倒在地上,缩成一团,"我真是归云山的弟子。"

围观群众纷纷议论:"还装!"

"归云山哪儿来的这么不体面的弟子?"

她走到近前,才发觉这乞丐长得实在是奇怪,硕大的一个头颅,四肢却如同竹竿一般又细又长,显得颇为不协调。

这时,一个中年男人拎着被揍得鼻青脸肿的小男孩过来,质问道:"还敢不敢和叫花子玩了?"

小男孩哭丧着脸,道:"不玩了,再也不玩了。可是乞丐说得没错,庞天师的画符是张张都有鬼影啊,用火一烤就显露出来了……"

"你还敢犟嘴,看我不剥了你的皮。"

"这位大哥,略等等再打孩子也不迟。"她上前分开了众人,又制止了正暴打乞丐的几人,说道,"这镇上最近是不是有异事发生?"

"可不是嘛,镇上一直闹鬼。"一大婶义愤填膺道,"我们好不容易才请来了庞天师,却被这一大一小两个蠢货给气走了。"

她问道:"这位庞天师竟有如此大的神通?"

这位大婶显然是庞天师的忠实信徒,讲起偶像的故事来那是口若悬河、滔滔不绝:"庞天师的神通还用问?你是外地来的吧?怪不得你没听说过他的大名!西边儿的赵家坳前阵子不也闹鬼,请了多少和尚道士都没用,人家庞天师一来,木剑斩鬼!这不就把鬼给定住了。还有那张家集……"

她心下已经明了,向众人拱了拱手道:"我看这个乞丐容貌奇异,大概是被恶鬼上身了,这才受恶鬼的驱使来破坏斋醮。诸位乡亲就是打死他也无用,不过徒害了一条性命,恶鬼依旧是要作祟或附身,倒不如把他绑了交给我。归云山上的小道士黄修是我的朋友,我正巧要上山去访他,就把这乞丐带了去。他必能镇压恶鬼,解除这乞丐的苦难,诸位也算是成全了一桩善事。"

为首的一个男子上下打量着她，见她穿着粗布衣衫，风尘仆仆，狐疑道："黄真人可是祭酒唯一的儿子，你这后生竟认识他？"

她从包袱中取出几封书信，道："我有他亲笔写给我的书信，诸位乡亲要是不信，大可来验看一下。"

此话一出，众人也就打消了疑虑，对她生出许多敬意来。早有机灵的人回家取了绳索，众人将"竹竿"绑了，又派了两个青壮男子押着乞丐，随她上归云山去。

"竹竿"嘟囔道："我才没被鬼上身，凭什么绑我？"

她笑着转头问那两个押解的人道："被鬼上身的人会知道自己被鬼上身吗？"

那两人都呵呵笑道："那肯定是不知道，喝醉的人还都说自己没醉呢。"

一行人到了山下，有门人通报了。不多时，一个身穿墨色道袍、头戴道巾、长身玉立的年轻男子从山门走了出来。

那"竹竿"一见这年轻道人，仿佛见了救星一般，拼死挣脱了押着他的两人。他双手被缚着无法维持平衡，直直冲在了道人怀里，撞得道人向后退了两步。这乞丐身量太高，还非要小鸟依人般伏在道人胸口，显得格外滑稽。他呜咽道："呜呜呜，师兄，我被打了。那个丫头让人把我绑起来，还说我被鬼附身了。"

"嘿，你这人真不识好歹！"她双手叉腰，佯装发怒道，"要不是我发善心把你救出来，你今天都能被他们群殴死，到时候就真变成鬼了！我怎么就说你被附身了？这叫'欺以其方'，你这都不懂！还有，你这大傻子是怎么看出来我是丫头的？"

那道士正是归云先生的独子，名唤黄修。他一脸无奈，对着同样一头雾水的两个百姓苦笑了一下。他抚了抚乞丐的头，算作安慰，又对她道："荀玫，你怎么这般打扮？"

荀玫撇了撇嘴："为了路上方便。我还没见着归云先生的面，就救了他一个弟子的性命，你说说，你们该怎么报答我？我说你们归云山啊，还号称本朝第一学府呢，收的弟子就都是这种货色吗？"

黄修笑道："好了，你也别太牙尖嘴利了，就算救了人也不能叫人家大傻子呀。这是你岑天心师兄，主修墨门的机括术。他的先祖乃是开国时的将作大匠岑高，当年太祖皇帝定鼎，国都邺城就是他的先祖主持修造的。荀玫呐，我说你也别太嚣张，我们山上有的是贤才俊彦，辩才不在你之下，你小心吃亏！快跟我进门换身衣服再说。"

荀玫转身对那两个押解的人道："这'厉鬼'我就收走了，镇上若是再闹鬼，不妨从那庞天师身上查查。"

黄修让一个名唤阿芸的婢女把岑天心带回房去擦药。阿芸是个心地良善的姑娘，见岑天心受了委屈，又拿着布老虎哄着他玩了一阵。岑天心是小孩儿心性，不一会儿便忘了屈辱，又恢复了笑容。

黄修看荀玫风尘仆仆，猜到她大概是从家逃出来的，又想起她家里人的种种严酷来，便问道："听说江都公这几日不在，难道是你家里人让你受委屈了？"

荀玫哼了一声，颇为不在意道："我可不曾受什么委屈。"

"那你还离家出走？"

荀玫冷冷一笑："我出走是我自己愿意。就凭我家里那几个，也能给我委屈受吗？倒是我这一走，等我祖父从金陵回来，他们恐怕是免不了一顿训斥。要委屈，也该是他们委屈。"

黄修知道她是个嘴硬的，就算心里委屈也从不肯认，便不再纠结这个话题，问道："不先换身衣服吗？"

荀玫道："换不换的，有什么要紧？总不见我穿这么一身粗布破衣，归云山便不收我了吧？"

黄修笑道："那倒不是。你信中说要来求学，我早为你预备好了，和我妹妹黄月同住。你这般打扮，难道是要我把你分配到男寝吗？"

荀玫哈哈大笑了起来，随后便跟着黄修去见黄月。她本就是个讲究穿戴的人，出门在外虽是轻装简行，包袱里却也备了一副钗环、一身裙装。黄月替她打水洗过脸后，她便认真装扮描画起来。

黄修本坐在堂屋里从容饮茶，见荀玫从里屋出来，不禁呛了一口茶水。

荀玫这一身穿戴好生亮眼，翩然一身富贵矜奢，且用心装扮了一番，竟十分俏丽明艳，与方才的少年水手判若两人。且她因换了一身罗绮华服，竟也性随衣转，变得娉娉袅袅，举止端方起来，亦自十分相称。黄修看得怔住了，只觉得这荀玫的举止虽则端方，却丝毫也不死板，仍然从内透出一种娇俏可怜的气质来，不由得惹人亲爱，真好似个左氏娇女、谢门名姝，跳脱出书斋之外，盈盈然浮跃眼前。

"哥！"黄月笑着推了黄修一把，这才让他回过神来。

荀玫微微一笑，盈盈行礼道："小妹已穿戴得当，不知可否随兄长拜见归云居士了？"

黄修啧啧道："可惜，可惜呀。"

荀玫问："可惜什么？"

"可惜你这一身锦衣华饰终究是错付了，我父亲他刚好不在家。"

"归云先生去哪儿了？"

"访友去了。"

"访友？那这山上的弟子谁来授课呢。"

"归云山上弟子数百，他一个人也教不过来呀，咱们这儿的授课从来都是师兄带师弟的。父亲不在家的时候，这山上就是我当家，嘿嘿。哎哟！"黄修正忘乎所以，没防备后背却挨了黄月一锤。

"原来是这样，这样真的没问题吗？求学的学子大多是慕归云居士之名而来，可他却不亲自授课，这不是虚假宣传吗？你们这样真的没有学生家长抗议吗？"荀玫问道。

黄修并没有接茬，一拍手说道："这样吧，荀师妹，我先带你到各处看看。你不是还没决定学哪一门吗，兴许你看过了，心里便有主意了。"

归云山的正堂坐北朝南，匾额上大书"飞鸟堂"三字，门前挂着两盏灯。黄修引着荀玫步行而入，只见厅堂正中摆了一张案子，案子上奉了一盆净土，案上的字幅道："人之所得，使万物各得其所欲。"

正北的桌上摆着一盏清水，上悬一幅字道："人之所履，夙兴夜寐，以成人伦之序。"

正西摆着一把宝剑，上悬字幅道："人之所宜，赏善罚恶，以立功立事。"

正东摆着一盆佳木，上悬字幅道："人之所亲，有慈慧恻隐之心，以遂其生成。"

荀玫笑道："你这厅堂倒是别出心裁。"

黄修道："哦，你倒说说如何别致？"

荀玫道："这屋中的物品暗合金木水火土，又以喻'仁义礼智德'。土曰稼穑，为德，居于正中，取其厚德载物；木曰曲直，为仁，居于正东，取其生意蓬勃；金曰从革，为义，居于正西，取其刚断正直；水曰润下，为礼，居于正北，取其谦恭温柔；门口的灯笼代表火，火曰炎上，为智，居于正南，取其光辉明达、照亮幽邃。我解的可对？"

黄修道："不错。这里的布置是我的巧思，是为了让归云山的弟子们时刻不忘'仁义礼智德'。"

荀玫嗤笑道："看得出是用了心思，只是弄出这无穷张致，不知真正记在心里的有多少。形而上者谓之道，形而下者谓之器。子曰'君子不器'，你弄这些器物陈列得再精巧，不也是落了下乘吗？"

黄修苦笑道："我就不该在你眼前显摆。行了，咱们接着看吧。"

转过正堂之后，又去看各家的校舍，二人边走，黄修边介绍道："归云山开设多种课程，主流的课程是春秋十家。所谓十家，乃是儒、墨、道、法、阴阳、名、杂、农、纵横、小说。作为中土综合排名第一的学府，归云山是你升学进修的上佳之选。"

"首先映入我们眼帘的是名家的校舍。名家者，盖出于礼官，所奉行者，以名举实，以辞抒意，濠梁之辩、白马非马，果系名篇，又称'别墨'，所辩之惠，在于明是非、审治乱、明同异、察名实、处利害、决嫌疑。其所从者，公孙龙、惠施也。其为人，词穷理极，推明是非，是为辩士。荀家妹子这样好辩，我看此家之学最适合你。"

荀玫大摇其头道："名家者，摇唇鼓舌的聒噪之学罢了，专爱和别人抬杠，难道也算一门学问吗？你说这是学问，但它除了炫示口才之外，于世间万物可有半点儿益处？白马非马本就是诡辩，濠梁之辩就更是没意义的斗嘴了。公孙龙就是口若悬河，把白马说成黄牛，他不还是得交马匹出城的税钱？惠施就是把吐沫都辩干了，对河里的游鱼和岸上的庄周而言，可有半点儿影响？"

黄修道："你知道吗，荀玫，你简直是在攻讦你自己？你是我见过最好辩的人，你竟然还看不起名家。"

荀玫故作惊愕道："我和他们可不同，我生性最不好辩，之所以看起来像是在同别人论辩，那不过是为了纠正他们的观点和语言的错误罢了。"

就在二人即将离开前往下一处时，名家校舍内却有一人走了出来。那人身材矮小，骨瘦如柴，且一张脸上须发过剩，倒有些猴相。他在舍内听见黄、荀两人斗嘴，耐不住心性走了出来。他一张嘴便吐沫横飞："这位姑娘说得好，我等的确是一群摇唇鼓舌的鄙薄无聊之辈。但是你能说，辩论本身就完全没有意义吗？你这话似乎也不正确吧。"

黄修为二人互相引荐道："这位是裴卿，名家弟子，你称呼师兄就好。这位是荀玫，我带她四处转转，看看她愿意学哪一家。"

三人边走边辩，少时，便来到了另一处校舍之前，黄修道："这里是道家的校舍。道家者，盖出于史官，所奉行者，清虚以自守，卑弱以自持，从容天地外，不恋凡俗中。其所从者，老聃、庄周也。其为人，超然出世，物我两忘，是为逸士。荀家妹子，我看你抛家舍业，似是不恋凡俗，不如随我修道？"

荀玫摆手道："可别，可别。老子说：'五色，令人目盲；五音，令人耳聋；五味，令人口爽；驰骋畋猎，令人心发狂；难得之货，令人行妨。'我这人俗气得很，还就爱声色以愉耳目，好味以养口舌，驰骋畋猎，那更是我心头所好，虽然家里不许，但既然我出来了，那就必须得'朝朝围山猎，夜夜……'，咳咳，夜夜就不说了……总之，我这个人啊，见难得可贵之货，对那功名利禄，犹如蚊蝇见血，恨不得舍命趋之，快别说什么清静无为了。"

裴卿倒是十分赞同："失敬，失敬。把自己比作苍蝇的这种说法，我还是第一次听说。荀师妹果然是雏凤清声。"

荀玫拱手道："过奖，过奖。裴师兄才是龙江虎浪。"

黄修无奈地道："快住嘴吧，一会儿你俩该自比卧龙凤雏了。"

接着是阴阳一派的校舍，黄修照惯例道："阴阳家者，盖出于羲和之官，所奉行者，万物莫非五行之中，幻化莫出阴阳之外，于是仰察星辰之变化，俯观朝代之运数，中通天地人和。其所从者，邹衍、邹奭也。其为人，经纬星历，周行日月，是为方士。我知道你肯定又有一番说辞。这是很神秘的学派，有可能解锁'知天'的成就哦。"

荀玫忍笑道："我哪儿有什么说辞？我只是想起今天百姓们说的那位庞天师，不知道这方士在扮鬼捣乱的方面是不是也有独特技能呢？"

黄修道："算了，下一个……墨家者，盖出于清庙之守，所奉行者，贵俭而节用，兼爱以非攻，摩顶放踵以利天下，赴汤蹈火以拯万民。其所从者，墨翟、孟胜也。其为人，仗义慷慨，周急救难，是为侠士。我妹和你今天救的那位岑师兄都属此门，只不过他们俩都不专注经义，一个是一心闯荡江湖当侠女，另一个是天天琢磨机械原理。"

荀玫叹道："哪家都还可以，唯独墨家不行，我从小就立志要做个自私自利的人，怎么能干利他的事儿呢？我该去学杨朱才对，拔一毛以利天下，那我也不拔。"

"一毛不拔，好！咱浑身上下全是宝，唯独是唾沫星子不值钱，是吧荀师妹？"裴卿打趣道。

荀玫反唇相讥道:"那是,裴师兄则与我相反,把这浑身的毛拔下来到集市上卖一卖,倒能发个薄利多销的利市。"

黄修已经习惯了这两人的相处状态,自顾自道:"好,那么接下来的是——杂家。杂家者,盖出于议官,所奉行者,百家之言,取其善者,诸子之智,兼其长者,包容并蓄,博采众学。其所从者,尸佼、吕不韦也。其为人,杂采诸子,明于百学,是为博士。"

"门门精通,样样稀松,万金油专业我可不学。"

"农家者,盖出于农稷之官。其所奉行者,民以食为天,治国以耕为首,顺四季农时,通地理水文,君民同耕,市贾不二,农本而商末,顺民以救荒。其所从者,许行、陈相也。其为人,劝农务本,调协物候,是为畯士。"

"黄兄真的觉得,你妹子,这么好吃懒做的人会秉持许行的原则,自己耕田自己吃吗?"

不少归云弟子见三人谈笑有趣,都撇下正做的事凑上前来,越聚越多。当荀玫对某一学派发表攻讦言论时,不少本派弟子群起反驳,其他派别的弟子则或是大笑或是起哄,归云山顶顿时好不热闹。其中一位身宽体胖的弟子还拿了纸笔,运笔如飞地写着什么,似乎是记录众人的言行。

黄修此时的介绍已了无生趣,只是例行公事:"法家者,盖出于理官,所奉行者,理不别亲疏,法不殊贵贱,王子犯法,与庶民同罪。其所从者,商鞅、韩非也。其为人,刑名讼狱,绳墨诚陈,是为朝士。"

"'弃道而用权,废德而任力',实在不可取。"

"那儒家就可取了?"人群中一人道。

"说你们法家呢,关儒家什么事?"另一人反驳道。

裴卿笑道："都别吵，都别吵。儒家、法家，那不都是一家人吗？你们之间吵什么呀，谁还不是个外儒内法、明儒暗法了？那学儒的做了官，不得安个权谋法术的里子？学法的入了仕，那不也得裱糊个仁义道德的面子？"

众人皆捧腹大笑，唯有儒、法两家弟子愤然不平，依旧争辩不休。

"好的，"黄修一脸的生无可恋道，"接下来，我们请荀师妹来抨击纵横家。纵横家者，盖出于行人之官，所奉行者，摇唇鼓舌，朝秦暮楚，或合众弱而攻一强，或事一强以攻众弱，捭阖列国，折冲樽俎。其所从者，苏秦、张仪也。其为人，遍行天下，游说诸侯，是为策士。"

荀玫笑道："纵横家不用抨击。不出樽俎之间，而折冲于千里之外，配六国相印何等英豪，自是我之楷模。"

裴卿道："我发现了，荀师妹净是喜欢说反话。那苏秦、张仪卑鄙小人，巧言佞说，取宠于上，诓世误国，不得善终，且致使百姓不亲、诸侯不信，反倒是师妹的楷模了。师妹非常真实地向我们演示了，当你自己的底线足够低时，就没有任何一种学派的语言能够中伤你。"

人群中又有人道："师妹不效古之圣贤，反倒愿做苏、张那样的反复小人，满眼功名利禄实在障目。怎么不见苏秦五马分尸，郦生毙于齐镬，蒯子几入汉鼎？"

荀玫几乎跳起来："你们难道敢小看纵横家吗，以一己之躯深入险地，凭三寸之舌捭阖天下？战国时有苏秦、张仪合纵连横，楚汉时有郦生、陆贾游说四方，自汉以后，此家之言式微，再没出过一个风流人物。今天我还就告诉你们，倘若我荀玫学了这一门派，必要将此家之言发扬光大，名垂千古，青史载誉！但凡后人再提起我的名字，便是与苏、张、郦、陆一起……不，指不定还在他们之上呢！何况，孔圣人门下不也有个端木赐呢？端木一出，存鲁、乱齐、破吴、强晋、霸越，一人出而乱五国之势可谓有勇有谋，守巨富而行仁义可谓德泽深厚，据才学而抗礼诸侯可谓不卑不亢，立大功而不自矜可谓谦逊有节，为先师守陵六载可谓情真意切。有子贡一人，足见这纵横一派中，也自有贤人君子。"

"子贡不能算纵横家吧……"

"怎么不能算？"

"子贡是孔门十哲啊。"

"那他不能同属于两个学派吗？"

"能吗？"

"不能吗？"

"真的能吗？"

"真的不能吗？"

"嗯，那看来儒家也不用带你去看了。"黄修打断了新一轮的论辩道，"那你决定要学纵横术了？这一家学的人倒是没一两个，毕竟……现在又不是春秋战国，好像也没什么用了。"

"我可没说我一定要学，"荀玫道，"其实，我还想听听你讲剩下的两家呢。"

"好吧，"黄修道，"儒家者，盖出于司徒之官，所奉行者，立于礼，成于乐，在家孝悌，在国忠义，仁而爱人。其所从者，仲尼、孟轲也。其为人，持身育人，高山景行，是为懿士。"

"其实我一直想知道，"荀玫挑了挑眉，说道，"孟夫子所说'善战者服上刑，连诸侯者次之，辟草莱、任土地者次之'，是何意。须知国不养善战者，则无孙膑、吴起，于是桂陵之战邯郸陷于魏师，宣公伐鲁曲阜束手以待毙。国不用连诸侯者，则无陈轸、苏秦，于是楚攻魏齐连下八城而昭阳不却步，无有六国合纵强秦十五年不出函谷关乎？国不辟草莱、任土地者，则无李悝、商鞅，地利不尽、粮秣不平，路有饿殍，能有安邑破局而先盛？阡陌不开、军爵不立，秦一边陲小国矣，岂得咸阳贵重于天下？于是人人抱仁守义，不肯违孔孟之教诲，敌军来，内无抵御之师，外无驰援之盟，仓廪空虚，人心惶惶，得无败乎？及其败，百姓流离，宗庙不保，能说无怍于万民，无愧于祖先？彼时为人俘虏，桎梏加身，残损肢体，有辱先人，还要挺胸抬头，威武不屈，高谈阔论曰'兵甲不多，非国之灾'否？还请师兄赐教。"

"说得好！"人群中爆发出一片喝彩之声。汉武尊儒之后，百家并受排抑，无法再现先秦时百家争鸣的盛景。黄公立校之初，意欲使诸子之学重盛。因此归云山诸学并采，众弟子相处从游也不抑争鸣，谁立意、口才胜过旁人，便得众人喝彩。

"来了，来了，"裴卿亦鼓掌道，"果然还是得儒家不是？荀师妹的斗志立马就燃起来了，眼睛都放光了。"

人群中一人上前道："师妹此言难道便不是巧辞佞说？昔者商汤起于七十里，文王起于百里，岂其兵甲多耶？岂其连诸侯众耶？岂耕地广耶？岂其制军功授爵耶？而后有天下者，在于其人心所向。桀纣失其道，故而天下多叛之；汤、文王得其道，故而天下顺之。荀子云'君者，舟也；庶人者，水也。水则载舟，水则覆舟'，须知一朝一国之翻覆，往往不在外敌，而在人君自身。假使桀纣各爱其民，无以昏暴，汤、武纵有天下之至善战者为其将兵，善画策者为其纵横，善刑名者为其治法，而民心不附，其复能得夏、商之天下耶？汤王之仁布于万民，传于巷闾，其军东面征，则西夷怨；其军南面征，则北狄怨，咸言'奚为后我'。四方之民日夜盼其师至，犹如久旱之盼甘霖，取天下难乎，易如反掌耳！德盛于天下而天下之民自至，何用奸邪诈计以乱德教，强兵利甲以凌世人，致使天怒人怨，苍生倒悬？在下何文则，还请赐教。"

荀玫见此人身量虽不算高，腰背却挺得很直，穿一件旧布衫，脸上多是刚正之色，可见是个贫贱不能移之人。于是她款款施礼道："何师兄好。师兄之大意是君主只需修德布仁，则万民归附，取天下易如反掌。此诚大谬也！汤、武致强而征诸侯，民非服其德，服其力也！古人之论儒者，多失于偏颇，唯有叔孙通得之，所谓'难与进取，可与守成'，先取之以力，方可持之以义。故而承平之世重仁义，浊乱之世先权谋。孔圣人名为'圣之时者'，然而孟轲受业于子思之门人，却不能识时。滕文公从于亚圣，无纤毫之违，修己明德，复礼爱人，国善民亲，而其后二十年竟灭于宋，是其德未至耶？是孟子之教错耶？是其未合时宜耳！当是之时，实乃大争之世，人人图强图存，尔独据慈守弱，安得救哉？秦立国边鄙，地接巴蜀，亲近于戎狄，垢耻于诸夏，而孝公用商君之霸道，遽起于西陲，后得清扫六合、归并四海，又是只知求仁可得的吗？"

何文则见她辞风遒劲，也是棋逢对手，嘴角竟微微勾了起来，但他本性不苟言笑，很快便正色道："师妹既用暴秦之典，愚兄也只得敬从。秦自孝公起变法图强，传有六世而至秦王政，其间百年蛰伏函谷关之内，窥伺中原，只是为三晋所屏障，不得有所图尔。秦王政出函谷关至灭六国，所耗者不过十五载，而其称帝到子婴去帝号、沛公入咸阳亦不过十四五年间。秦王政建帝号时，曾自呼为始皇帝，欲传之二世、三世以至于万世，何以骤然荡覆，二世而亡？世有定语，曰其'极武而终'。禹有治水之功，而夏得其位四百岁；汤有除暴悯人之慈，故殷商传世六百岁；文王、武王有命世之德，且立国于礼成民于乐，故周有天下八百岁；项羽身负武功，兵甲尖锐，但其屠城戮民，不能修德，终究势极而辱；汉祖起于毫末，未有才略，仅以恢弘爱人，而得天下，及其践祚后亦能用儒生，至汉武时'推明孔氏，抑黜百家'，使人知礼而守仁，故刘氏前后享国四百春秋，是为民心不离。汉亡之后，人心不古，得国者只思权谋不思仁义，由是弟杀兄、子弑父、臣叛君，篡盗频繁，伪朝更迭，戎狄乱华，天下割裂。敢问师妹，三国及晋以来，可有一国一朝之祚长于三代及汉，可有一国一朝之势盛于三代及汉？若无有，何敢言权谋重于仁义？若无有，当知先圣之学字句珠玑，无一虚言！"

人群中又爆发出一阵掌声。荀玫也微笑见礼道："师兄高论，小妹佩服！"

众人见形势已分，正待要向何文则道贺，却听得荀玫道："只是小妹还有一处想不通的，望何师兄指点。"

何文则道："不敢说指点，还请师妹说出来，咱们共同讨论。"

荀玫凝视着他道："逢蒙杀羿，而羿有何罪？又谓春秋之义，原心定罪，可是藏在人心里的善恶，只怕是每个人自己都认不清，旁人谁又有资格定论呢？"

"'周公恐惧流言日，王莽谦恭未篡时。向使当初身便死，一生真伪复谁知？'"众人循声看去，发声者却是刚才一直在拿着纸笔奋笔疾书的那位仁兄。这老兄身宽体胖，面色又白，好似年画上的胖娃娃，一副憨态可掬的模样。他见大家都把目光投过来，不禁有些羞赧："诸兄继续、继续……不用管我，我只是给大家做个实时记录。"

黄修则趁机站在了他身边，对荀玫道："这位衷伯安师兄所属的，便是咱们今天归云一日游介绍的最后一家——小说家，稗官者也。其始于古之道人，持木铎之器询于道路，求访歌谣之言，采集四民之风，而上达于君王者也。先秦有《国风》之唱，两汉著《乐府》之声，掬管操瓠，上书国事，下写民况，动真情于字迹，达至理于文间，可开明眼界，可广人听闻。其徒不如九家之众，故而未与争鸣也。其为人，调文弄墨，雕虫篆刻，是为文士。"

荀玫施礼道："伯安师兄所写的，能否给妹子看看？"

衷伯安连忙摇头道："不行不行，还没写完呢。等写完再给大家看。"

"拿来吧你！"原来是裴卿趁着衷伯安不备，一把夺过了他手里的文稿。裴卿身形小巧，真如猴子一般灵活，腾闪挪移，让衷伯安抓不着他。"我来给大家念啊。'只见这荀师妹'，这是描画荀师妹了——'上为金泥簇蝶窄袖罗衫，下穿紫碧纱纹绣缨齐腰百褶裙，掩衬得身姿颀立，纤腰楚楚。乍看去，只觉得通身浮华靡丽，令人目眩神迷。待细看时，见头上流苏髻，簪的是金雁衔梅，足下高头履，绣的是仙鹤临风；腕绕双镯，曾为荆山璞玉；耳垂明珰，原系汉水随珠；项悬宝圈，岂非八珍璎珞；腰佩鸣环，正乃仙郎所遗。'"

"什么'仙郎所遗'，我还单身呢，师兄你别造谣呀！"荀玫急得去抢那文稿，却被裴卿躲闪而过。

"这是文学的合理美化。"衷伯安道。

裴卿道："别说荀师妹不高兴了，咱们师兄弟说这么半天，何师兄何等雄辞伟辩，嘴都干了，你怎么光记人家荀师妹穿的衣服了？要不是有你这么个稗官记点《归云野史》，咱们白费那口舌干吗？"

众人哄笑不止。衷伯安挠挠头道："裴师兄你别断章取义啊！我也不是光记了衣服。"

"行,那我接着念,下面倒是咱们说的话了,你小子下笔速度可以呀。'且其独树一帜,鄙薄众家,诸辩才之士群起而攻,犹能口若悬河,滔滔不绝,舌战群儒,而立于不败……试问天工造物、女娲造人,何等莫测神奇?竟将祝鮀之佞、宋朝之美集于一人之身。'衷伯安小师弟,你这也不是实时记录啊?"

衷伯安点头哈腰道:"我这是夹叙夹议、夹叙夹议。"

"而且荀师妹这也不叫舌战群儒吧。"

"是啊,咱们九流十家的弟子都在,又不是光他一个儒家。"

"咱们可是在这归云山上,难道还能让儒家独大吗?"

"应该叫舌战百家才对。"

"就是嘛。"

衷伯安遭众家讨伐,赶忙服软道:"我改,我改,我现在就改,保证让众位师兄、师弟满意。"

"还有师妹!"荀玫提示道。

衷伯安连忙道:"对对,还有师妹,保证让你们满意。"

热闹之后,荀玫总是觉得愈发失落。

她独自坐在归云山前的石阶上,身处热闹时未及理会的那些纷乱的思绪一时都涌上心头来。她离家出走,叔叔、婶婶及堂兄弟是否会向祖父告她的状?如果祖父知道了她在归云山,肯定要派人来捉她回去……她也不知道自己能在这里再留多久。

东方一轮新月渐升,月色如同素练一般。

踏着月光,那人拾级而上,穿着一身布衫,脸上无悲也无喜。

荀玫心道，看来此人就是秋晗了。在吃晚饭时，她就从众位师兄那里听说了他，这还是第一次相见。

"怎么一个人坐在这儿？"秋晗问道。他可真是个奇怪的人，没有问她的名字，也没有问她为什么出现在山道上，只是问为什么独自坐在这里，就好像他们已经相熟了似的。

"我听说，古者谓死人作归人。'下有陈死人，杳杳即长暮。潜寐黄泉下，千载永不寤。'不知道为什么，我从小就特别喜欢这两句诗。我想，如果死亡只是一次永不醒来的沉睡，那死还有什么可怕的呢？"

不知为何，她会说这些话。她与他第一次见面，他们还未来得及交换姓名，还未来得及寒暄，她就这样莫名其妙地与他谈论了生死……真是莫名其妙！但是此情此景、此时此刻，月影摇曳，宛如她浮动的心绪，远处的潮声，更让她觉得遍身寒意。那步行而来、一步一阶向上走来的少年，又是那样如水清冽、如月高华，偏偏还要突兀地关心她一句，就好像他们已经认识许久了，就好像是故人久别重逢……因此她不得不说了那些话，这样莫名其妙，着实怪不得她。

尽管他们还不认识，恍然中，她甚至觉得他一下子就体悟了她的心境。那无可言说的沧海明月、千古愁思，他什么都懂，她从他那低垂的悲悯的双眸中看出来了。

乌云遮去了皓月，投下一片阴影，不多时却又自己散去。

虽然并未饮酒，她却感觉自己有点儿醉了，不由得又去看他的脸。"月出皎兮，佼人僚兮。"为何此人眼中光华满溢，竟如同万古不变的皓月星辰？

第四章　岂不惮艰险

何典归家时，天色已全黑了下来。他虽也吃过了焕若的点心，却还是陪着夫人又用了晚膳。

今夜的月色很好，天上竟无一丝乌云。月光像透明的湖水，漫过门槛，漫过石阶，漫过院墙，漫过他和她。

何典摸出那支藏在胸前已被体温焐热的珠钗，亲手把它插在夫人的发髻上。

他揽过夫人，将她拥在怀里，说："最近，相城里只怕不大太平，我已卷入其中，脱身不得，明天送你去乡下的庄子上住一阵子吧。"

"好。"她柔声道。

他还能记起在归云山时，他们坐在校舍后面，她借着月光替他补缀衣服，神态是那样的娴静专注。她会把厨房剩下的点心藏在竹篓里送给他吃，脸上的笑容欢快又纯洁……离开归云山后，她跟着他颠沛流离，吃了不少苦，却依旧不离不弃、相濡以沫，只是她身上那种欢乐的神态渐渐变少了，变得越来越沉静柔婉。

也许女子在婚后，气质都会有所变化，他也未作多想。

他低头去看她，忽然发现她的眼中似有泪花。他顿时慌乱了起来，道："这是怎么了？"

"没什么。"她别过脸去,轻轻拭去泪水。

"芸儿,告诉我,到底怎么回事?"他转到她的面前,看着她的眼睛问道。

"真没事。"

"不可能,你不会无缘无故地哭。"

"我只是觉得,兴许你是厌弃我了……"她的眼泪再也止不住,哭得梨花带雨。

"怎么会?"他赶忙去擦拭。

"那为何要把我送去庄子上?"她质问道。

"当今的相城是多方角力,形势波谲云诡,归云山的秋晗和荀玫也来了,我怕……他们会拿你做文章。"

"他们能拿我怎么样?因为我是归云山的逃婢吗?可是,你现在已经不同往日了,你可以庇护我。相王和申将军那样器重你,他们也会庇护我的。你是不是有别人了?"

"这怎么可能?"

"可是我嫁给你多年,都没有生育,你厌弃我……也是应该的。"

"不会的,我没有厌弃你。从我微末时你就已经和我在一起了,当时离开归云山,我那样狼狈,你都没有厌弃我,我又怎么会厌弃你呢?"何典紧紧搂住她道,"就是没有孩子有什么要紧,我老家的兄弟都生有儿子,过继一个,照样能传承咱们的香火。何况,我们的日子还长远着呢,谁就知道我们命里一定无子?"

"可是……我只是一个婢女,你现在是官府的大人了,我心里总是怕,怕我配不上你。"

何典怜爱地勾了勾她的下颔,道:"'衡门之下,可以栖迟。泌之洋洋，可以乐饥。岂其食鱼，必河之鲂？'"

她摇头道："文则，你又说我听不懂的话了。"

"'岂其取妻，必齐之姜？'"他温柔地笑道，将她拥在怀里，"今人之姻媾多重门楣郡望，世风虽如此，但我不愿落于流俗。我才不想娶什么名门贵女，我只娶我心爱的女人，什么崔卢李郑、朱张顾陆，什么陈郡谢氏、江都苟氏，你比她们都要好。"

"真的？"她抬头看他。

"真的！"他也看着她，"大丈夫合该自己立一番功业，光耀门楣、封妻荫子，靠着妻族的光耀抬升自己的身价，这算什么？"

她破涕为笑，安心地靠在了他的胸膛上。他轻抚着她的后背。

"听我的话，芸儿，去庄子上乖乖地住一阵子。这段时间先别抛头露面，也别走亲会友，就是平平安安地待着。好吗？"

"好。"她这一声回答得清脆，眼眸中仿佛又恢复了昔日那个活泼少女的神采。

第二日天还没亮，何典就已经打点好一切，让几个信得过的下人护送着夫人去庄子里小住。

何典在府衙内办公了半日，中午则又受了相王的请，和几个同僚一起去相王的内宅中用餐。何典向来不喜欢这种应酬，不过来应个虚景，一般是吃饱了肚子就离席。而今天，他却在相王府中看到了另一人——斐娥。她的座位虽离相王有一段距离，身形仪态却妖妖娇娇，一双媚眼更是会拉丝一般，早把相王勾得三魂丢了七魄。

看来秋晗的这个美貌都管，已与相王相交匪浅。何典忽然觉得一阵反胃。他曾认识的秋晗乃是正人君子，怎肯用美人计这样的手段？

究竟是秋晗真的变了,还是有人打着他的名号来做事?

何典对官场的交际最不耐烦,见有同僚坐过来企图搭讪套话,便托言要出恭避走了。他在王府中晃晃悠悠,误入了一片幽静的林子里,索性找了片空地坐下,心想等外面的宴会结束了再出去。

何典坐了片刻,却听得一男一女谈笑着走了过来,那男子的声音分明是相王殿下,女的听来倒像是斐娥。若是出去撞破他二人不免有些尴尬,何典只得往林子更深处隐藏。

两人举止亲昵,言语轻佻。相王肯定是对斐娥许诺了什么,两人竟不顾"奉诏讨贼"的大事,谈论起相王登上帝位之后的事来。只听那斐娥嗔道:"只怕殿下来日登了大宝,见了那三宫六院里的万千佳丽,就把婢子给忘到九霄云外了。"

相王用食指的指节在斐娥的脸上轻轻刮了一下,道:"孤就是忘了自己名字怎么写,也不会忘了美人儿啊。别说,有真人还劝孤得了大位之后,得娶了郁久闾氏做正宫,以便继续结好柔然。"

何典无声蔑笑。郁久闾氏乃是柔然可汗的公主,当今天子的正宫皇后,如今邺城还未下,相王竟已经在考虑是否接手天子的遗孀了。

斐娥奇道:"听闻那郁久闾皇后生得美貌异常,却是天生一双碧绿眼眸。她从柔然嫁过来的时候,还有个陪嫁的奴隶名叫李昭,号称是'草原最聪明之人'。"

相王笑道:"这郁久闾氏的确是一双碧眼,异貌倾城。听闻她的母亲是鄯善城来的舞女。只是戎狄兽类,岂可坐于中宫?都是文渤那老东西,非要替天子安排这样一桩婚事,让那碧眼胡儿当了皇后,不是千秋万代的笑柄吗?若生出来的孩子也是那妖异的模样,还怎么继承大统?不过话说回来,如今龙椅上坐着的这位天子,是否是我元氏苗裔，还不好说呢。"

斐娥问道："殿下这是什么意思？难道天子他……"

相王道："十几年前，柔然南侵，雍王一家子逃难，小世子名叫旻朗——这二字如今竟也是国讳了……那旻朗小儿当时才七八岁，和家人走散了。两年半以后，才有一个乞丐婆子拉着一个小儿，在邺城府衙门外敲了登闻鼓，说这小儿是雍王的世子。那时候，雍王和王妃都已去世，谁能知道他是真是假。叫来雍王府旧仆辨认，也是说不清。要说这小孩儿在外面漂泊久了，受苦受累，容貌变异也是有的。最后，还是天子认下了这个侄儿，让他袭爵做了雍王。但这小儿身上有种怪劲儿，自从那丐妇走后，他大哭了一场，从此便像是哑巴了一样，不发一言。"

斐娥道："可我们从未听闻当今圣上有哑症啊？"

相王接着道："你别看当今天子受制于文氏，看起来病病怏怏的，心思可深沉着呢。他几年不言不语，后来十三四岁上，这哑病是治好了，没过两三年却又染了重疾，卧病在床，表面上不与外人交接，却是韬光养晦，又有先帝的支持，在朝中笼络了不少大臣。文渤自然是不愿的，杀了好一批人，其中就有龙骧将军张密，也就是如今青州刺史张舜宾的亲爹。先帝病重时，又传出'玄佳'谶语来，可不就是为雍王继位造势？先帝一驾崩，当今天子的病立时就好了，顺顺当当地继了位，坐在那张龙椅上和文渤周旋了几个回合。眼看着文渤都有还政于朝，留个周公美名的意思了，谁知文渤却暴病而死。接替他的文翮干脆是个疯子，根本不顾天意人心，嗜虐滥杀，行事荒唐。他与郁久闾氏有染，还把天子囚禁在北辰宫内，自己乾纲独断起来。"

斐娥惊慌道："若是让此人得了天下，那苍生还有活路吗？殿下可千万要打败此人啊,莫要让我等黎民落入那文翮之手!如今申大将军与殿下勠力讨贼,殿下何不将府库内的粮食分给他们一些?"

相王笑道:"斐娥放心,那文翮小儿在邺城不过是困兽罢了,他如何斗得过申万景呢?只是这申万景也隐隐有豺狼之相,他拥兵自重,此时虽与我同心并力,难保将来不会是下一个文渤。你这小女子怎么会懂呢?这御下就如同驯犬,这猎犬一旦不缺吃的,就不会把主人的命令放在眼里,半饥半饱的狗,才是最听使唤的狗。"

斐娥笑道:"殿下深谋远虑,是我一个小女子所不能及。但用人不疑,如今申将军既然助殿下讨贼,殿下又何必想得太多呢?何况申钺将军才娶了郡主,是自家骨肉,若是与他们起了龃龉,反倒不利于殿下。"

"斐娥若是男子,是不是还想给本王当个谋主啊?"相王伸手欲揽斐娥道,"美人儿,你的心真硬,全不顾本王有多想你。"

斐娥嘻嘻笑着躲开了,道:"殿下忘记了与我之约吗?还要禀明我家先生的……婢子就算是掉在您碗里,可您心急也吃不了热豆腐呀。"

好不容易挨到二人离去,宴会也差不多要结束,何典回到衙署里一直待到傍晚。天黑时落了些雨,何典又没带着雨具,夫人不在家,索性也不打算回去了,吩咐衙役收拾寝房,就在署里将就一夜。

入夜后,何典正在灯下读书,却看见一个身穿蓑衣、头戴箬笠的人被府衙的门子引进来。那不是别人,正是他前些日子派往光州打探情报的心腹。

何典不动声色地打发了门子,接引心腹进屋来,握着他的手道:"四五日的马程,这么快便赶回,真辛苦你了。"

那心腹递上一封信道:"小的扮作商客过了青州地界,进到光州后找了大人嘱托的那人,旁的人任谁也没有惊动,得了消息便星夜兼程地返回,生怕误了大人的事。"

何典点头道:"你做得很好,待此事了结,我自会为你请赏。现在你先去耳房好生休息,我让衙役给你备饭菜。"

何典安顿得当,便遣心腹出去。他独自站在烛火前,拆开了信件的封套,展信读过后不由得一阵心惊。然他一向是心细如发、胆大如斗,片刻之后便已神定。此事虽极为凶险,然而富贵向来还需险中求,却也是个立大功的契机。

何典当机走入耳房,那心腹正在吃晚饭,见他进来便停了下来。何典道:"你快些用点儿干粮,我就带你去军中见申大将军。"

两人出了衙署,回家牵了两匹马。相城西南角小门的守城吏曾受何典的恩惠,自然二话不说,为他开了小门。何典与心腹两人快马加鞭,冒着夜雨奔驰到申万景的大帐。然而申万景已经睡下,倒是申钺接待了两人,道:"何先生有什么急事,何用深夜出城来此?"

"事关生死,还请少将军唤醒大将军,臣当面禀告。"

申钺疑道:"究竟是什么事你也不说。我父亲操劳一日了,现在刚刚睡下,你要我怎样去禀告呢?"

何典急迫道:"少将军,臣的亲信刚从光州回来。臣在光州的朋友打听到,秋晗的船虽是从金陵发出,走海路到了东牟郡,却在东牟的船坞里进行了改造。他们之所以改造那船,正是为了造出能够藏人的暗舱。若暗舱中藏有武士,只怕会对我们不利……"

"你是说他们在船中暗藏武士,企图作乱?"申钺的眼神凝重起来,"何先生,你在此稍候,我这就进去通知父帅。"

不多时，申万景从内帐中走了出来。他已年过半百，头发花白，额头上横亘着几道皱纹，一双眼睛却依然如鹰隼般慑人。申万景起于微末，脸上的数道刀伤便是亲历战阵的证明。他的身量只算中等，却站得十分笔挺，给人以不动如山的感觉。

"何先生，你仔细给我说说。"与申钺眼神中透出的慌乱不同，申万景则显得很稳，两只眼眸如同漆黑的深海一般不可测。

何典向申万景做了简要汇报，又让自己的心腹详细地向申万景讲述了一遍在青州及光州的见闻。

申钺忍不住道："想不到吴王竟藏了这样险恶的心思，表面上为我们送粮，却暗里安排伏兵！"

"你昏头了吗？"申万景骂道，"那船是在东牟郡改造的，里面要藏着什么武士，也只能是青州张舜宾安排的。难道因为秋晗和荀焕若两个是自金陵来的，这就一定是吴王的意思吗？他们还没发难呢，你就自己先乱了阵脚，这样没城府，能成什么大事！"

申钺垂头道："父帅批评得是，方才是儿子未及细思。儿子愿意率兵趁夜突袭，在广明湖火烧他那十二条船，看他们还有什么办法。"

申万景看向何典，道："何先生有什么想法？"

何典道："臣觉得，就这么趁夜突袭，实在不妥。"

"为何不妥？"

何典道："秋晗毕竟是相王的客人，贸然出兵只怕会惹相王不快。但此时夜深，若去禀告相王，则消息可能泄露。"

申万景冷笑了两声，道："何先生顾虑得也是，夜深了，相王只怕还沉醉在美人乡里呢。"

申钺不满道："相王那样的酒囊饭袋，有什么值得顾虑的吗？就凭他帐下那个舞文弄墨、自命清高的董翰？父帅若是想，我的兵如今在相城协防，旦夕便可夺了相城。那相王倒是把秋晗当作上宾，他得了秋晗那样多的好处，却处事不公，好衣好粮全都发给自己的队伍了，给我们的全都是仓库里陈年的霉衣烂米。要我说，一不做二不休，干脆就夺了相城，咱们以相城为大本营，又有秋晗送来的粮草补给，也好从容整顿，再图邺城。"

何典忙摆手道："万万不可，将军如今毕竟是在相王殿下的地盘上。相王虽然不足以谋事，但是借着两位先王的德泽余荫，在相城还算是人心所向。少将军神勇无双，自然不是董翰之流所能匹敌。然而就算是夺了相城，少将军以为治理相城便容易吗？如今邺城未下，正是久战无功，诸侯生心之时，四面本就虎视眈眈，多少人假借勤王之名，若再与相王反目，反倒使相城离心，将军的处境就更是艰难了。"

申万景若有所思道："何先生说得是。钺儿，我们讨伐文氏，乃是匡扶魏室，以顺攻逆。相王就是再不济，也毕竟是皇室的血脉，是一面大旗。此时与他为忤，情理、道义都于我们不利。何况你刚娶了郡主，怎么就能夺人家兄长的城池呢？"

申钺想起家中那位蛮横无比的郡主娘娘，心里的无奈愈发加深了。郡主倒是生得娇媚美艳，又泼辣会调情。婚后那几日两人如胶似漆，申钺恨不得天天泡在她房里。可这郡主性情骄悍，有一日趁着他不在，就发卖了他最喜欢的一个侍妾。他与某个侍女稍亲近些，郡主便和他大吵大嚷。他前几日忍不住回了她两句，还被她泼了一脸茶水。申钺当时怒火攻心，想着家里娶来这样的一个悍妇，倒还不如没有，因此夜夜都宿在军营里，不愿回相城的府邸。都说夫妻没有隔夜的仇，当时气得肺腑生烟，这几日未见，申钺倒是有些想念郡主了。这么一个女人，真是让申钺爱也不是，恨也不是。

申万景又问何典道："何先生怎么看？"

何典道："秋晗的船队停泊在广明湖已经多日，却并未动手，这着实不寻常。船中的暗舱藏有武士，每日食粮消耗不少，不可能一点儿踪迹都不露，多待一日，便多一分被发现的风险，但他们却沉得住气。他们这样，倒像是在等一个动手的时机。"

"什么时机？"申万景问道。

何典道："将军可还记得，将军刚刚围定邺城时，文翾借天子名义谎称城内无食，请得将军允许，放城内的一部分老弱妇孺外出就食？将军秉着仁慈之心应允，文翾却让自己养的死士扮成老人或是孕妇，混在出城的老弱之间。这些人伺机便潜往各地，串联诸侯，说动他们发兵来'勤王'。"

申万景道："怎么不记得？当时抓了几个这样的人，只不过那些人倒是有些硬骨头，受尽了刑罚也撬不开他们的嘴，最后只得都杀了。"

何典道："正是，兴许那些人里面，有一个人就成功了。他去了青州，见到了张舜宾。张舜宾此人，当年做逃犯时藏身在归云山，原本与秋晗、荀焕若都是相熟的。三人勾结在一起，把从金陵来的船一番改造，定下了这个秘计。"

申万景疑道："文渤老丞相当年借口谋反，杀了张舜宾全家百十来口，只有他一个逃了出去。那青州原先的刺史童仙如拜了文渤当义父，带兵围困归云山半月之久，逼迫归云山交出张舜宾。你说这文翾，怎么会去找张舜宾帮忙？即便是去了，难道张舜宾会去帮与自己有灭门之仇的文氏？"

何典道："合纵连横，往往因时因势而变。张舜宾虽与文翾有血海深仇，但他更不想看到将军坐大，威胁到他的青州。"

申万景点头道："也是。何先生请继续说。"

何典继续说道："秋晗船中藏着甲士，受空间制约，人数必然不会很多。虽可趁我们不备突袭，或是寻机刺杀，但将军治军一向严谨，不给他们机会，就凭那几个人，又能翻起什么大浪？臣猜想，秋晗和荀焕若是在等，等着与邺城内的文翮取得联系。到时文翮的人从城内一并杀出，他们好里应外合，把我们一举消灭。"

申钺急道："何先生，你有什么好办法，就快说出来。"

何典道："既然我们知道他那船里有异，也就容易防备了。请将军今夜派一支士兵改换百姓的衣服，在广明湖附近巡逻监视，若船上有异动，便立马按少将军说的那样以火攻突袭。我与秋晗原是归云的同门师兄弟，到了明日，我便以访旧友的名义去船上拜会他，若能探听出些许情报，则可将计就计，借他们引那文翮出城。邺城久攻不下的困局，兴许能由此而解。"

"好！"申万景拍手道，"钺儿，派兵盯死那十二条船，这事你亲自去办。"

申钺问道："是！只不过，广明湖是董翰管着，可要知会他一声？"

何典急道："少将军，万万不可！董翰这人自视甚高，颇有些任性随意，不是个踏实任事的人。何况他收受秋晗的贿赂不少，难保他不会泄密于人。"

申万景握着何典的手道："何先生运筹帷幄、智策超人，比之汉高祖的张良、陈平，亦不为过呀！本将军能得你相助，实在是上天眷爱。你今夜也不必回城了，我们抵足而眠。"

何典道："将军如此看重，臣即便粉身碎骨也无以为报。臣今夜是潜行出城，应当没有引起什么人注意。顾虑相王那里生疑，还是别在城外过夜得好。"

申万景道："那好，你快回去。你这样的大才，却屈居于相王那里，真是委屈你了。待形势再明朗些，我便同相王讲明，让你来我这里效力。"

一场秋雨下了半宿，今日的天空便格外澄明。

申时，何典向广明湖船上的秋晗递了拜帖。不过片刻工夫，便有一个仆从引他上了船。秋晗的那个都管斐娥已在门口迎候，倒像是专程在等他一般。

"何先生安好。"斐娥施礼道。

"斐娥姑娘，不知你家主人的情形如何？"何典问道。

斐娥面露愁态，垂眸道："我家主人有宿疾，本在江都养病，又有江南神医江若微的照料，这才稳定了一些。谁知北上之后，风物变换，又加水土不服，病情更是加重了。"

"我与你家主人乃是旧友，当时怎么不知他有宿疾？既然秋贤弟身体不稳便，又为何不在江都安心待着疗养，非得来相城蹚这浑水？"

"何先生既然是我家主人的挚友，便明白他赴汤蹈火是为了什么。我家主人虽是白身，却心怀苍生，他所做的这一切，都只为解苍生倒悬啊。"

斐娥说得动情，眼眸中似有不胜的悲戚。何典倒不疑有他。在归云山时，他与秋晗朝夕共处，秋晗是什么样的人，他是最清楚不过的。若说那归云山上除了阿芸之外，还有什么人能让何典诚心交接的，也只有这位秋晗了。

在归云山上，秋晗和荀玫是唯二不属于任何一家的学子。荀玫抨击百家的做法，多出于一种叛逆和标新立异。而秋晗却不是如此，他学识渊博、见解不俗，对各家之学都能够融会贯通，却又"知而能容愚，博而能容浅"。秋晗是个天性悲悯的人，话虽不多，却总能触达人心。他见四境纷扰、百姓疾苦，总恨不能以身相代，因此暗负宏图壮志，上归云山学百家之学，也是为了匡时救难，一解倒悬。

何典与秋晗二人在归云山上时经常谈论时事，二人皆认为当世有三大弊病。一者，世族过于强盛。世家大族荫蔽百姓，对下盘剥，对上瞒报，以至朝廷的税赋怎么也收不起来。没有税收便无法赈灾，一旦灾年，农民们不得不流离失所，便又只得卖了田地依附于世家，任其盘剥，形成恶性循环。二者，上下官员大多贪腐，如吸血虫一般趴在百姓身上吸个脑满肠肥。三者，文渤弄权。朝臣只要臣服于他，他便过分宽纵，而敢于有异见的官员，无论才能品性如何，一律会遭到无情打压。

何典叛出归云之前，曾与秋晗同路返回归云。一路上，他们都在谈论为政者应如何匡救朝政、抑制豪门、澄清吏治、改革税法……高屋建瓴的纲略、具体的实施细则，实施改革时可能遇到的阻力及应对的办法，以及藏于胸中，不为外人道的"术"，他们无所不谈。二人谈到兴奋时，竟至彻夜不眠。

人海茫茫，能遇一知己的那种莫大幸福充盈着何典的内心。

这样的长谈，他与申万景也有过两次。申万景对他提出的理国方略深以为然，并承诺入邺之后，一定会重用何典实施改革。得遇明主，何典自然是心中慰藉，然而和秋晗相谈时的那种兴奋，却不再有了。

秋晗身上的谜团太多，总是让何典看不透。秋晗过去常常是一身粗布衣衫，怎么几年不见，就突然有了富可敌国的家资？难道当年是白龙鱼服，不肯显山露水？以秋晗的学识抱负，何典曾以为他会是同学之间最早入仕扬名之人。但他这几年来却一直隐迹藏形，直到数月前才因挖出金人和麒麟宴会声名鹊起。如今，他却又拖着病体一意北上，他的目的又是什么？

在与斐娥的对答间，二人已经到了秋晗的寝室。寝室关着窗，且药气熏蒸，让何典有些透不过气。两个婢女拉开了珠帘和纱幕。何典看见，秋晗躺在床上，脸上搭着一块药巾遮住了额头和双眼，已是昏迷不醒。一个女医师正坐在窗前的矮凳上为他施针，露出的半截手臂上肌肤泛红、瘦骨嶙峋。

何典震惊道："听董将军说，他上次见秋先生时，秋先生还能站立对答。这才几日的光景，怎么竟病成这样？"

斐娥垂泪道："我家主人这病缠绵日久，但若好时就似无事一般，可病症一来，便会这样高热不退，且头痛难忍，必得用麻沸散敷着才能减缓些痛楚，用江神医开的药方佐以针灸，方得延缓病情。这位医师就是江神医的弟子。"

何典虽伤怜秋晗的病痛，却也暗中思量，怎么刚要来访，秋晗的病情便加重了？秋晗躺在那里人事不知，又怎么问话？难道是昨夜与申将军的谈话，被谁走漏了风声，让秋晗他们早有准备？

正在何典踌躇之间，却听见船外面一阵吵嚷，那声音像是董翰。何典与斐娥下得船来，见董翰领着兵正要往船里冲，被姓薛的女镖师和她的手下拦住了。何典看见那女镖师的容貌，只觉得好生眼熟。

斐娥问道："董将军，这是何意？"

董翰冷哼道："斐娥姑娘，有人举报你这船上有密室，是我当日放你过闸时不曾查验出来的。你现在就带我们上船去，若此事验明是真，我就亲自去相王殿下那里负荆请罪。若此事不实，我也必然要去殿下那里说分明，断不能让小人诋毁我收了贿赂，私通外人，守闸不严。何主簿也在啊，你在此做什么？"

何典正心乱如麻。他昨夜才得了船中有密室的消息，又与申将军定了按兵不动、将计就计的计策，怎么董翰今日就得知了船上有密室的事？难道说昨夜在申将军的军帐里有相王的耳目？

何典道："在下与秋晗先生是故交，听说他身体不大好，因此来探望探望。董将军又为何来此？"

董翰反问道："何大人，你既与秋先生是故交，他在这船舱暗室里藏了刺客，可曾告诉你？"

斐娥赔笑道："董将军，当日入闸的时候，这么一条船上上下下您哪里没叫人检验过，怎么可能有密室呢？小人妒忌您受相王的器重，故意诋毁。但以相王殿下识人之明，必不能使您蒙受不白之冤。您也不必太过为此事动气。"

董翰初见斐娥时便对她动了心思，可谁知这斐娥近日却与相王过从甚密，董翰哪里敢去插足？只得在心中暗恨斐娥有眼无珠，一心只想攀附权贵，宁肯去伺候那个大腹便便、色中饿鬼的相王，却不肯多看身负大才的自己一眼。董翰的怨怼之情积压了几日，好不容易抓住这么个机会——有人密告相王秋晗船中有密室。相王本也只当笑话似的一问，揶揄一下手下人从秋晗那里捞好处的事，董翰却要借机给斐娥点儿难看。他讥讽道："姑娘也太小瞧我董翰了，我只是例行公务罢了，何须动气？但你这船上若真藏有密室暗舱，那便是我的失职。为了咱们两个的清白，斐娥姑娘还是带我的人去船上验看一番吧。"

"这……"斐娥迟疑道,"倒不是婢子有意遮掩,只是秋先生现在病着,正是要静养的时候,若是将军现在带这么多人上去,四处查验,敲敲打打,怕是会惊动了秋先生,更不利于先生养病了。"

董翰道:"这你放心,我自然会安排他们悄声一些。"

斐娥道:"虽说如此,但士兵们穿着甲胄,船上空间又小,难免磕磕碰碰的……"

董翰盯着她道:"斐娥姑娘这样推托,难不成是你们船上真有密室吗?"

董翰一挥手,身后跟着的士兵便拥上前去。斐娥向后撤了一步,与薛镖师对视了一眼。那女镖师会意,当即把水火棍在空中一转,董翰的士兵只得向后退去。女镖师招呼一声,她手下的弟兄齐齐上前来,抵住了董翰的士兵,不许他们再前进一步。

董翰大怒道:"斐娥姑娘,你这是要与相王和申大将军为敌吗?"

"那必不是!"声音像一串清脆的铃铛,破空而来,登时止住了众人的纷乱,说话之人乃是荀焕若。

她穿过士兵来到董翰面前,身边竟然跟着申钺和他的几个亲随。焕若拱手道:"董将军,斐娥护主心切,还望将军不要见怪。她有几个胆子,敢与殿下和大将军为敌?这船上没有暗舱,臣可担保,申少将军亦可以作保。秋先生为了匡赞相王和申将军讨贼的大业,千里馈粮到此,就是相王殿下也奉秋先生为上宾。如今他病得重,还请你收兵回营,别惊动了秋先生。"

申钺对董翰道:"你收兵回去,我自会向殿下解释。"

"可是殿下他……"

申钺的神态有些慌乱和急躁,怒道:"殿下是我的内兄,难道我还会对他不利吗？若秋先生因你的莽撞而病情加重，这便不好了。"

何典愈发大惑不解，怎么一夜之间竟出了这样多的变故？先是有人把密室之事告到了相王那里，而申钺却站在了荀焕若的身边，替她担保船上不会有密室。他在心里飞速推演，很快便有了一个猜想——申钺回到家里不慎将此事泄露给郡主，而郡主又告知了相王，依相王的性子喜欢以静制动，倒是未必会有什么示下，董翰却一心贪功，自作主张来大吵大闹。焕若情急之下，只得找了申钺，不知对他说了什么，让申钺站在了自己的这边。

董翰走后，申钺便带着焕若要走。何典再也按捺不住，叫住他们问道："荀公孙……这到底是怎么回事？"

焕若来到何典近前，悄声道："师兄，我无须瞒你，董翰说得没错，这船上的确有暗舱。十二只船里，只有一只船里有暗舱。暗舱的事干系重大，我只能当面向申大将军说明，却不能让相王知道。少将军正要带我去向镇南将军禀明原委，师兄可要一同前去？"

方才那一系列变故让何典有了片刻的心慌，但想通背后的关节，便已经镇定了下来。他看着焕若的眼睛，平静地说道："去，为何不去？"

第五章　六国兴亡事系君

镇南将军申万景端坐在军帐内，他的妻弟兼谋主钟离淼则坐在一旁。钟离淼身后还站着一个年轻人，正是几日前在韩家酒肆与焕若有过一面之缘的赵生——赵思齐。

申钺已进中军帐去，何典、焕若两人在帐外等候，此外还有焕若带来的一个亲随。那亲随好高的个子，披着一件带兜帽的斗篷，让人看不清长相。何典满腹疑问，却也只得暂且压下。不多时，有亲兵传两人进帐去。

焕若走进大帐拜道："臣早听闻申将军大名，今日一见，果然是神武不凡。"

申万景笑道："荀公孙真是玉树临风啊，我的儿子要都像你就好了。你来见本将军，想是有什么话要对我说。在此的都是我的骨肉血亲、心腹之人，公孙若有什么需要我们效劳的地方，大可以明言。"

焕若神情庄肃道："臣不是来求将军的什么恩典的，臣千里迢迢地过来，是来救将军的命的。"

"救我的命？"申万景不禁哈哈大笑，"公孙跟着秋先生来为我们送上粮草，船上却藏着暗舱，不是来要我的命的，竟是来救我的命的？你倒是说说看，我有什么性命之虞？"

焕若道："将军天纵神勇，二十年来纵横南北百战皆捷，攻无不克。今将军之地横跨五州，不可不谓地广粮多，而百万精锐之师，尽为将军所驱驰，帐下将军效死，智士用命，又有宗室亲王为将军坐镇，手持天子密诏，以顺讨逆，如此看来，倒是一片形势大好，然而实则却是命悬于一线！"

"怎么个命悬一线？"

"将军处四战之地，北有燕、代虎视眈眈，南有吴、楚窥江频频，东有青州拥兵自立，西有贼寇心怀鬼胎，形势不可谓不险也。况邺城金城汤池，文氏逆贼坚壁清野，据守不出，且挟持天子，命四境诸侯勤王。将军围城日久，久而无功，虽兵甲尖锐，且几次挫败贼军窜扰，足以震慑人心，使所谓勤王之师不敢妄动，然而日久兵疲，又乏粮草，是进不得进，退不得退。相城弱小，栖息养神还可，却不足以挡敌，待诸侯聚力，文氏振奋，将军又该如何呢？将军虽有千军拥戴，然而兵者，凶事也，自古英雄豪杰虽称霸一时，稍有不慎，兵败则身死。这可不是命悬于一线吗？"

"公孙千里迢迢来见本将军，就是来危言耸听，扰乱我军心的吗？"申万景身上显出一种不怒自威的气势，"况且公孙怎么知道，本将军便无攻城之计？这条计策一出，邺城旦夕可下。"

"不知将军有何高妙计策？"

申万景看了一眼坐在自己身边的钟离淼，说道："于漳河之上立一水坝，将水引入邺城，以水流之力冲开城门，这可不是妙计吗？"

焕若厉声道："是何鲰生敢出此计陷害将军？决漳灌城，百害而无一利，且使将军失信义于天下，万不可行！"

申万景问道："为何不可行？"

焕若道："水攻不祥。昔秦加兵于楚，秦将白起攻鄢，亦曾决上谷水坝以灌城，以至于鄢城之中无论军士百姓，皆受其殃害，水漂浮尸足有十万余，使河水染为血色，城池之中恶臭集聚，累日不散。起虽得此一城，而其凶暴残忍，刻害生民，实为天所不容。而后白起百战百胜，攻城略地，无有不下，爵受君侯，地封数邑，却终究就戮于秦刑，未能寿终，且祸及子孙，焉知不是德行有亏，以至于福本销折减损？大王如今用奸人之计，要以水灌城，到时候又不知有多少孩童丧生，多少生灵涂炭。将军奉天子旨意讨逆，当行王道，请将军为苍生计，保全这一城百姓。"

钟离淼道："秦人尚首功，白起坑杀屠城非止一次，却又与水攻之法何碍？荀公孙何必用神鬼报应这等无稽之事来吓人。这水攻之法古已有之。前魏武帝曹操攻袁绍，亦久攻邺城不下，亦曾决漳水以灌城。怎么今日便万不可了？"

荀焕若向申万景道："臣叩请将军三思。水灌邺城徒害无益，原因有四。三国时群雄分立，魏武以水灌城，然而邺城守将不过审配而已，杀伤无碍，而今日天子在邺，但凡有闪失，将军便背负君之名。此其一。邺城百姓二十万众，一旦水淹城池，必将生灵涂炭，使将军荷逆天下之实。此其二。文氏虽久具不臣之心，却实有奉主之名。将军奉天子密诏讨之，普天之下不明就里或心存歹意之人日夜诽谤，污蔑将军有异心于魏室。何况邺城是天下之都，天子居所，将军此刻以水灌城，便将自处于嫌疑之间。已在瓜田李下，岂可纳履整冠？此其三。今日之邺，已不是汉末之邺，太祖时将作大匠岑高造城，为防备后世有乱，被人决水灌城，早已在城中布下泄洪暗道，莫说漳水，就是倾泻黄河之水灌入，也决计淹不了邺城。决漳水灌城，徒然无益。此其四。为将军计,水攻一事,万万不可施行啊!"

钟离淼与赵思齐相视一眼,仍要上前与焕若争辩,但见申万景却面带笑意,神态自若,便只得打住了。

行军之事,"其疾如风,其徐如林,侵掠如火,不动如山,难知如阴,动如雷震"。其中"难知如阴"尤为制胜之关键,用兵者当使其用意诡谲隐秘,不为外人所道,所谓军事未发,不厌其密。申万景领兵多年,又怎会不懂得?但漳河多年淤积,水量较之前魏时已大为减少,引漳水破城费时费力,且未必能成。申万景既把以水灌城的事直白相告,自然是早已打定了主意不采用此计,说给焕若听,不过是想看对方如何应对罢了。

"那照公孙的意思,本将军还真是命悬一线了。"

焕若笑道:"臣这不是山水迢迢地来解将军的困厄了吗?"

"你要如何解本将军的困厄?"

焕若再拜道:"臣有三件礼物要献给将军。"

"既如此,那就快呈上来。"

焕若道:"还请将军命令臣的亲随进来,由他亲自把第一件礼物呈献给将军。"

何典欲阻止道:"将军……"

申万景笑道:"让那个亲随进来。何先生不必忧虑,就是真有刺客,我们这里这么多人,难道还拿不下他一个人吗?怕什么!"

那亲随走进帐来,脱下了兜帽,双手捧着一叠纸向申万景敬献。何典立时瞪圆了双眼,那"竹竿"一样的四肢,硕大无比的脑袋,不是自己的归云同门岑天心又是谁?这相州究竟是怎么了,竟成了归云同门的聚会之地?看见岑天心,何典猛然记起了自己在哪里见过那姓薛的女子——也是在归云。原青州刺史童仙如围困归云山时,与归云订下比武三场的赌约,这女子就是代表青州出战的第一人。后来,张舜宾收拢青州盗匪,打下了青、光二州,自号为青州刺史。既如此,这薛姓的女子是否也归属了张舜宾呢?

看来,无论是归云还是青州,都藏在荀焕若的背后想要得到些什么。

焕若道:"这位岑公子,是百年前规划了邺都的将作大匠岑高的玄孙。他要献给将军的,乃是岑大师当年设计邺城时的手稿。"

赵思齐忍不住叹道:"真是大师苗裔!国史上记载岑大师也是这般异于常人的相貌!"

申万景忙命申钺去接那手稿,一页页地翻看过去,但见畦分棋布,闾巷标画清晰,城中的粮仓、军械库、屯兵所,都标得清清楚楚。

申钺喜道:"有了这邺城图,就是与文翾战于闾巷,也不怕了。"

钟离淼道:"但怎知此图是真品呢?"

焕若道:"将军攻邺城也有数月,大概对这城内的守备也有诸多疑惑之处,何不就让岑公子讲解一番?将军若还是怀疑,大可以找有识之士来做检验。臣就是有心造一张伪图,却也找不到这历经百年的纸张来作伪。"

申万景向来以悍勇著称,从戎以来,攻城拔寨向来无往而不胜,唯独这次攻邺确是接连受挫,真是满腹的愤懑和疑问。

申万景的军队同城内守军隔着城墙,你来我往交战了数月,将攻城守备之法悉数用尽了,仍是一筹莫展。攻城的既攻不下城,守城的却也退不了兵,于是便这么僵持着。申万景本是要围城困毙,可是邺城毕竟是一国之都,都城内存粮充足,反倒是自己这里军粮几近告罄,只得与相王结盟……

申万景先是命人造了飞桥,意欲渡过护城河,文翾便命人齐射火箭把桥焚毁。申氏军把飞桥造得两边高,中间低,如同一个'凹'字。两边高的可以搭在河两岸,中间则浅浅地浸在护城河里。城上的人没有办法,只得看着攻城军队顶着长盾开过护城河来。攻城军队派一队人仔细撤了城下铺设的鹿角和蒺藜。

申万景又命人造了云梯车。可云梯车还没行到近处,邺城守军便抛出几个铁钩钩住云梯车底部,将云梯车生生拖到城墙跟前来,再从城上投下巨石将其砸毁,或者伸下长杆巨镰,将云梯从中间隔断,再把断掉的那节钩回城上去。后来守军把那断梯全部制成箭杆,再射回来。为了羞辱攻城军队,箭杆还都刻了字——"申氏儿云梯制"。

申万景造了冲车,车外搭了一个生牛皮做的棚子,牛皮上又涂了厚厚一层烂泥,一来可以抵御城上抛落的石头和射下的箭,二来可以防城上的人放火烧车。冲车由二十个勇士推着到了城下,正要蓄力撞城门时,却见城上落下一张巨大帆布,冲车正撞进帆布里。那帆布的下沿却突然收紧,仿佛一个扎口的布袋子一般把冲车半个身子都套了进去。勇士们赶忙推着车向后退,想要逃出这个袋子,冲车尾部却又落在一个抛下的绳套里。绳套和帆布一齐向上收,企图把冲车整个吊上城楼去。可这冲车实在太重了,吊到一半帆布便裂了个口子,冲车掉在地上,车轮、车架、把手全都摔散了,中间的横木也滚入护城河中了。

申万景又命人躲在輣轀车下冲向城门,士兵每人手持火把用以烧城门。谁料城门被守城的在里面反复用凉水浇透,如何烧得起来?反倒是城内的人,频频抛掷飞钩于攻城的人中,或可以砸破輣轀车,或可以抓杀几人,攻城的一时竟束手无策。

攻城的建了四丈高的楼车，可以居高临下俯视城楼，令士兵站在车上居高临下窥视城中，还可以向城里射箭。邺城守军却在城上造了一间望楼，又高过楼车许多。望楼上的人还常常向楼车上泼洒粪汁臭水，又大声辱骂，以乱军心。申万景下令将楼车后撤，守军便改成由一个神箭手每日将包了粪汁的囊袋射进楼车的瞭望台里，频频骚扰，让楼车上的士兵不胜其苦。

申万景便命人造了炮车，可将二十斤的巨石抛入城内，砸毁了城上许多建筑，其中便包括望楼。第二日，守军便重造了望楼，炮车再来时，便将一张帆布用木架斜着支撑起来挡在城楼前。抛石的力道被帆布轻易卸去了，稳稳地滑下来，城上的人便把滑落的石块都收集起来。第三日，城上也造了一架炮车，用城下抛上来的石块对准楼车尽数抛还回去。申万景怕楼车受损，只得急命楼车后撤。

又有谋士进策，以巨箭为梯攻城。此种巨箭名唤踏蹶箭，专射在城墙之上，由低向高好似阶梯一般，攻城人便可攀着箭杆爬上城去。

这本是个好法子，可到了攻城时，却发现邺城的城墙里是夯土，外包了石砖，寻常的踏蹶箭根本射不进去。申万景就命人造了十张三弓床弩，张张都有三十石的力量，摆在城外，好一番磅礴气势。申万景一声令下，一时十弩齐发，专瞄准砖缝射，顷刻便将平整的墙面射得刺猬一般。本以为邺城之克，就在今日，谁料城下健儿正要攀援而上，守城军却从城墙上吊出一个青铜巨斧来，贴着城墙左右来回摆动，如同割菜一般将一根根踏蹶箭齐根削断。城下健儿只有望城兴叹。

谋士们又进了地道焚柱之法，先挖地道到城墙之下，挖时撑以木柱，撤退时便焚烧木柱，令城墙下的土地塌陷，从而毁坏城墙。然而邺城守军也从城内挖一条地道出来，截断了攻城军队的地道。又在地道里烧了什么东西，熏得攻城军根本睁不开眼睛，只得退出地道，待他们一退出去，守军便将地道填埋住了。攻城军几次挖地道，无论事先如何隐秘，守城军都能事先知道他们挖地道的确切方向，搞得申氏军中人心惶惶，以为出了内应。

后来，守城军变本加厉，开始用箭向城外射纸条。攻城的士兵捡了，见那纸条上尽是辱骂申万景的话，文词有的粗鄙、有的高雅、有的诙谐，更有甚的竟仿佛说书一样，每日都是个小篇章，最后还能串起来凑成个完整故事。这些字条的内容无非几种：一骂申万景出身低贱，婢妾所养；二骂申万景荒淫好色，强夺人妻；三骂申万景背信弃义，全无心肝；四骂申万景大逆不道，犯上作乱；五骂申万景不识天意，自取灭亡；六骂申万景祖上无德，祸及子孙。后来便不光骂申万景，连带着也骂申万景帐下心腹大臣，有几个年轻臣子，竟被诬为申万景床笫之嬖臣。这字条上的内容大多数都是胡诌的，明眼人一看便知。明知是假，却又有谁不爱看上位者的秘辛呢？何况描述申万景中蛊之事时，用了许多淫艳之词，以至士兵们越发爱看了。于是捡拾这些随处散落的小纸条，竟成了军中下层士兵的一大乐趣。认得字的就不说了，常常捡了字条呼朋引伴一同观摩；就是不认字的，也往往要在别人读字条的时候凑过来听个究竟，或者自己捡了字条请那些认字的读给他们听。申万景两次严刑整治，终于禁止。

城里不扔字条了，而是把《慕容垂歌辞》做了改编，戏谑申万景攻邺城久不能下，整日在雍军前唱。唱得久了，曲子竟出了许多变调，有时是几人合唱，有时是一人独唱，还有时候是两个城墙上的士兵相互唱和。攻城军队在下面听得牙痒痒，守城军队倒仿佛高歌游戏一般，玩得不亦乐乎。《歌辞》唱道：

申儿攀墙视，贼军阵纷乱。我身分自当，枉杀墙外汉。
申儿愁愤愤，烧香拜佛神。嗟尔罪业重，佛神不佑人。
申儿出墙望，贼军无边岸。咄我臣诸佐，此事可惋叹。

每次唱完，城上守军便相携大笑，还相顾指画城下，将城下雍军大大嘲弄一番。

城下申氏军队本十分愤然，然而这曲子听得多了，旋律竟在脑中挥之不去。许多人回营房做事时，还不自觉地哼唱出来，惹得旁人一顿笑骂。有那运气不好的，被长官捉到，少不了二十军棍。

这些恶心人的招数，显然全都是文翾的手笔。

过去的文翾虽嘴上称申万景为申伯父，却多次在宴席上戏弄折辱申万景。申万景每每想起，都不禁咬牙切齿。那文翾的确是个绝顶聪明的人，文学、兵法、数算无不一点就通。但他本性多疑又残忍好杀，因此在老丞相的部下里并不得人心。

诚如荀公孙所说，申万景攻邺城这数月，的确对城内的守备有诸多疑惑之处，今日这造城者的玄孙在此，自然要问个清楚。

钟离淼见申万景眼神示意，开口问道："城中人何得那般巨力，能够拉起我方的冲车呢？"

岑天心答道："城墙上有绞盘，需六个人一同操作，原理便同打水时的辘轳一样。不然单凭人力，就算十人一同发力，也未必能将冲车钩过去。"

钟离淼又问道："为何用地道焚柱之法屡屡被截，城内又是如何知道我们挖地道的确切方位呢？"

岑天心答道："造城时，先设有地道，五步一井，置瓮其中，上蒙牛皮，如鼓一般，可使耳力好的人伏在牛皮上听地下动静，诸井并听，便可以测算出敌军挖地道的确切方位，此按《墨子·备穴》之法。"

申万景哭笑不得道："岑大师建的好城池，可是苦了本将军。"

焕若道："城池不是人，哪里认得谁是忠良，谁是奸贼，不过是护着城里的人罢了。将军来日得了邺城，只怕还嫌此城造得不够坚固呢。"

申万景大笑道："荀公孙说话倒说得在理，却不知公孙有何破城妙策？"

焕若道："还请将军少待，臣还有第二件礼物要献上。"

申万景大笑："公孙这第一件礼物就已经足够惊人了，不知你这第二件礼物是什么？"

"是一个人。"

"什么人？"

焕若微微一笑道："就是臣藏在楼船暗舱里的那个人，名唤卓五，乃是文翿派往青州请援的死士，也是打开邺城城门的一把钥匙。难道青州张刺史没有在信件中说明？"

申万景若有所思道："张刺史行文周密，信中只说愿助力讨贼，于密探之事倒不曾透露许多，想来，亦是怕信件被人截获。"

钟离淼问道："荀公孙为何说此人是一把打开邺城的钥匙？"

焕若道："此人并不知道张刺史有意与申将军联盟。这一路上，他一直都在暗舱里，除了每日送饭的哑仆之外，再没见过别人。如果能让他进城去，给文翿传递青州进兵攻打将军的假情报，将军这里再用那减灶增兵之法迷惑文翿，能而示之不能，便可以诱他的主力出城。

离了这座金汤一般的邺城,文翙那逆贼还不是任由将军摆布吗?"

申万景看了侍立在侧的何典一眼,輾然一笑,心想何典与荀焕若果然是师出同门,彼此间猜度谋划竟都如此相若。他对焕若道:"此人真能为我诱贼出城,我当上表天子,为公孙请封侯爵。"

焕若拜道:"臣谢将军!但臣并不求天子恩典,只求能为大将军略效微劳。"

申钺问道:"那公孙的第三件礼物是什么?"

焕若道:"臣要献上的这第三件礼物,正是秋先生从秦始皇埋金之地挖出的先秦麒麟简。"

申万景惊道:"那麒麟简不是已被献给吴王了?"

焕若道:"麒麟古简能够预言天下大事,吴王派世子亲来索要,秋先生自然是不能不奉上。然而吴王所得的麒麟简,却少了最关键的一册。"

"是预言当今命世之人的那一册!"赵思齐道。

"先生说对了!"焕若道,"臣要献上的那一册,正是写明了能够混一南北、廓清寰宇之人。诸位也可猜一猜,这一册麒麟简上,写了谁的名字?"

青州的刺史一夕之间便化敌为友,江都的公孙不远万里来献上粮食与礼物,此事还偏偏要瞒着相王,绕了这么大一个圈来见镇南将军,这命世之人的名字呼之欲出,哪里还用在场的几人猜测。

"快!快把麒麟简请上来。"申钺急道。

令传下去,焕若的一个亲随捧着一只玉盒走了上来,申钺亲自接过玉盒双手递给了申万景。申万景倒是沉得住气,气定神闲地开启玉盒,捧出简牍来看。那竹简上用的是先秦古文字,申万景和申钺哪里看得明白,还是赵思齐前来解译,念给众人。果然不出众人所料,那命世之人不是申万景又是哪个!

帐内诸人齐齐跪下,向申万景道贺。

申万景却故作云淡风轻,把简牍轻轻抛掷在玉盒中,道:"谶纬之事,原本就是无稽之谈。本将军为国讨贼,对魏室岂有二心?你们都快起来吧,这等妖言妄语,我是一个字儿都不信。"

申万景虽嘴上说着不信,却也并未斥责献瑞的焕若。钟离淼侍奉他多年,哪能不懂他的心思,于是膝行上前道:"将军请听臣一言。'河出图,洛出书,圣人则之',可见天理命数其自有道理。自东汉以来,图谶经纬盛行于世,虽也不乏伪作,然而这先秦古简难以作伪,必是上天垂训,不可不慎肃恭敬。那青州的张舜宾本是逆臣贼子,看过此简后,犹能顺天命而拥护将军。古语云'天予不取,反受其咎',既然天命在将军,将军又怎能逆天而为呢?"

申万景道:"天命若真在我,也不急于这一时便立了名分。诚如公孙所言,我军如今兵久无功,正是内外交困、四面楚歌的时候,还请诸位起身,咱们先解了眼前的困厄,再谈天理命数。"

焕若拜道:"眼前困厄易解。邺城坚不可摧,要文氏速败,唯有诱敌出城。两军相交,亦通使节。臣请将军以臣为使进入邺城,臣当挈带那卓五作为仆从一同入邺。到约定的时日,将军在城外假装腹背受敌而退兵,臣自当劝那文翙出兵追击将军,将军便可在地利之处设伏截杀。将军入主邺城,奉天子以讨不臣,谁还敢违逆?如此,眼前的困厄不就解了吗?"

申万景从座椅上起身,走到焕若面前亲自扶起她,道:"我尝听闻'千金之子,坐不垂堂',那文翙逆贼又是何等乖戾残忍,公孙竟肯为本将军身入险境？"

焕若道："将军乃是天命之选，臣信命，此去虽然凶险，臣却自信能够做成这件大事。"

"好！"申万景抚着焕若的肩膀道，"公孙赴汤蹈火，这番高义真令本将军钦佩！好！本将军就依你之计行事，事成之后，必有重赏。"

申万景亲自把焕若送出军营。待他回到大帐后，何典上前道："将军真打算让荀焕若作为使臣入城？"

申万景问道："何先生是觉得有什么不可吗？"

何典道："荀焕若此来相州投诚将军，无异于楼缓。秋晗是白身一人，荀氏的根基却在江都。怀公杀狐突，董卓灭袁氏，难道还不足为后人鉴吗？荀焕若真敢背着吴王瞒下麒麟简，并为将军做这样一件大事，她就不怕吴王对荀氏不利吗？"

同为申万景的谋臣，钟离淼一向与何典不睦，他说道："何先生见解不俗。但问题是，吴王真能动得了荀家吗？依臣看，吴国虽则表面上闾阎繁富、府库充实，实已危如累卵。南国世族强悍，东吴的朱张顾陆，东晋的王谢桓庾，世家凌于诸侯乃至帝王者数不胜数，而今的荀氏更是位在陪臣，而富越诸侯。吴王的内患虽不至'田陈代齐'，却也有'三家控晋'之态势。如今江都荀氏既有顺命从龙之意，可不正是混一南北的契机？"

何典虽胸有韬略，善于谋划，性情中的耿直却总难改变，道："难道将军真的相信他们献上来的那麒麟简吗？"

申万景沉默了片刻，笑道："何先生为何这样问？本将军方才已说了，这种妖言妄语，我是从来不信的。当年'玄佳当立'的谶语何等风靡，文渤老丞相有心禅代，让文翮代他铸金人，做了三次占卜，分别卜他自己、文翮和雍王，却只有雍王那一次铸造成了。后来，文渤年老息心，雍王果真继位做了天子，可见是真的应命之人。但即便做了天子，也是受制于人，与囚徒何异？与其应命当个龙椅上的傀儡，还不如自己去争一番天地。"

钟离淼心中一阵暗喜，他知道申万景虽不言明，却已对何典心生不悦。可笑这何典，竟一心只用在别处，丝毫也不知窥测主公的心意。今日大将军虽驳了我"以水灌城"的计策，却也与何典暗中起了隔阂，两相比较，还是何典的损失更大一些。

待何典走后，申万景怒斥申钺道："你也该管管你的内宅了，家里养着个别人的耳报神，看你以后会不会败家？"

自己行事不密，误将机密之事泄露给枕边人，申钺心中愧怍不已，低头任凭父亲斥责，不敢作声。

钟离淼出身于北地第二梯队的世族，他的妹子乃是申万景发妻亡故后续娶的正房，对申钺不过白担着一个舅氏的名分，却并无半点儿血缘。因此他见申氏父子龃龉，暗自幸灾乐祸，随后假意劝解了几句，劝得申万景暂且消了怒火也就罢了。

申万景问道："荀公孙说要进郫城为我们引出文翮之事，内兄怎么看？"

钟离淼道："兵法云'不可胜在己，可胜在敌'，只要我们治军严整，行动不出纰漏，就算荀焕若有异图，也对我们造不成太坏的影响。但荀公孙若真能诱文翮出城与我决战，那对我们而言，便是绝好的机会。"

申万景点头道："内兄所言极是。"

钟离淼继续道："但若要伏击文翮，还有两件事需要解决。第一，如何保证代地、燕地那些作壁上观的诸军,不会在咱们决战时跳出来捣乱?"

申万景道:"稳妥起见,还是分兵防备他们为好。"

钟离淼道:"将军所言分兵虽好,却也会削弱主战场上我方的力量。代王身边有一姓蒋的谋士,臣机缘巧合之下与他相识,且一直保持着书信往来,若能以黄金百两为饵,必能驱动他说服代王撤军。代王是宗室里唯一掌兵的王爵,若能与他达成协议,则旁的人自然也会作鸟兽散。"

申万景道:"此计甚妙,就按内兄的办法去做。内兄还请继续说这第二件事。"

钟离淼道:"这第二件事,便是粮草。"

申万景眉头紧锁,他怎会不知道军粮告急?要设伏和决战,不让将士们吃饱又怎么能行?相王虽从内库拨出粮米给申氏军,却都是些没法吃的陈年霉米,不少兵卒吃了都闹肚子。

申万景叹道:"这倒是难住我了,这粮食可凭空变不出来啊。"

钟离淼的双眼中闪烁着一抹狠厉又狡黠的神色,道:"将军忘了,秋先生可是送了整整十二船的粮食过来,只不过,全被相王私吞进肚腹里了?他守着一块肥肉却把狼饿急眼了,这狼饿极了,可还要吃人呢。"

申万景沉思了一会儿,终究是下了决心,道:"事到如今,也怪不得我们,唯有按内兄的意思来办了。"

先前在镇南将军营帐内,何典早看出赵思齐见焕若时的神态有异,料定此人必是认识焕若,因此在赵思齐的住处一直等到他回来。

赵思齐见何典一个六品主簿，在自己家门口生生等了半日，是又惊又疑，忙把何典让进自己家里，吩咐童仆买来酒菜招待。

何典也不多啰唆，只是单刀直入地问他在何地见过焕若。赵思齐自然是如实作答。

何典得知了那日在韩家酒肆的情形，又问赵思齐的义兄刘生，既然已经投在秋先生门下，可有什么见闻？赵思齐又事无巨细地一一讲来。原来那刘生去拜见秋晗，也只是隔着帘子说了两句话。刘生本想把胸中抱负一吐而出，秋晗却是着急送客。临走时，秋晗赠了他一些银两，邀他来日随船一同去金陵。

何典听完赵思齐的叙述，心里已经有了判断——刘生在船上所见的那人，绝不可能是秋晗。秋晗素日里待人之心何等诚挚，对胸怀天下、愿解苍生倒悬的士人是何等崇敬，又怎会在刘生自抒胸臆时着急送客呢？

既然秋晗很可能不在那艘船上，那荀焕若的葫芦里，究竟卖的是什么药，为什么要打着秋晗的幌子来相城？

何典从赵思齐的家出来，更是满腹疑惑。有郡主当耳报神，自己暗中与申万景相交接的事，只怕也瞒不过相王，因此何典也不再避嫌，这倒是合了他的心意。他心中谋算虽多，却不大愿意把精力放在遮遮掩掩、装模作样上。

两日后，何典再往申万景军营中去，却见军中警备异常，士卒们的眼睛里都闪烁着异样的兴奋。何典忙问了一个兵卒，近来军队可有行动。

那年轻的兵卒嘿嘿笑道："回大人，有什么行动不知道，只是要昼夜待命。伍长说了，过不了几日，就有好米好肉款待咱。咱们能不高兴？"

何典惊得浑身发颤，好米好肉款待……哪里还有好米好肉？难道说——他们是打算夺取相城？

何典的思路愈加清晰，从一开始，这就是荀焕若的驱虎吞狼之计！那十二船粮食不过是钓鱼用的香饵，焕若把这香饵奉送给相王，原本就是要申万景贪图香饵而吞掉相王，使这结盟的双方自相残杀。

何典求见申万景，却被拦在了帐外，一个亲兵说："将军外出了，还请大人改日再来吧。"

这说辞分明是假！他从前请见申万景，即便是深夜申万景也是无有不见的，为何这几日之内，申万景却与自己隔阂到了这种程度？

何典没见到申万景，却碰见了钟离淼。钟离淼面上尽是得意之色，向他炫耀起自己的功绩来。上兵伐谋，其次伐交。因他运作有方，如今代王的大军已向后撤退了三十里，其余各诸侯也有撤军的迹象。

何典的脑海中骤然浮现出一个画面，那是一只猎食者伸出的巨爪，在猎物以为危险远离放松警惕时，它却忽然下手了。"鸷鸟将击，卑飞敛翼；猛兽将搏，弭耳俯伏"，这是鸟兽都懂的道理！

何典又折回去，请见申万景一面。可那一天，他终究没能如愿。

何典仓皇失措地回到家里，却见自家庄子上的一个男仆朝他扑通一跪，哭着说道："主人，夫人丢了！"

何典像是没听明白，又问了一遍："你说什么？"

那仆人道："夫人她前日收容了一个流浪的道士。那道士说，能解夫人命里无子的困厄，第二日便带着夫人去别村的道观作法。夫人带的两个丫鬟，都只在道观门外等候。等了半日都不见夫人出来，她们敲门进去,那观里的道士却说,夫人早就走了……"

听了仆人的话,何典险些站不稳。

这究竟是怎么了,为什么事情会变成这样?

第六章　子兴视夜

> 出西门，步念之。
> 今日不作乐，当待何时？
> 夫为乐，为乐当及时。
> 何能作愁怫郁，当复待来兹？
> 饮醇酒，炙肥牛。
> 请呼心所欢，可用解忧愁。
> 人生不满百，常怀千岁忧。
> 昼短苦夜长，何不秉烛游？

自荀玫上了归云山，便像是一条鲶鱼游入了水池，搅动得这山上的学子立时活跃起来。那最热衷聚会宴饮的一班人，三日一小饮、五日一大聚，把酒欢歌、和墨笑谈，间设握蒱、双陆、弹棋等游戏。请诸君试想此番光景，这一众少年俊彦或呼卢浮白，或畅谈古今、挥斥八极，怎能不快意潇洒？其间出了多少奇巧精妙、敏捷慧辩之语，又出了多少放诞不羁、风雅飘逸之行，尽录在衷伯安所著笔记小说《归云纪事》中。

归云居士并不在家，大小事皆由黄修主持。他是自小修道之人，本该恪守清净，可他不过二十多岁，也正是活泼的年纪，莫说约束旁人，就是克己慎行亦尚需修行。归根结底，归云山学风之嬗变，黄修自己竟做了头一个"助纣为虐"的。归云山也有管理学子起居行止的教师，却也无力回天，有道是学风日下再难淳！

两年前，黄修曾随祖父去江都做客，与荀氏的同龄子弟相处了两个月。初见荀玫时，他只觉得她在一群少男少女中显得那样格格不入。不知是厌弃了家里的生活还是怎么，那时荀玫就起了与他一同来归云山的心思，被江都公阻止只得作罢。和荀玫往来通信当了两年的笔友，今年初她突然写信说要来归云山求学，黄修便想她说不定是逃家出来的，见她上山时一身水手装束，更是肯定了心中的猜测。

荀玫大多时候是一副伶俐又活泼的模样，但脸上也常常露出落寞愁郁的神色来。黄修可怜她毕竟是个不知世的小姑娘，千里迢迢离了故乡，兴许是自伤飘零，因此格外照顾她。

东牟郡地处极东，青、光两州又多年受山匪之患，王化阻隔，因此从未行过宵禁。归云山下小蓬莱镇的人也都喜热闹，每月十五，小蓬莱镇便有夜集。这夜集在郡里都十分出名，相邻村镇的许多人都要来。一入夜，街道上便烛火通明，沿街小贩叫卖，杂耍把式，竟比白天还要热闹。

又逢十五，荀玫伙同了黄修、黄月、裴卿、衷伯安等八九人下山去玩。几人在酒肆中纵情豪饮，玩得兴起，荀玫和裴卿两个人比赛似的，你一个我一个地给众人讲笑话。荀玫说："一个武官，自小习武，广有名声。后来他领兵出征，被敌人追着跑，眼看着就要败了，突然有一个神灵降临帮他，这将军才转败为胜。将军得胜以后，对着神拜道：'多谢尊神活命之恩。不知尊神姓名？'那神灵道：'我是校场上的箭垛子神。'将军道：'小将何德，敢劳尊神相救？'那神灵道：'感念你往日在校场不曾用一箭伤我。'"

众人听了，皆笑得前仰后合。裴卿道："既如此，我也给你们讲个神怪笑话。说的是有一天啊，金刚遇上开路神，这金刚就对开路神说：'你我都是一样的神灵，怎么你就被好吃好喝供着，我就成日里吃素斋？'那开路神道：'哥哥不知，小弟不过是图些口腹罢了。若论穿着，可就比不上老兄你了，剥去这一层遮羞皮，浑身都是篾片了。'"

荀玫登时越了桌要去捶打裴卿，道："你们听听！他敢讽刺我是篾片相公！我就是供人酒桌上取乐的吗？"

裴卿边躲边笑道："荀师妹莫急，为兄的也不独独说了你呀，咱们俩这天资条件，不当篾片相公都是屈才。诸位兄台以后成家立业，都不必养什么清客了，凡有宴饮，只需请了我和荀家妹子两个，还怕无人凑趣取笑吗？"

荀玫嗔道："你倒是谋算得好，以后天天有席吃，可不是'图些口腹'，竟不用自己谋生了。"

这两个活宝有来有往、一去一回，逗得诸人无不捧腹。到后面，他俩随便一说话，旁人就忍不住笑，纷纷责怪二人让他们笑痛了肚子。

裴卿故作委屈道："我也没说笑话呀。"

黄月捂着肚子笑趴在了荀玫怀里，道："不行不行，裴师哥你现在根本不用说什么笑话，你一开口我就想笑。"

众人起哄，黄月也折枝为剑，给大家表演了一套剑法，果然如云卷舒，如潮起落，舞到激励振奋处，黄修亦诵阮籍《咏怀》以和。诗云："炎光延万里，洪川荡湍濑。弯弓挂扶桑，长剑倚天外。泰山成砥砺，黄河为裳带。视彼庄周子，荣枯何足赖。捐身弃中野，乌鸢作患害。

岂若雄杰士，功名从此大。"众人皆以为黄修诵此诗，乃是刺文氏把持朝政，恰如前魏的司马懿父子，感慨国事，抒发胸臆，又是共饮一杯。

几人知道那衷伯安正在写一部书，是写前朝传奇女子萧锦娘之故事，便要他说给众人听听。衷伯安连忙摇头，推说自己还没写好呢。众人哪儿能饶了他，扭着他的脖子灌了几杯酒，这才作罢。

从酒肆中出来时已近午夜，街上依旧是人潮汹涌。荀玫贪看卖艺人打铁花，与众人走散了。她竟也不急着寻找同伴，一人踉踉跄跄，不辨南北，走到了码头边，被凉风一吹，忽觉清醒了一些。她跳上一块跳板上，游戏似的单脚蹦蹦跳跳。

"小心！"

荀玫猛地回身去看，却见秋晗站在岸上。也因这一回身，她身体没控制好平衡从跳板上落水了。

待秋晗把她捞出来时，她已经浑身湿透，却依旧故自痴笑。

"你这样要发烧的，我送你回山上去吧。"秋晗解下自己的外袍，披在荀玫身上。虽已是初夏，夜风却也格外料峭，荀玫很应景地打了个喷嚏。秋晗把她搀扶起来，带着她往回走。

"你怎么从来不和我们玩呢？秋师兄，你每天在忙什么呀……我都见不到你。"荀玫问道。

"我忙我的事，你忙你的事。我们两个都有事可忙，这样不是挺好的？"

"我有什么可忙的，我就是玩……"

"玩也是一种忙。"

"那你和我一起忙吧！一起玩吧！"

秋晗没有回答，见她走路不稳，干脆把她背在身上。

荀玫本来只喝得微醺,现浑身湿透,额头又仿佛发起高热来,索性借酒装疯起来,道:"秋师兄,你为什么不和我们玩呢?人生在世,就是要寻欢作乐啊!'山有枢,隰有榆。子有衣裳,弗曳弗娄。子有车马,弗驰弗驱。宛其死矣,他人是愉。'不对不对,子青春年少,哪里能轻易言死?人生在世,难得一乐,今我不乐,日月其除。曹子建诗云,'归来宴平乐,美酒斗十千',贪财爱惜费,而为后世嗤。那是何等气魄,何等欢乐?我一向不醉,今日见了你,索性就醉一场,难得尽兴。"她边说边舞,仿佛在聚众出游、引弓逐兔一般。她忽然停了下来,问道:"'四时舍我驱驰,今我隐约欲何为?人生居天壤间,忽如飞鸟栖枯枝。我今隐约欲何为?'"

秋晗无奈道:"你都已经这样了,还要说那么多话吗?"

她继续道:"'上有沧浪之天,今我难得久来视;下有蠕蠕之地,今我难得久来履。何不恣意遨游,从君所喜?今日乐……不可忘……岁月逝,忽若飞。何为自苦,使我心悲。'"她边说边笑,可那笑却也像哭一般。

秋晗知道她哭了,但他为人向来谨慎,自忖不便过问,只是嘱咐道:"喝酒不宜过量,酒以成礼,不可烂醉。你看像是喝成这样,便不好了……"

荀玫却好似听了一个天大的笑话一般,道:"我最受不了你们儒家的什么'酒以成礼,不继以淫',礼岂为我辈设耶?"

秋晗玩笑道:"'礼岂为我辈设耶',这不是阮嗣宗的名言吗?真把自己当成是阮籍了?"

这话正打趣在荀玫的心坎里,却也把她激到了。她扭动着从他背上挣脱下来,赌气地朝反方向走去。

"你不回山上了？"秋晗问道。

"我不回了，让我在这儿吹一夜的风醒醒酒好了。你的衣服还你。你我授受不亲，我又不是阮籍，哪儿配得起那样放浪形骸呢？"荀玫把他的外袍抖落在地上。

"别气了，是我不好，不该打趣你。"秋晗走上前把外袍重新给她披上，道，"跟我回归云山。"

"我不回去！"

"你喝醉了，你应该听清醒的人的。"

荀玫忽然撒酒疯道："我虽然是醉了，可是我头脑清醒得很，比平日清醒得多！你不知我的心愿，我自小便有个心愿，那就是，你猜猜……快猜……那便是，那便是——占山为王！"她一抱拳道："秋兄，咱们明日便出城去，找一个山清水秀的风景绝佳之所，盖起一座山寨，我称大大王，你称二大王。咱们稳坐山中，招贤纳士，收揽流民，凡有才学的、武艺超绝的来投咱们，咱们都以礼相待，四海之内，都是兄弟姐妹！"

秋晗哭笑不得，道："想不到你还想去当贼寇。"

"是！我就是要当山寨里的大王，自由自在！这青州遍地都是土匪，也不差我们一家。不是吗？"

"荀玫！"秋晗当即打断了她，真的生气了，怒道，"你既然不想回归云山，就自己在镇子里找家客栈住一夜吧。"

秋晗抽身欲走，却被荀玫一把拽住。荀玫倒一副好生委屈的样子说道："我都让你当二大王了，你怎么还要走？"

秋晗本不愿再理她，她却突然拽着他的胳膊哭起来。她哭得泪雨滂沱，眼看着就快喘不过气了。秋晗只好轻轻抚摸她的后背安抚道：

"刚才不还十分高兴地要去当山大王呢,怎么突然又哭起来?"

她答道:"我心里难过。"

"与他们玩得不尽兴吗?"

"尽兴,当然尽兴!但是有时候越高兴,就越难过。'乐往哀来,怆然伤怀',这种感觉,魏晋的诗人都写烂了。你不知道吗?"

"我知道……可是难过又有什么用?你又在难过什么呢?"

荀玫道:"这世上哪有一样是不值得难过的?'生存华屋处,零落归山丘。'我虽一时欢乐已极,可人寿有期,青春易逝,又能再这样欢乐几回?何况人生之不相见者,动辄如参商远隔,总不能一直相守在一处,明年后岁,又知道我们都在哪里?譬如——譬如你此刻在我眼前,谁知你以后还怎样!倘或注定各奔前路去了,还不如一开始就不与你们相识才好。"

"你打算离开吗?"

"我本来就没打算在归云山长待,我这种人血里有风,浪迹天涯才是我的宿命。"

"要浪迹天涯也得有好身体,生了病还怎么浪迹天涯呢?"

"不用你管。"

次日中午,荀玫在自己床上醒来,映入眼帘的是黄月。黄月道:"阿玫姐姐,你终于醒了。昨天夜里怎么也找不到你,可急死我们了。还是秋师兄把你背上山的,你当时昏迷不醒,额头热得简直能煮鸡蛋。"

荀玫回想昨夜的事,只觉得一阵头疼,隐约记得自己伏在秋晗背上,似乎是翻来覆去地问他什么问题。

荀玫撑着床企图坐起来,感觉自己的喉咙烧得厉害,道:"什么……煮鸡蛋啊。月儿快给我弄点儿水喝，我饿得头晕。"

"我看你不是饿得头晕，是昨天被吹得生病了。怎么就弄得浑身都湿透了呢？"黄月一边给她倒水，一边说道。

荀玫灌了两大杯水，终于好些了，但嗓子也还是哑得不成样子，道："你知道我昨天和秋晗说了什么吗？"

黄月摇头道："不知道，我见到你时，你就是昏迷的。"

"我到底是问了他什么呢？"荀玫百思不得其解。

"不管怎么说，秋师兄可真好。"黄月说道，"他昨天衣服也被打湿了，听阿芸说，他也有点儿发烧呢。"

"他还好吗？"荀玫喃喃问道。

"他可比你强多了，今天一早就下山去了。"黄月答道。

"你知道他下山做什么吗？"

黄月摇摇头道："没人知道他每次下山都做什么，他是个神秘的人。"

荀玫道："是吧！也不知道他心里想什么，他的身世、经历、想法，似乎从来不与人讲，他真的好神秘。"

黄月道："秋师兄虽然不怎么与大家一起游戏，但是我们都知道他人是很好的。就连我父亲都说他很好，说他是情发于中，文行于外，是个天生的圣人苗子。"

荀玫嗤笑道："是，没错，他是情发于中，文行于外，我就是致饰于外，务以悦人了。他是何等自然，我是何等做作。"

黄月笑着在荀玫颇具弹性的脸颊上轻轻拧了一把，道："我可没说你呀阿玫姐姐。何况你不撑人不骂人就不错了，还敢说自己'悦人'？你对自己的认知是有多不清晰？"

荀玫卧病在床，体力不济，无法下床反击，只得用粗粝的嗓音哀哀抱怨道："我那是撑人吗？咳咳……我不都是为了活跃气氛嘛，说到底还是为了让大家获得快乐。如此哗众取宠，唉……我为这个家付出太多。你看我病着还要气我。"

"哈哈哈，那我不气你了。阿玫姐姐，我上厨房让阿芸给你熬粥去。你自己躺一会儿啊，养好了病再出来'悦人'。"说罢朝她做了个鬼脸，走出了房间。

夏尽秋来，归云山上的日子过得很快，仿佛百川东流，一去不返。荀玫也习惯了这里的作息，她总是挨着诸家的校舍串来串去，看哪里讲得有趣，便留在那听上一会儿，若来了兴致，也和师兄们插科打诨，课堂的氛围就变得十分快活。每隔几日，还能下山去玩，山下的小蓬莱镇她已经混得脸熟。街头巷尾，老人小孩，无论谁见了她都能招呼上一声"荀姑娘"。

相邻几个村镇的闹鬼事件也顺利解决。她听街上卖金乳酥的大娘说，归云山的秋先生已经替他们把问题解决了。原来那闹鬼不过是庞天师伙同两个弟子的装神弄鬼。这位大娘曾经是庞天师的信徒，如今也被秋晗的个人魅力所折服，向荀玫说起秋晗的事来，也是滔滔不绝。庞天师非但装神弄鬼地在乡里骗钱，还与青州的一伙贼寇有勾结。他在各地流窜时，还给翠屏山的贼寇做密探，甚至光州的不少县衙长官都着了他的道。若不是秋晗先生为民除害，还不知道那群人要为祸多久。

秋晗在小镇上已被尊称为先生，可见其多么深得乡亲们的尊敬。荀玫在归云山上不能经常看见他，他与人相处时虽也亲切怡人，但似乎更喜欢独来独往。

最近有两次，荀玫发现当秋晗不在山上时，黄月也刚巧下山了。自己的妹子一去好几天，黄修竟也丝毫不过问。看起来他们倒是有什么事瞒着大家。

荀玫找了个机会把黄月逼在了一个死角严厉拷问。荀玫是何等口齿伶俐、思维敏捷之人，黄月自小不爱读书只喜钻研武学，而今空有一身武艺，却哪里饶舌得过荀玫？被她逼问不过，黄月说道："其实是我父亲临行之前告诉我的，若秋师兄有什么事需要我帮忙，我就得听他的指令行事。"

"那他最近找你做什么呢？"

"也没什么事，就是陪着他去青州府，有时候是送信，有时候是见人，有时候只是和老乡说说话。"

"见什么人？说什么话？"

"见的是个军汉，但穿的却不像是官府的。说话也只是聊聊地租、年成之类的。阿玫姐姐，你可千万别告诉别人，要是误了秋师兄的事，我父亲回来饶不了我。"

荀玫揽着她的腰道："好妹子，你还信不过我吗，我怎么能把你告诉我的事传出去呢？咱俩谁跟谁呀。不过……"

"不过什么？"黄月警觉地看着她。

"不过下次他再叫你出去，你得告诉我一声。"

"这不好吧……"

"你也不想被全体师兄和归云居士认为是守不住秘密的人吧？"

黄月不禁浑身发抖，觉得那一次，阿玫姐姐笑得有些阴险。

秋晗再次下山时，黄月只得告知了荀玫。荀玫收拾好行装在他们之后下了山。她乔装改扮，一路偷偷尾随。秋晗与黄月或是借宿农家，或是住在旅店，荀玫都学着他们的样子在附近投宿。

这样相安无事地过了两日，谁知到了第三日傍晚，荀玫见秋、黄二人投宿在某村中，因此也就地找寻人家借宿。

她先敲了一户人家的门，只听门内传来一妇人的声音："是谁？"

荀玫道："大嫂不必惊慌，我是个行路的外乡人，走了一路不曾看见旅店，又累又饿，想借大嫂的地方歇息歇息。"

那妇人却道："来的可是荀姑娘吗？"

荀玫正惊慌时，那妇人把门打开了，道："若是荀姑娘，就请随我来。秋先生和那位黄姑娘今晚借宿在邹大伯家。邹大伯告知邻居们，若是荀姑娘投宿，则要带你过去。"

荀玫只得跟了这妇人去了邹家。一个半人高的篱笆墙，院的一角摆放着许许多多的篾器，黄月正和一个十二三岁的少年一同坐在院中洗菜择菜。黄月见荀玫来了，笑着起身道："阿玫姐姐，你果然来了。秋师兄说，既然你也一起来了，干脆大家就一起走吧，也免得你一个人出什么危险。今晚咱俩一起睡。"

荀玫问道："秋师兄呢？"

黄月道："正在屋里和邹大伯说话呢。"

那少年名叫兴哥，是邹大伯的小儿子。荀玫被他带进屋里，先与这家的主人邹大伯见了礼，又对秋晗故作惊讶道："秋师兄！想不到竟能在此偶遇两位同门好友，真是有缘分呀。也好也好，那咱们就结伴而行吧，一路上也能当饭搭子。"

秋晗神情玩味地道："荀师妹都不知道我们两个去哪儿，是否与你同道，怎么就料定我们可以结伴而行呢？"

荀玫是脸皮厚惯了的，被他看破亦不觉羞，嘿嘿笑了两声，道："我用梅花易数算出来的，我猜——你们肯定是去青州。"

秋晗倒也懒得戳穿她，道："青州的治安可不比光州。荀师妹，你既然跟着来了，就跟紧一点儿，一步也别离了黄师妹。黄师妹身怀武艺，能够护你周全。"

荀玫笑道："师兄还是让月儿护着你吧。光她一个人会武，难道我就不会吗？"

黄月在屋外听了荀玫的话，也急急地跑进问道："阿玫姐姐怎么从来没和我说过你会武？你学的是哪家……"

"不是什么名门正派，就是以前练了练……"

"那太好了！我们以后可以天天切磋。等一会儿吃过了饭，我们就能到屋外……"

荀玫夸说自己会武，实则心虚得很，哪里真敢和黄月切磋，忙岔开话题道："快去洗菜做饭吧，我都要饿死了。我和你一起去。"说罢，便拉着黄月的手出了门。

黄月与兴哥洗好了菜，又到厨房里来，荀玫也挽起袖子来帮忙。她素来不沾庖厨之事，手忙脚乱，也不会打水，也不会生火，更别提淘米做饭了，一会儿弄翻了水桶，一会儿弄乱了柴火，一会儿又被烟呛着了，弄得好不狼狈。

黄月赶快让她住了手别添乱。荀玫虽然不再插手，却站在一边指点江山起来，告诉二人该如何如何烧菜做饭，又能说得头头是道，引用的皆是上古名厨伊尹、易牙之言。弄得黄月不胜其烦，兴哥却被她的话逗得连连发笑。

不多时，饭菜便已上桌。虽大都是些粗藿，却也是贫家好食，足见主人待客之心。

这位邹大伯是本村头一个古道热肠的人，有三个儿子两个女儿，妻子已经去世。大儿子早年为避征徭远走他乡，二儿子在青州城里做佣工，两个女儿也已出嫁。身边只剩了兴哥这个幼子，父子俩一面种田，一面做些篾器，每月逢五赶集便挑到青州城里去卖。

邹大伯为人豪爽，十分健谈，兴哥亦是机灵懂事，几人在席间相谈甚欢。秋晗对本村的情形十分熟悉，看来已不是第一次借宿在邹大伯家里了。邹大伯他们村里种的地，有一大半是青州名刹永宁寺的寺产。若种着寺里的地，则须向寺中缴纳六成到七成的佃租。这样的人家来年又要向寺里借钱买种子，往往是入不敷出，借贷一年胜过一年。若是家里添丁或者有人生病，日子便更是艰难。

邹大伯家的地是自家的，虽也并不富裕，却因有编篾器的手艺，到底比左右乡邻强一些，总是周济邻人，因此在村中很有威望。邹大伯回忆，他年轻时也曾遭逢过几次坎坷，险些就把田卖给永宁寺了。好在他妻子是个有主意的女人，永宁寺的役人几番逼迫，夫妻俩还是硬撑着没把田卖出去。

邹大伯为了招待秋晗，特地让兴哥去打了一壶酒，两个人坐在屋里边聊边喝。吃过了晚饭，兴哥来到院中，借着月光做起了篾器。荀玫和黄月觉得有趣，也跟着他学起来。

屋外的月光甚是明朗，屋外的三人手里编着竹篾子说说笑笑。黄月给兴哥讲起在小蓬莱镇喝酒时那个"篾片笑话"来，被荀玫追得满院子跑。小窗里透出暖黄色的油灯的亮光，隐约听得邹大伯与秋晗把酒笑谈之声。此刻的温馨与快乐，让荀玫莫名地生出满心感动。

三人忽然听见一阵虫鸣，黄月问道："这是什么在叫啊，这样好听？"

兴哥道："月儿姐，这是促织叫呢。"

荀玫道："'明月皎夜光，促织鸣东壁'，原来是这样的光景。"

兴哥问道："荀姐姐念的是古诗吗？"

荀玫点点头道："是汉《古诗十九首》里面《明月皎夜光》一篇。"她把全诗给兴哥背了一遍。兴哥十分聪慧，虽从未念过书不解诗中的意思，却央求荀玫再背一遍、再背一遍。兴哥在心中默念记忆，不过三五遍，就已经背了下来，引得荀玫和黄月大为赞叹。

荀玫又给兴哥讲了这首诗，以及诗中的玉衡是哪颗星。兴哥进屋去给他父亲背了一遍《明月皎夜光》，把邹大伯喜得满脸都是笑纹。

兴哥把他两个姐姐曾经的卧房收拾出来给荀、黄二人睡。躺在床上，荀玫碰了碰身边的黄月，道："你们怎么发现我的？"

黄月道："我也不知道秋师兄怎么发现你的，不过，好像他早就发现你了。"

"不会吧？"

"我觉得是啊，"黄月轻声道，"因为他今天和我说咱们快进青州地界了，今天就叫你阿玫姐姐和咱们一起住吧。"

"这样啊。"荀玫喃喃自语道。

"怎么了？"黄月问道。

"没什么，睡吧，小妹，明天还得赶路呢。"

荀玫一旦心中有事便影响睡眠，因此这一夜翻来覆去，睡得十分不踏实,第二天一醒来,长了两个黑眼圈。她本还忧心自己辗转反侧会吵到黄月休息,却看见黄月精神抖擞,可见昨夜睡得很安稳,并没有受她影响。

倒是秋晗见了荀玫的熊猫眼,禁不住微微笑了一下。秋晗这人脸上向来没什么太大的表情,说得好听些那是人品庄重,喜怒不形于色,若说得难听那便是大多数时候看起来有些木讷。他此时这一笑倒显得十分轻松惬意,这也是着实罕见。荀玫甚至都忘了指责他嘲笑自己,只是惊讶与沉醉在他那一闪而逝的情绪流露中。

原来秋晗不是个木偶人啊……

三人用过早饭后与邹大伯和兴哥道别,快到中午时进了青州城。早听闻青州城里热闹非凡,果真是人满街巷,车水马龙。商贩大多坐在凉棚下,商品琳琅满目地摆了一地。亦有那货郎,或是背着个挂包,或是肩挑货担,或是推着个小车,摇鼓叫卖,卖的多是些针头线脑、胭脂水粉、妆镜珠花等闺中之物。

一个小贩拦住秋晗道:"卖上好的金花胭脂了。客人,这是扬州的胭脂,用石榴花制成的,润泽多香。您闻闻……买给您的两位夫人最合适不过了。"

秋晗是个正人君子,见那小贩以为黄、荀二人是自己的内人,便先尴尬起来。荀玫和黄月看他羞得脸颊微红,反倒都笑得前仰后合,忍不住去逗他。

"夫君,给人家买这个嘛。"

"夫君都要给姐姐买了,不能不给我买吧。"

"就是嘛,给我们姐妹两个花钱难道还缩手缩脚?早知道就嫁给对门的吴老二了,人家还给老婆打黄金首饰呢。是吧妹妹?"

"是呀姐姐,夫君这么小气,干脆咱俩一起改嫁吧。"

"好的呀,妹妹。"

秋晗已是满脸通红,为尽快脱离这种尴尬境地,只得掏钱了事。

买了胭脂,又挑了些珠花、手钏之类的。秋晗不懂行情,又不识货,出手阔绰不还价,为此引了一众小贩围着他。这个说,公子,我这花钿最好;那个说,客人,您看看我这香囊……里三层外三层,围了个水泄不通。外面一圈儿的小贩插不进去腿,一个个延颈鹤望,恨不得有个橡皮做的胳膊,好抻长了把货物递在秋晗面前。

荀玫和黄月买得心满意足,又把手里的行李都扔给秋晗,跑去人群里看杂耍卖艺的了。只见那两个少女,一着红衣,一着青衣,都是劲装短打,一人手持一把长剑,先是各自练了一套剑法,接着便对打起来。两把剑耍得飒飒带风,只听得周围叫好声接连不断。

"月儿也上去露一手吧。"荀玫撺掇道。

"不要。"黄月摇摇头,"我这次出来,是要听秋师兄差遣的,不能这么招摇。哎,秋师兄呢?"

两人这才发觉秋晗好像不见了,回身去找时,才看见他独自一人站在街角,手里捧着刚才买的胭脂首饰,胳膊上挂着三人的包袱,看起来无助又无奈,逗得荀玫和黄月二人一阵发笑。

三人在客栈落了脚,荀玫站在门外看街上的孩童跳百索。两个小孩站在两侧撑着绳,其余的孩子轮流跳,或踩绳或翻绳,自有一套动作。撑绳的两个孩子发问,跳绳的孩子对答,口中念念有词,朗朗上口,十分有趣。

原来,这童谣是本地百姓作来讥刺那些悭吝刻薄,不学无术,专好盘剥百姓的世贵人家。

只听那撑着绳的孩子问道：

"何为公？"

跳绳的孩子便答道："簪缨玉带到头空。"

"何为侯？"

"一毛不拔白吃狗。"

"何为伯？"

"做奸耍滑信义薄。"

"何为子？"

"寡廉鲜耻无赖子。"

"何为男？"

"少吃无穿实在难。"

"何为王？"

"穷凶极恶等闲亡。"

如此一来，把本朝食爵禄的公侯伯子男从上到下骂了个全乎。荀玫边听，还边鼓掌叫好。黄月问道："阿玫姐姐为什么叫好？"

荀玫道："绝妙好词，不叫好不行呀。让孩童都如此怨憎，也能想象得出此地豪族贵胄有多么刻薄。我早听说青州民风剽悍，无论士女，尚武轻生的十之八九。'譬如辽东死，斩头何所伤。'青州人是宁肯反叛为贼，也不为官府所驱策。当年柔然大军自辽东入寇，天子发青州兵讨伐，结果惹得青州十一郡皆举义旗，百姓占山为王、落草为寇的不计其数，立起大小山寨不下五百余座。如今的青州依旧是盗匪横生，百姓出门要拜俩老爷，第一是拜匪老爷，第二才拜官老爷。"

黄月道："阿玫姐说的和秋师兄说的一样，这青州百姓的确有任侠之气。对了，我上次来青州，还听了一则谶语。"

荀玫问道："什么谶语？"

黄月道："那谶语是'玄佳当立，解民倒悬'，我听说是和明帝曾经的一个梦有关。传说，明帝晚年的时候，曾在梦中看见中原纷乱，却有一只黑色的凤鸟，它一出现，就能够使魏室重盛。阿玫姐姐知道这是什么意思吗？"

荀玫道："玄、佳合起来，就是一个'雍'字。当今圣上无子，唯有一女封为嘉成公主，宗室中最亲近的便是圣上的亲弟之子雍王殿下了。这谶语只怕是有心之人作出来的，为圣上日后传位于亲弟一脉舆论造势罢了。至于明帝之梦，'佳'和'鸟'是同一个意思，玄、佳即玄鸟。不过，明帝已是作古了七十年的人了，他做没做那个梦，谁又能证明呢？"

黄月恍然道："原来是这样。"

荀玫叹道："如今圣躬违和，文氏又把控着朝政，这雍王名唤'旻朗'，小时候遭逢柔然南掠受了惊吓，一直体弱多病，能不能撑到继位还是两说，现在正是邺都里斗得最激烈的时候。两个月前，周御史上书议论朝政，却被构陷为'勾结西虏''心怀不轨'。文丞相借这个由头，一连族灭了七位大臣，其中一位龙骧将军名唤张窑，就是雍王的死党。"

黄月道："我看你平时只知玩乐，没想到还这样关心国事。"

荀玫笑道："关心了也没用，离着咱们十万八千里呢。咱们就只顾着眼前这点儿事儿，每天吃好点儿、玩好点儿，也就是了。"

黄月道："不光要吃好喝好，还要行侠仗义、快意恩仇。"

荀玫轻轻拍了拍她的肩膀道："没问题，这样的人生，你值得拥有。我就跟在你后面，狐假虎威，当个大吃大嚼之徒也就是了。"

三人在客栈住了两日，秋晗果然与一个布衣短打的汉子见了面。那汉子长得十分高大，满脸络腮胡子，虽是作田家打扮，却依旧遮不住从军日久的威武气质。秋晗同那人在房中密谈，荀玫和黄月便扒着墙偷听，谁知这客栈的木墙隔音极佳，竟什么也听不见。

黄月问道："阿玫姐姐，你知道他们两个说什么吗？"

荀玫是从来不肯正经回话的，何况她此时正因为没偷听上而倍感无聊，因此道："'昔闻周小史，今歌白下童'，世俗败坏如此。你秋师兄生得这样俊秀，又与那样精壮威猛的汉子同处一室，你猜猜他们在做什么？"

黄月摇头道："我猜不到。"

荀玫见黄月这般纯真可爱，心下自是无限爱怜，恨不得冲上去在她蜜桃一样的小圆脸上啃一口。

自从见了这络腮胡汉子，整整两天秋晗都愁眉不展。荀玫多次询问，他都只是不言，直到第三日晚饭时，才故意摆了一桌酒菜来请荀玫。

荀玫猜他肯定遇到了棘手的事要自己帮忙，因此由着他殷勤。

"要是没事儿求我，秋师兄也不会对我这样好。"荀玫与黄月相视一笑，问秋晗道，"有什么事，秋师兄不妨直说。"

秋晗道："要请荀师妹来做一件利国利民、流芳千古的好事。"

荀玫诧异道："我还觉得自己是个无用的废人呢，每日只是吃喝玩乐也就是了，究竟是什么流芳千古的好事，能轮得着我去做？"

秋晗道："当今之朝堂，文氏弄权，残害忠良。师妹可听说过龙骧张将军？"

荀玫正色道："自然听说过。"

秋晗道："张将军公忠体国，却受文氏诬陷，满门处决，幸好他的长子张舜宾逃出了邺城。张将军曾在青州练兵，此地有其不少旧部。实不相瞒，前几日与我会面的那位，便是张将军曾经的旧部之一。我们之所以谋划，正是要救那位舜宾公子。求师妹做的事，也正与营救舜宾公子有关。"

荀玫问道："不知师兄哪里用得上小妹？"

秋晗道："要讲清这其中的勾连，这还得从西晋的一段故事讲起。龙骧将军的祖先乃是西晋时的司空张华，晋时雷焕发掘丰城狱的地基，得一双宝剑，上有题刻，一曰龙渊，一曰太阿，于是以龙渊赠张华，自得太阿。后张华为司马伦所害，是时国内纷乱，张氏子孙恐名剑藏于斗室，易招致怀璧之罪，于是声称一双宝剑失落于延平津中，而名剑藏于何处，仅有张家后人才知道。童仙如原本是龙骧将军帐下一记室参军，因有才具，被荐为太守，后做了刺史。龙骧将军亦视之为心腹，把家传龙渊宝剑之事告知他。文氏残杀忠良，舜宾公子的父母弟妹俱受屠戮。童仙如亦是利欲熏心，一心向文氏邀功，于是骗取了舜宾公子的信任，假意将其藏在刺史府，实则是为了套取龙渊剑藏匿的地址，好将龙渊宝剑与舜宾公子一同交给文氏。龙骧将军的一些忠诚旧部集结起来，正在商讨如何救出舜宾公子，不使龙渊剑落入奸臣之手，只恨那刺史府把守森严，无法见到舜宾公子，亦不能传递消息。后天，童仙如的夫人焦氏会去城外的永宁寺礼佛，妹子可否设法得到焦氏的信任，让她把你带进刺史府，将这枚蜡丸传递给舜宾公子？"

荀玫接过那枚黑色蜡丸，只见其表面上烫着花纹，正是一只凌风振翅的玄鸟。荀玫道："我倒是能试试。只是就算进了刺史府的内宅，也未必见得到那位舜宾公子。再者，我并不认得他，即便见到了，又怎样能取得他的信任呢？"

秋晗道："师妹说得没错，用这方法也只能是试试看。荀师妹还当以自身的安全为要，倘或情形不对，一定要及时撤出。我已将舜宾公子的容貌画成图像，你一会儿可以看看。月儿最好能扮作随从同你一起，可以护你周全。这蜡丸上的图案，舜宾公子一看便会信任你的。"

荀玫笑道："师兄将这么重要的事交给我，我哪里敢不用心去做？只是要办成此事，却要白银百两作为开销。"

秋晗虽日常一件布衣，不显山不露水，此时却十分阔气，道："这好说，明天一早便把你的开销送来。"

荀玫不禁赞道："秋老板大气！"

第二日，荀玫接过了银子，便带着黄月置办了两身比丘尼的道衣，又找匠人造了两张度牒、一封荐信，在永宁寺挂了单。不进这永宁寺，不知道里面有多气派。大殿的木料用的是双人合抱粗的松木，僧人的袈裟也多是真丝材质，黄金造就的佛身更是宝相庄严。只不过这里的僧人一个个脑满肠肥，眼睛滴溜溜转，看着实在不像出家人。

永宁塔的历史远比这座寺院的历史要长。塔高九层，有四道铁索，引向浮图四角。铁索上挂着金铎，浮图四角亦悬挂金铎，四面的窗棂上用红绳系着一串串金铃。

那高塔宛如一个擎天巨人，仰望时，那种威压感会让人不觉屏息。黄昏时，寺院里安静极了，只有偶然被风吹得转动的经筒，发出吱吱呀呀的声音，和那高高的佛塔上空灵悠远的铎铃声。

昏黄的日光把世间一切人与物的影子都拉得很长。荀玫举着一支蜡烛，登上了永宁塔。黑暗逐渐笼罩了她，仿佛要把她淹没在一种永恒的阒寂里。借着如豆的烛光，她看清了塔里的壁画，那是地藏王菩萨身入地狱以救众生的故事。她拾级而上，仿佛随着那壁画走过无量阿僧祇劫的光阴。地藏王菩萨见众生沉溺于苦海，因此发下弘誓大愿：地狱不空，我不成佛。

不知为何，她蓦地想起了秋晗，想起他那双无限悲悯的眼眸，想起他的温润与疏离。秋晗的内心，是否也在这样永寂的黑夜里，守护着唯一的一盏孤灯？

荀玫记不得自己在何时走下了佛塔，回到客房中歇息。那一夜，她做了一个梦。梦中，她化身为天竺古国的少女，在某个悠闲无事的午后，拿着扫帚清扫佛塔，一层又一层。少女安静地清扫着，虔诚地叩拜每一层的金塑神像。她目光透过高塔的窗棂望去，久久地凝视着伽蓝园中一个打坐的年轻僧侣。

像是冥冥之中感应到什么，那僧侣竟也抬起头望向少女。

时光漫长而悠远，让人不禁潸然，就像多年以后，从某个角落里找到幼年藏起的玩具，或是猛然想起一个早已忘却的旧梦。不知哪一年，不知哪一世，不知你我是何人，只记得此时此刻、此情此景，寂静的佛寺、寂静的佛塔，午后的空气里，只有清爽的风和空荡荡的铎铃声。想起那时初见，"绸缪顾盼，如遇平生"。

第七章　何如莫相识

刺史府的轿子落在永宁寺山门前，青州童刺史的夫人焦氏在一众仆妇、女尼的簇拥下走入了寺门。

焦氏是童仙如续娶的娘子，年纪不过三十出头，生得十分美貌，虽说不饰钗环，未施粉黛，却自有一种温柔软媚的风韵。只是她面带悲戚，形容憔悴，未免容色稍减。

焦氏焚香祝拜过后，收到了荀玫的拜帖。

陪侍的老僧对焦氏介绍道："此尼原本也是官家小姐，为家中长辈祈福才舍身佛门带发修行，如今只是在鄙寺暂住。"

焦氏道："怪不得我进来时瞧见一个模样那样灵秀的小师父朝我这里望，想来就是她了。既然是官家小姐捐身佛门，可见是有慧根悟性的，快请来一见。"

荀玫便与黄月到了焦氏休息的房间，焦氏命婢女烹茶招待。荀玫拜见过焦氏，焦氏见荀玫谈吐清越、仪止文雅，心中自是无限喜爱，愿意与之亲近。

荀玫自述年幼时体弱多病，悲喜不能自抑，找了多少名医，吃了多少名贵药材都不见好。十二岁时病得人事不省，有一天夜里，眼看着不成活了，家门外却来了个化缘的大和尚，说能救这家小姐的命。

大和尚拿出一丸药来用水化开喂给她，这才把她救活。大和尚说，她生来便有异能，常人肉眼往往只见其果，而不能见其因，而此女却能见诸多因缘和合，见善因则大喜，见恶因则大悲，因此才致喜怒无状。她虽有慧炬，却是"聪明障道"，且慧极必伤，虽能看透他人的福祸，却消磨了自己的福祉。唯一能解救的办法，便是遁入空门，从此不染丁点儿凡俗之情，方可化解周身病痛。从此，她便跟着那大和尚修行佛法，倒也不曾再发病了。

荀玫说自己随师父云游，走到了青州时却做了一个梦。梦中，一座高耸入云的佛塔起火了，天是黑色的，没有月亮，也没有星星，但是火光却把一切照亮了，世界变成了烈火地狱，所有人都在其中。有一比丘赴火而死，这才以倾盆暴雨浇灭了大火，从此这比丘便化身为这佛塔的神灵。师父说，她梦中的佛塔正是这座永宁塔，既然有此一梦，必然是宿世因缘。因此要她在这永宁寺暂住，以待化解此缘之人。

焦氏听了，愈发觉得奇异。她自己本多愁苦之事，更需要向佛门寻求慰藉，便请荀玫为她讲经。

荀玫讲了《地藏经》中光目救母的故事。地藏菩萨在过去的阿僧祇劫中，曾化身为光目女，托身凡世。光目女虽不记得自己前生，但因宿世因果，生而便有佛性，自小崇佛信佛，无日不以香烛花卉供奉佛身。光目女之母去世后，光目女想要出资为母亲祈福。于是，当她遇见一位罗汉时，便对他说了自己的愿望。那位罗汉怜悯光目女，便入定为她观瞧，却发现光目女的母亲坠落在恶道之中，正在日夜经受酷刑。原来是因为光目女的母亲爱吃鱼鳖这类东西，伤及千万条性命，因此堕入恶趣，永世受苦。光目于是发愿："愿我自今日后，对清净莲华目如来像前，却后百千万亿劫中，应有世界所有地狱及三恶道诸罪苦众生，誓愿救拔，令离地狱恶趣、畜生、饿鬼等。如是罪报等人，尽成佛竟，我然后方成正觉！"

焦氏惊道："食鱼鳖这类东西，亦为杀生吗？"

荀玫道："其为卵生虽自无觉，然有生机，故而算作杀生。而今是末法时代，人多狡诈凶暴，怀砖慕势，图财害命者比比皆是，比之杀鱼鳖之类，罪愆更甚。"

焦氏心下一惊，又问道："请问小师父，如果是父母的罪业，会不会也加在子女身上？"

荀玫道："亦有因父母罪业，报在子女身上的，或是短寿，或是生而残疾，或是命途多舛。因为冥冥中的分定，同业相引，共业感召。"荀玫正说着话，双眼却陡然坠下泪来。

"小师父？"焦氏见她突然落泪，心中惶恐不已。

荀玫露出极力克制的模样，但眼泪却还是不受控地流出来，道："夫人，我……对不起，请问夫人家中可有病人？"

焦氏惊道："小师父怎么知道？我的儿子已经病了一月了，怎么也不见好。"

"夫人家中可有客人吗？"

焦氏犹疑了片刻，说道："是有一位客人。"

听了这话，荀玫哭得更是伤心，竟好似要把肺腑一道哭出来，呜咽地叫道："非其命！非其命啊！"

黄月原本侍奉在一旁，此时赶忙扶她，对焦氏道："夫人莫慌，是我家姑娘又犯病了，我扶她回房休息片刻，吃一丸药，也就好了。"

焦氏心乱如麻，本要问清楚，黄月却已将荀玫扶走。一个时辰，黄月才折返回来，对焦氏道："方才我家姑娘忽然犯病，惊扰夫人了。

我家姑娘说,她既已入空门,便不该再惹红尘之事,还请夫人回去好生照拂小公子。"

黄月这样一说,焦氏更不肯走,索性在荀玫屋外等着,一定要荀玫把方才的话解释清楚。她急火攻心,甚至以青州刺史的名号来压人,定要荀玫出来,可是荀玫屋里却一点儿回应也没有。焦夫人不禁哭倒在地,众僧也来相劝。荀玫才从屋内走出,却已经是双目红肿、一脸憔悴。

荀玫请焦氏进入屋内,亲自为她斟茶,道:"可怜天下父母心呐,我幼年患病之时,我的母亲大概也像夫人一样。"

焦氏道:"还请师父教我。"

荀玫道:"这些话关系令公子的命数,我能说与夫人知道,是因为今日你我既相逢,必然是前缘注定。但天机不可泄,夫人万不可说与旁人知道,就连枕边人,也一个字都不能透露。"

焦氏起誓道:"我必当守口如瓶。"

荀玫道:"令公子本有大贵的命数,可令公子孝心使然,是替其父承受了罪业!住在贵府的那位客人,大概不久便会丧命。他是个孤星之命,全家横死只剩了他一人,因此满身怨气。这怨气缠绕在令公子身上,就成了疾病。此人死后怨戾之气将百倍于现在,到时候令公子……"

"师父不必说了……"焦氏垂泪道,"这都是外子造的孽。请问师父,如何才能化解这厄运呢?"

荀玫道:"第一,夫人您和您的家人手上绝不可沾此人之血。"

焦氏连忙点头。

"第二,快快将此人送走,最好能让此人不要接近小公子十里之内。"

焦氏皱眉道:"倘或能把原委说给外子知道,他或许会答应把此人送走。但师父叫我不要说给外子,在这事上,我又怎么能做得了他的主呢?"

荀玫叹气道:"唉,送佛送到西。这样吧,夫人以讲经为名,邀我去府上暂住,我师父临走时还留下了一些丸药,兴许能对小公子的病有所助益。夫人可将我引给那位客人,我自有一套说法,要他自行离去,离小公子越远越好,莫妨了贵人。"

焦氏听了这话,感动得浑身颤抖,倾身要拜,被荀玫一把扶住。

荀玫带着黄月进了刺史府,也尽心照料了焦夫人那小儿一番。秋天气燥,小儿患咳疾本是常事,大多不过七八日也就好了。只是焦夫人往日溺爱过甚,这孩子稍有症状便方寸大乱,她又偶然听见其夫君与心腹密谋害命而心怀惴惴,这才去求神拜佛求个心安。

有焦夫人的帮忙,荀玫顺利地见到张舜宾,把蜡丸交给了他。又过几日,张舜宾果然借着取龙渊宝剑的由头离开了刺史府,摆脱看他的人后就再也没回来。童仙如知道自己被张舜宾骗了,回到府里自然是暴跳如雷。好在焦夫人小儿的病也有了起色,荀玫便带着黄月辞了焦夫人,回客栈与秋晗会合。

她早与秋晗约好了回来的时辰,本以为等着自己的是庆功宴,一推门却发现,黄修、何文则、裴卿、衷伯安都在,还有岑天心。为什么把这个呆子也带来?归云众师兄满满坐了一屋子,都齐齐用审视的目光看着她,唯独不见秋晗。

荀玫心虚道:"各位师兄好呀,好久不见,甚是想念!"

黄修笑得格外瘆人，道："师妹不辞而别，害得大家好找啊！玩得可还开心吗？"

黄月忙道："玫姐姐也不算不辞而别，她下山是告诉我了的，我是知情人。"

"你闭嘴！用不着你来维护她。"黄修怒道，"荀玫，你看你收买的好妹妹，这时候还帮着你说话，平时对我都不见这么忠心耿耿的。月儿是个傻丫头，要是敢坏了秋师弟的事，看父亲回来怎么罚你。"

荀玫忙赔笑，见黄修并不避讳秋晗要救张舜宾之事，大抵是与秋晗见面后，秋晗告知他们的，因此道："师兄，别生气了。我这不是为了帮秋师兄和月儿的忙才跟来的嘛。要是不曾跟来，秋师兄可是要头疼死了！"

何文则道："既然荀师妹帮了秋师弟，那也算是功过相抵了。"

荀玫笑道："还是何师兄说得在理！"

黄修原也是个散漫不拘的性子，是接了江都的信，得知江都公要派人来探问荀玫，怕归云居士回来了怪罪，这才急匆匆发动大伙下山找荀玫。他原本不是个威严的人，作势训斥了荀玫几句，这事也就过去了。

一直到秋晗回来，荀玫才有了自己的庆功宴。这庆功宴还是在邹大伯的第二个儿子邹二哥家里办的。张舜宾和张家的几个旧部亦藏在邹二哥家，那几个彪形大汉一见荀玫，纳头便拜，谢她救了张家这棵独苗。荀玫哪里见过这种场面，登时脸烧得通红，直往秋晗身后躲。

这一夜又是欢叙、又是畅饮。邹二哥显然继承了邹老伯仗义好客的性格，让他的媳妇给众人准备了满满一桌酒菜。

酒喝了几遍，荀玫也喝得上头，便得意扬扬地给众人讲起自己如何凭借机智骗取焦夫人的信任进了刺史府。裴卿也喝得烂醉,扶着酒桌起身对荀玫道:"'凡说之难,在所说之心',既能洞察其心,便可欺之以方,荀师妹在此项是个高手啊。"

黄月问:"什么叫'欺之以方'?"

荀玫笑道:"我给妹子讲个故事,妹子就知道了。有人送了郑大夫子产一尾鱼,子产便命一个小吏将鱼养在池塘里。可是那小吏却把鱼吃了,回来告诉子产说,才把鱼放入池塘时,那鱼有些圉圉不乐,但不多时便已洋洋自适,悠悠然游走了。子产不知这鱼已经在小吏肚子里了,以为其正从容游于池中,于是快意地道,得其所哉,得其所哉。除了子产之外,还有另一个故事。有个小孩子偶然得了一只大乌龟,便起了杀心要害这龟,旁人都无法劝止。其中却有一个人对那孩童道,你将龟抛入水里,即刻便可淹杀。那孩子听了就把龟掷在水里,那乌龟入了水,立马舒展四肢游走了。妹妹你想,子产想要鱼自由游于池中,却任凭小吏将其吃掉而不能察觉;那孩子想要杀死乌龟,却反而将其放生,可见无论君子、劣童,只要欺之以其方,都可以使其所为从我之所欲。"

黄月点点头。

荀玫说得兴起,又道:"这游说人也是一门大学问,非但是说辞,态度也极为重要!有时候气焰要盛,要目中无人,要见大人则藐之,就好比范雎激秦昭王,劈头便是一句'秦安得王?'先声夺人,昭王心中虽怒,却必然问其所以然,到时候便可向其徐徐道出胸中智略宏图。但是有时候呢,你只能和颜悦色,循循善诱,恰如触龙说赵太后,要先从家务事儿、知心话说起,尽量缓和亲切,使其卸下防备,心中不以我为敌,才能顺我之意。妹妹知道我为何要先与焦夫人交好,又在她面前无端大哭，让她心生疑窦，来求着问我们了？"

黄月道："那我也是个被你说服的傻子吧，看来我还得好好和姐姐学学说话才行。"

荀玟揽着月儿，倾身倚在她身上，双眼却望向秋晗，道："这话儿怎么说呢？月儿你继续做你的朴直君子就很好，不必跟我学。这评论人物呢，必要似丹漆不文、白玉不雕，方才是上品。你若是学成我这样，不就是雕饰过盛、太璞不完了吗？"

黄月轻轻笑了一下。荀玟抬眼去看她，却发现她的眼睛弯成了一勾新月，正开心地看着那位刚刚脱离魔爪的贵公子张舜宾。

为了不引人注目，众人分成几路回归云山去。由裴卿、黄月这一文一武护送张舜宾，秋晗与何文则一路。荀玟听说江都要派人来审问她，原本还没想这么快就和归云的一众好友作别，这下却起了赶快跑路的心思。黄修重任在肩，哪儿能让她遂意，亲自带了衷伯安和岑天心这哼哈二将一路上紧盯荀玟，不让她趁机溜走。

衷伯安是个见了食物就走不动道的人，荀玟于是借机迁延，和衷、岑师兄两个走走停停，在沿途小镇四处探访美食。岑天心也是个好奇心强的人，对魔术戏法之类十分着迷。荀玟陪着他钻研魔术机关。相处下来，荀玟发觉此人虽呆，却是心地纯良宛如孩童一般，二人的关系自然也好了不少。

见那三人成天腻歪在一起，黄修觉得自己在四人小队中的领导地位岌岌可危。

由于荀、岑、衷三人一路上边走边玩，好似休闲旅游一样，导致黄修这一路比秋晗和张舜宾都到得晚。听说张舜宾那里还被官兵堵截过,张舜宾为护着黄月受了点儿轻伤,幸喜没有什么大碍。

一路上,荀玫都表现得十分乖巧听话,除了用心于吃喝玩乐之外,没有露出半点儿要逃跑的样子。进入小蓬莱镇后,黄修也对她放松了警惕。

可就是黄修一个转身去给衷伯安买糖葫芦的工夫,荀玫就消失在了人群里。黄修急忙回归云山派人下山来找,可找了三天三夜都不见荀玫的人影。没找到荀玫,却等来了青州兵的大军围困。

青州刺史童仙如见欺瞒张舜宾不成,也撕破了脸,派了传信的人上山对黄修道:"黄真人,只要归云山在明日午时之前交出藏匿的钦犯张舜宾,青州兵便可以秋毫无犯。"

黄修道:"鄙处近来不曾有生人造访,你家使君怎好污蔑我们窝藏钦犯?"

传信人道:"归云山是本朝第一学府,有'今世稷下'之美名,黄真人又是出世修道之人,怎会有意窝藏,想必也是受人蒙蔽,才一时包庇了那钦犯。如今我青州两千兵马已将贵地团团围住,倘或明日归云山交不出人来,我们就只好自己上山搜了。那张舜宾可是大丞相亲自过问的犯人,还请黄真人思虑详熟,再给我们答复。"

黄修虽素性温柔容让,却也从不怕人威胁,冷笑道:"难道使君还想踏平我归云山吗?他童使君背后有文大丞相撑腰,难道我们归云山在朝中就没有倚仗吗?"

传信人亦笑道:"归云山实乃天下士子之望,我们哪里敢去踏平?只是搜拿钦犯,少不了要有些磕磕碰碰的,若是山下那些军汉不晓事做出什么玷污斯文的事来,还请黄真人多见谅。"

那传信人走后,黄修急忙召集众人商议。张舜宾不愿连累归云山,谢过黄修收留之情后,便要下山去见童仙如,被秋晗拦住。归云众弟子大多不认识张舜宾,却也是有骨气的,得知文氏弄权,戕害了张家满门后,都说要与那童仙如周旋到底。

秋晗道:"归云山名重天下,归云居士又与诸侯权贵多有交游,童仙如必定有所顾虑,未必就真敢攻上山来。我们可以示之以犹豫之态,只要能拖延一段时间,就可以结外援与之对抗。"

黄修道:"秋师弟所言甚是!那童仙如是青州刺史,带兵进入光州地界想必也和光州的李刺史打了招呼,大概是许其以重利。我父亲与光州刺史相识多年,深知此人贪财秉性,若能修书信于此人,以义责之、以利动之,大概可以让他驱逐童仙如。"

黄月道:"可归云山三面是海,只有一条路可以下山传信,童仙如还把那路给封死了。如果他们不攻山,却要困死我们,这可怎么办?"

一农家学子道:"归云山一向是半个月采购一回肉、蔬菜、瓜果之类,如今山上的库存加上我们师兄弟亲自耕种的粮食,两三个月内倒是不成问题。至于蔬菜瓜果之类,我们库房里现有的种子齐全,可以种一些成熟快的蔬菜,保供两三个月也不成问题。后山的木材砍来可以当柴。肉虽要缺乏一些,却总还能得到,可以设置机关陷阱捕猎一些禽兽。"

黄修拱手道:"我们山上教师、弟子、仆役加起来有三百多人,要作长远打算,还请师兄调配好每日的供应额度。"

何文则道:"如今山上只有张公子和几位部将,还有黄师妹是会武艺的,其他人不曾习武。他们若是真的强攻上来,我们只怕是无法抵抗。"

秋晗道:"何师兄的顾虑在理。但归云山上山只有一条道,是一夫当关万夫莫开,我们居高临下是占着地利,若行军排布得法,未必不可与之周旋。现在是非常时刻,还是要有个制度才行。治事行仁,乱世行法。众师兄弟虽然不曾习武,却也要按力气、体格的大小分出几等,编成行伍。这样一来便于管理,二来若真与他们发生冲突,也不至于溃不成军。"

"好!秋师弟说得不错。"黄修道,"选锋才能出奇,也当立起规制来,叫大家执行。我们虽大都不曾习武,却都是饱读之士,众师兄弟不乏有研读兵法者,还望大家各出奇策,共度此难。"

裴卿任何时候都不忘活跃气氛,他转身面向众人,向空中挥拳道:"黄师兄说得正是!我们九流百家的传人都在这山上,全是智囊中的智囊、人杰中的人杰,我还就不信了,一百个诸葛亮加在一起,还斗不过他一个童仙如吗?"

他的声音饱含激情,引得众人齐声叫好!

议定之后,便由裴卿给童仙如送了一封回信。那信的大意是,归云山空间广大,树木茂密,极易藏形,若有某弟子藏匿钦犯,也实在难说。还请使君看在归云居士的面子上多给些时日,待山上查明后,如果真有钦犯,定会把钦犯与窝藏钦犯的人一并捆来送给使君。

在一番极限拉扯、讨价还价后,童仙如与裴卿立下约定,把日期宽限到了三天。

这三天里,归云山对众弟子进行了军事整编和搏击训练,利用山上的木材、铁器自制了弓箭、枪、矛之类的兵器,保证人手一把家伙什。归云山全员皆兵,就连厨娘也能做到随着口号操起菜刀来"左青龙右白虎"地抡两下。

此外，黄修以归云山的名义分别给光州、兖州的州牧以及朝中一些相熟的官员都写了求援信，用信鸽发给黄修在光州城的一位友人，再由那位友人分别代发出去。

光州刺史李燮最先接了信。信中用词虽谦和婉约，却字字藏有玄机，一面是警告，一面是利诱，看得李燮手心直冒冷汗，赶忙派了一支兵马来小蓬莱镇制约青州兵，并命人告诫童仙如万万不可强行攻山。

三天时日已到，童仙如等了又等，都不见送人下山来。他先前受了光州兵的挟制，又被归云山这样玩了一遭，气得三尸神暴跳，七窍内生烟，意欲发兵，却又忌惮光州的兵马掣肘。

他府中有一位师爷，倒是出了个主意。既然光州的意思是不许派兵上去，我们何不向山上的人发出比武挑战的邀请？若山上的人胜了，则青州兵马退去；若青州胜了，则归云山即刻交出钦犯。于是童仙如派了传信的上山去。

黄修等人计议过后，认为暂且答应比武可以拖延时日，免得逼急了童仙如跳墙咬人。黄月以及张舜宾的几位部将武艺都还不错，若是单打独斗，还有些胜出的可能。因此又派裴卿下山与童仙如谈判，双方唇枪舌剑，你来我往，议定了比武的规则和流程。比武共持续三天，分别比箭术、步战和马战，每天双方各派一人出战，点到为止，分出胜负即可，不许杀伤性命。光州刺史派来的那位将军居中来当裁判。

第一场比箭术。在归云山脚下立了箭靶，两边的人马一南一北分别站定。小蓬莱镇的百姓听说双方要比武，都纷纷来凑热闹看戏，里三层外三层，围得是水泄不通。童仙如下令驱散百姓，裴卿大声讥讽道："好一个青州刺史啊！好一个爱民如子的童刺史！叫你的人把刀兵对准百姓，是不是这么多年剿匪不利，打算杀良冒功啊？来来来，多杀几个我们光州的百姓，携了我们的人头去，好去大丞相那谋个锦绣前程。"

起哄的人跟着喊："青州刺史童仙如杀良冒功！青州刺史童仙如杀良冒功！"

童仙如与那光州的守将对视了一眼，只得放任百姓围观。有几个归云弟子扮成小贩或农人的模样趁乱混入了人群。虽早先有信件发往各地求援，可文字能够起到的作用终究不如使者。这几名弟子正是去各方当说客的，要动员一切力量来解归云之围。

归云山出战的名叫郑冲，正是曾与秋晗屋内密议的那个威猛汉子。青州那边则是一位年轻女将出战。那女将行到靶子正前，向郑冲稍一拱手，接了士兵递上来的弓箭，挽弓搭箭，一箭正中靶心。

轮到郑冲时，他见那对面女将对自己嫣然一笑，不由得面色发红，一颗心怦怦直跳，只得强作镇定，扭了头不去看她。他用的是十二石的强弓，又因心绪不定，未能收住力道，一箭便洞穿那箭靶，只在箭靶红心处留下一个洞。

二人又轮流射了五箭，皆是全中靶心。那女将笑道："这样比下去，到何时才能分出胜负？这位英雄，要不我们来玩个新的？"

郑冲问："什么新的？"

女将道："不射这靶子了，我们两个来射枪杆。请立一木枪杆于百步之外，以为箭垛。"

郑冲自小习射，这射枪杆却还是头一遭见。须知这枪杆是个圆柱，必须射在正中的点上才能中，稍有偏差便会与枪杆擦身而过。何况他这边用的皆是羊头镞，自身都有一个枪杆粗了，如何还能贯穿枪杆，怕得有千钧力气才行。

但对方既提出来，郑冲怎好回绝，只得硬着头皮道："既然姑娘有心要比试真功夫，那咱们就来试一试。"

于是百步之外立了一支枪杆，女将与从人言笑晏晏，从容引弓一射，正中枪杆。

青州兵这边立有一把罗伞，伞下纱幔飘飘，隐约露出个人形来。那人靠在一把椅子上，一边嗑着瓜子儿一边观赛。此时这伞下却传出一个女声："雪姑娘箭法真可谓出神入化！昔日吕奉先为解徐州之围，于辕门下百步之外射中方天画戟小枝。倘若温侯在世，见了雪姑娘如此神技，只怕也要自叹不如啊。"

那女将笑着回那人道："姑娘谬赞了，区区末技，安敢自矜？归云山人才济济，这位英雄的箭术必定过婢子，只是不愿让我一个小女子难堪罢了。"她又转身向郑冲道："英雄，你说对吗？"

黄月听得分明，那伞下之人不是荀玫又是谁，她对一旁的秋晗道："师兄，阿玫怎么和他们混在一起了？她看起来在那边倒是过得挺舒服的，难道是她泄露了张大哥在归云山的事？"

秋晗亦是不解荀玫为何会在青州兵军帐里，只得对黄月轻轻摇了摇头。

郑冲执意要压过这女将去，自然不肯学着她的样子正中枪杆，必要比她技高一筹才是。他眯眼瞄准了，把弓拉得满，只是他心神正乱，没留意脱了手，那箭直飞出去，贴着枪杆擦过。

他魂魄未定，就听得众人或是歆吁，或是嗤笑，方知自己脱了靶。

"胜负已分！"童仙如从观赛的座位上跳起来说。

"等等！"郑冲道，"一支箭脱靶不算什么，我先前从未射过枪杆，这把只能算是试手。"

童仙如怒道:"胡搅蛮缠!归云山还有没有讲理的人了?"

裴卿上前道:"使君要讲理的人,我这讲理的人不就来了?这比试射艺,哪有一箭便能定胜负的?兴许贵方的这位女英雄接下来十射九不中呢,谁又能知?"

那女将亦道:"刺史大人,这位英雄一时失手,心中定然不平,让他再试几次又有何妨呢?"

童仙如见她如此说,心道这一箭不中,难道第二箭就能中吗?便应允了。

女将从侍者手里接过弓与十支箭,接连引发,片刻之间,便见十支羽箭整整齐齐地插在了枪杆之上。

那女将故意走到了郑冲面前,笑靥如花道:"英雄,请吧。"

郑冲不再看她,命人去换了箭镞更小的一种箭来。他走到女将先前站的位置上,拿稳了弓箭,先闭了双目,屏息凝神。片刻之后,他忽地睁开眼睛,挽弓便射,只听"嗖"的一声。众人只见一道箭影飞过,立着的枪杆便飞出几步远去。前去查看时,只见郑冲这箭是朝着女将先前射中那箭来的,竟把那支箭从头到尾劈成两半。他这一箭劲道极大,不仅把女将之箭从中劈开,而且还把四十斤的长枪带出去好几步。

待士兵从新立好枪杆,郑冲又接连挽弓发箭。每一支箭都射在前面那支箭处,每支都刚好贯穿前一支的箭杆。十一支箭层层叠叠从中劈开,密密匝匝,好似在箭杆上开了一朵花。他这一手神技,看得围观众人叫好不断。

那女将见郑冲膂力大得惊人,长得又威武气派,早已是芳心暗许,也愿意在这场上给他留几分面子。她作势引弓,看起来倒像是想仿着郑冲的样子,也从中劈开箭杆。一箭射出,那箭却生生从那一丛"箭花"

边穿过去了。

女将道："这位英雄脱了一次靶，我也失了一次手，这场就算作平局吧。"

"怎么能算平局？"裴卿和童仙如同时喊道。

武斗之后又是文斗。女将与郑冲下了场，裴卿和童仙如的师爷们接着便是一番吐沫横飞的唇枪舌剑。日头到了正午，围观的百姓全都回家做饭带孩子了。眼看着这场拉锯要没完了，光州的守将及时给判了平手。

两方各自鸣金回营，却有一个八九岁的小孩跑向黄月，牵住了她的手，黄月俯身问："小朋友，什么事？"

那小孩贴在黄月耳边说道："姐姐，荀姑娘要你把她在山上的行李收拾好，明日比武时一并带下来，尤其是正对着北边水盆的那两只箱笼，务必要带来。"

黄月不解其意，只得在回归云山后询问秋晗与黄修。秋晗也是大惑不解，所谓"正对着北边水盆的那两只箱笼"究竟是指什么。黄修想了片刻，忽然道："阿玫是在给我们传递消息。她刚上归云山时，我带着她参观正堂，她点评堂内布局，'水曰润下，居于正北'，'火曰炎上，居于正南'，那屋里正北刚好放了一盆清水，正南门前则是挂了两盏灯笼。她说务必要带来……"

黄月道："玫姐姐是要我们明天带上火种！可是明天我是要去比步战，又不能放火去烧他们，带火干吗呢……"

秋晗道："我们不知道荀玫为何会与童仙如一道，不过月儿，我相信她不会害你。既然她要你带火种，你明日就带上，也没什么妨碍。

黄兄，苟玫既然明着传讯，还需把她的行李收拾好，再加上两只箱笼明天一并给她送到营帐里去。"

黄修点头道："正是。"

到了第二日步战，黄月使一对弯刀出战，对面出战的是个身量颀长、上长下短的汉子，使的是一柄长枪。

有道是，一寸长，一寸强；一寸短，一寸险。对手用的长兵器而黄月却用短兵器，在众人看来已是劣势。何况对手身材高大，与那双短腿不同，他手臂长如猿猴，肌肉虬结，看起来是体蕴巨力。若单凭力气，黄月哪能及他？好在黄月年纪虽轻，却自小跟随名师学武，各家的上乘武功练得炉火纯青，人都是一力降十会，她偏能十会降一力。黄修本不想让她参与近战，她却有心要在众人前露一露身手，撒泼打滚地求了黄修，才有了这次比试的机会。

黄月比对手矮了一截，却胜在足够灵活多变。她自知手中那一对弯刀不足以与对方的长枪硬抗，便刁手翻腕，极尽拨转之能，用巧劲儿把长枪之力卸去，正是任他千斤力，四两拨千斤。对方虽则刚猛，实则有些笨重，黄月因用了黏字诀贴在他身前，敌进我退，敌退我进，正是分毫不离。她又使了钻针透眼的功夫，两把弯刀好似两根绣花针，趁了对方的防守空当便游蛇似的钻进去，竟打得有来有回。他们两个一个极刚，一个极柔，一个力能撼山，一个巧能藏海，两不相让，正为敌手。

时间一长，黄月的短板便暴露出来。她腾闪挪移，走位频繁，本比对方消耗体力更多，何况她初出茅庐，并未有太多的实战经验。一直无法占上风，黄月心里渐渐急躁起来。她这一急躁，未免冒进了几招，露了破绽，被对手一个挑打掀翻在地。

黄月虽吃了一跌，却是一个翻滚卸去了跌落的劲儿，身上却并未受太重的伤。她一个鹞子翻身跳起来，意识到自己心乱了，忙收敛心思，一心迎战，招式逐渐又恢复了稳健。

他们两个又过了二三十招，那持枪的汉子优势渐显，黄月一个不留神，又被打翻在地，这下却是狠狠地跌了一跤。那汉子倒也手下留情，并未乘胜追击。正观战的荀玫惊叫了一声，从纱帐内站起来想前去查看黄月的伤势，却被青州士兵拦住。秋晗上前扶住黄月，问道："月儿怎么样？要不别打了，失了这一场也不打紧。那童仙如是反复小人，就算是我们拼死赢下两场，他也未必就肯放过归云山。"

黄月忍着疼对他笑了一下，摇摇头，悄声道："我没事。秋师兄，回去别告诉我哥。咱们还没输呢，我还能打。我已经想好了，一会儿且战且走，引他到咱们山脚下的门房里，他的长兵刃虽在平地上有利，在室内却施展不开。"

秋晗低声道："火镰可在你身上带着？"

黄月点点头，秋晗道："你岑师兄方才参透了荀玫的意思，我现在来告诉你。你看那人的枪杆，乃是白蜡木所制，为使其坚韧不易折损，像是用桐油浸过。若是如此，他的枪杆应十分易燃，此时又有风助火势，荀玫要你带上火种，是提示你要用火攻。"

黄月望了不远处观战的岑天心一眼，低头道："我师父告诉我，武艺比试，利用地利是可以的。但怎么能用点火这样的花招呢？何况人家下手犹能留有余地，火却不容情，若是烧伤了他，便是我的不义。还是按我的法子来吧。"

正此时，那汉子叫道："怎么，小姑娘是起不来了吗？你们归云的人怎么还聊上天了？要是真起不来了，就赶快唤大夫来医治。"

黄月道："谁说起不来？"她一跃而起身，又与那汉子缠斗在一处。只是这次她心里有了主意，并不急于求胜，且战且退，一路把那汉子往屋内引。那汉子是百战之身，岂不知长兵刃不宜在室内用，但他见黄月示弱，料定自己胜势已定，因此未曾多想，竟追赶着黄月进了屋里。

众人也跟随两人脚步来到屋外，屋内情形看不真切，只听得一阵兵刃撞击之声。不多时，黄月与那汉子一前一后出来了。

那汉子浑身挂彩，手里的长枪已被从中折断，他拱手道："是我输了。"

童仙如得知自己的人认输，气得暴跳如雷，却也没法子。

比试结束后，归云山两个学杂家的弟子扮作仆役，挑着荀玫索要的行李到了青州兵营帐里。荀玫见是两位师兄，登时喜得双眼放光，眉飞色舞。

他们在帐内一面交接物品，一面低声交换着情报。

原来，童仙如看到张舜宾逃跑之后，审问家里的婢女，才得知有两个尼姑曾跟着夫人见过张舜宾。他要那婢女口述了两个尼姑的样貌，又找画工根据口述画了下来。那日，荀玫趁着黄修买糖葫芦不备悄悄溜走，便一路向东，却正好遇上了童仙如带着的青州兵，被抓了个正着。

好在荀玫机巧善言，硬是和童仙如及其手下都套上了近乎。童仙如得知她是江都公的嫡孙女，一心要拿她向江都勒索一笔钱财，怕她寻短见，自然也不敢怠慢了她。所以荀玫虽在青州军帐下，待遇还行，毕竟青州与归云交战时，她还能坐在罗伞纱帐下面一边吃瓜子一边观战。

荀玫对两位师兄道："现在时间紧迫，我告诉你们几个信息。第一，这两日与你们交战的都不是青州的将领，而是掩翠山的土匪，是童仙如请来助阵的。身为一州刺史却与土匪相交,这是严重的犯法行为。让黄修以归云居士的名义修书一封,去朝廷告他,不怕没人来管。第二,那个参加射箭的女子绰号雪狐狸。她父亲曾是青、光两地各处山贼响马的总瓢把子,她如今在掩翠山上坐头一把交椅。今天那个腰长腿短用一把长枪的叫李炳,绰号黄皮子。明日要和你们交战的是黑煞神成峰,据说他与人交战未尝败绩,号称马上马下无敌,与他不可硬战。我这几日与掩翠山的人厮混得熟络,我看他们都是些仗义豪爽之人,也并不十分与童仙如同心。那雪狐狸对郑冲大哥十分有意,若郑大哥能以情动之,使雪狐狸心动,那黑煞神成峰自然不是问题。第三,童仙如怎么知道张大哥在归云山,又怎么能知道我是江都荀氏的子孙?咱们山上定是出了内奸,且必是在一同去青州的几人里。我与月儿、秋晗可以排除。黄修是归云山的主人,他一开始既然赞同张大哥上山避难,就没理由再给归云山找麻烦,此人的嫌疑大致也可排除。其他的人,你们要悄悄地、仔细地查清楚。"

二人回到山上,把荀玫的话如实转告给秋晗和黄修。黄修虽掌一山之事务,却是个心地纯善可拟于赤子的人,不禁惊道:"我们山上竟有内奸,是我们师兄弟里面的……"

秋晗虽不说人情多么练达,却向来是知晓世故的,故而人心似海也看作等闲。他若有所思,沉默了片刻才说道:"这件事,我来处理就好。"

黄修点头,又问道:"荀师妹要郑冲情动那雪狐狸,只是明日就要决战了,又不能让郑冲今晚溜进青州大营去向雪狐狸示爱,这可怎么办?"

秋晗道："衷师兄的快书《萧锦娘传奇》已写好了，师兄可曾看过？"

黄修摇头道："这几日事忙，还未曾看。"

秋晗微微笑道："月儿一心要做女侠，不也是受了前朝那位萧锦娘的影响吗？我看这位雪狐狸说不定也把萧锦娘当成榜样，郑大哥那里也像是有意的，何不借这《萧锦娘传奇》来传情呢？"

山下青州营房的兵将们正要熄灯歇息，却听得山上敲锣打鼓一阵鼓噪之声，倒像是要演一场大戏，众人都出营来看。只听得山间一洪亮的男声道："山下的弟兄们都辛苦了，我们这里唱一出快书，给诸位解解乏。"

只听那人唱道——

唧里个唧，唧里个唧。
列位诸公听仔细，别的英雄咱不讲，
咱今儿啊，就单表这巾帼女将萧锦娘。
话说这萧锦娘，
原是梁主萧家的女郎。
本该是，
琼枝玉叶的娇公主、凌风振翅的金凤凰。
谁料她，
却自小在菩萨庙里长。
青灯古佛来做伴，粗衣疏食来将养。
叹只叹，娘啊娘，
为何将女儿生在二月上？

诸位不知，这江南一带有风俗，二月生女不吉祥，

襁褓中，

爷娘狠心抱给别人来抚养。

一家推了又一家，

辗转来去到了菩萨的身旁。

一啄一饮皆前定，因果轮回自有常，

原来呀，这萧锦娘，

本就是善女须摩提转世投胎来到这世上。

大慈大悲是本性，天生的一副好心肠，

不爱红妆倾城色，只喜那除暴与安良，

六岁拜师学武艺，十七岁一双金锏江湖把名扬。

唰里个唰，唰里个唰。

学成武艺下山来闯荡，

路见不平是拔刀相助，哪需半点儿思量。

好锦娘，

金锏匹马下战场，

翠屏山中荡贼寇，萑苻泽里败强梁。

乡亲父老，哪个不把她来夸奖？

忽一日，见了几个老乡面凄惶，

问明细，才知这义兴郡出了三个活阎王，

称"三横"，闹得民怨沸腾难安康。

您问是哪"三横"啊？

这第一横，山里有只邅迹虎，

把多少行人性命伤。

第二横,江中恶蛟起风浪,

掀翻了船只人溺亡。

第三横,阳羡有个少年郎,

他作恶不止行迹狂。

锦娘心中暗思量:

我何不去义兴转一趟?

一来除三害,二来作观光。

说走就走,拨转马头便去了这义兴郡。

正是这一趟,锦娘结识了一个好义弟,名唤周处。

后来这锦娘,

三军阵中立威信,五虎将前震疆场,

两退柔然保国土,刺杀可汗遁远方,

护佛宝千里走单骑,度众生百战平妖王,

诸般功业,都少不了这位义弟来相帮。

有人问了,那周处到底是何人啊?

诸位耐下了心,听我细细地讲:

他本是义兴郡的少年郎,

表字子隐,家住在阳羡江水旁。

从来英雄夸年少,自古这年少的英雄太张狂,

赌胜马蹄等闲事,愿学那射虎的黄须与孙郎,

一心要,做那并州的豪杰游侠儿,

一意要,当那幽燕的壮士羽林郎,

哪知他为人太嚣张,

三言两语不对付，便使气把人伤，

踢倒了东家的床，拽塌了西家的房，

李家揭他几片瓦，王家拆他两堵墙，

只闹得，人人怕来人人防，

本来立意修名节，

到头来，骂名反比美名长，

可笑这义兴郡，没人敢在他面前讲，

都只在他背后瞎嚷嚷。

再说这，

钱家的鸡、周家的羊，

老头的拐棍、小孩儿的糖，

这一件件、一桩桩，

诸般劣迹是罄竹也难详。

啷里个啷，啷里个啷。

也有人啊就劝周处，

你说你这一身好武艺，每天不知所为甚奔忙。

何不斗杀这山中虎霸王？何不擒拿这江里蛟龙王？

一来显你胆气壮，

二来你身手高强美名扬，

三来是人人称颂不愁你没有媳妇讲。

周处一听，是这个话儿！

连夜就收拾行囊上了山岗。

山中待了有三日，好容易找见那个虎霸王。

这老虎也对着周处上上下下直打量。
只见他,
威风凛凛六属铠,神采奕奕五纹章,
手提铁棒齐眉立,腰悬宝剑七星光,
一张强弓身后挂,两柄金刀袖底藏,
八尺长的男儿汉,世间谁不夸轩昂?
看你也有些英雄气,勉强能与我这山中的虎王斗一场。

这一仗,
一人一虎,直打得天昏地暗,日无光。
那猛虎已是百战沙场铜铁身,不比这周处初出茅庐愣头忙。
打得半日,这周处渐渐败了仗。
白晃晃的宝剑折两半儿,金灿灿的匕首也卷了钢,
十二石的强弓断了弦儿,九十斤的铁棒落山岗。
两手怎能敌四爪,何况还有这虎齿要提防。
虎尾一剪似皮鞭,扫得周处是头疼脑也涨。
两只前爪按将来,压得这周处无处藏。
眼看着这就要落嘴,
忽然有飞石一块打在这大虫的獠牙上,
谢鲲落齿不废歌,这大虫可疼得直叫娘。

(山间有人插科打诨道:"老虎怎么叫娘呢?")

您问这老虎怎么叫娘啊?

那您也别听我说了,该去听那老虎讲。

说话间,
周处忙捡起了断剑来,送这大虫见阎王。
骨碌一声爬起身,两手慌忙整衣裳,
为啥哩?
只见他面前立了一位十七八岁的女郎。
你道这女郎什么样?
鹅蛋脸儿若凝脂,纤纤玉手柔荑香,
俊眼犹如甜杏仁,黛眉好似柳叶长,
为嫌脂粉污颜色,从来"玉面不关妆",
娉娉袅袅熏风立,翩翩衣袖映霞裳。
真真儿是,脸比娇花含清露,态拟玉树户生光。
胜似那——出塞的明妃泪光点点离故乡,
胜似那——浣纱的西子步态盈盈捧心肠,
胜似那——洛水的神女转轴拨弦发清商,
胜似那——月殿的嫦娥凄凄冷冷凭栏望。
女郎啊,
若肯与我英雄好汉拜了堂,
还说什么星汉西流夜未央,
绝不叫你茕茕孤立守空房。

说到此处,却又把这段歌词反复唱了几遍。

女郎啊,
若肯与我英雄好汉拜了堂,
还说什么星汉西流夜未央,
绝不叫你茕茕孤立守空房。

那歌声是越唱越婉转,越唱越动人,听得士兵们哪个不是心痒难耐、思归心动,听得那雪狐狸亦是辗转反侧,一夜未眠。

第二天一早,苟玫又在雪狐狸面前一阵言语,说得她心动不已。有了雪狐狸示下,这第三场战斗自然也是迎刃而解。双方马战,你来我往打得甚是好看,却唯有苟玫等人心知,这不过是表演给童仙如的一场戏罢了。

既然是场漂亮的表演赛,不妨就直接引用衷伯安所著《归云山龙虎风云会》里的一折向列位看客说明。

只见那黑煞神成峰两腿一夹胯下的赛龙五花驹,挥着长刀杀将过来。他手中那刀名曰欺霜锯,通身亮银色,据传是一块陨铁打造,长五尺九寸,重足有六十八斤,挥起来飒飒带风,刀光炫目。有赞词曰:"曾遇一十八般兵刃,未曾败绩;身经百十千场战阵,向来无敌。舞动处寒光冽冽,真如银龙摆尾;杀伐时血星点点,好似红梅映霜。"真宝刀!劈开混沌清宇内,斩断盘根净本心。

这赛温侯秦猛见他奔来,也驱追风狮子马上前迎战。他手中乃是两柄金锤,锤底雕成莲花托,名唤九瓣莲花浑金锤,全身赤金颜色,长三尺二寸,各重四十一斤,耍起来虎虎生风,光彩熠熠。

有词赞曰:"施展三十六式神通,谁人敌手;打破八十一路烟尘,唯我独尊。娇莲瓣瓣,犹是含苞未及绽;金光飞逝,真如潮水带流星。"好金锤!击穿九天骖龙啸,震碎三界鬼神惊。

有道是英雄惜英雄,好汉识好汉。这两个人都是二十来岁的少年豪侠,见了这般相称的对手,心中不由得十分快意,更把手中的兵刃勤于招呼。这边厢,一条银龙翻飞,来去电光火石,不见其影;那边厢,两朵金莲错落,彼此挥掣有节,随欲应心。这边一个长刀劈去,急如银汉倒挂三千丈;那边一个金锤挡来,稳似北辰坐镇九万星。打得半日,难分伯仲。二人由着两方阵中多次鸣金,仍是不愿罢手。

直到日落西山,两人都觉得腹中饥饿,这才各自打马回营。

欲知后事如何,诸位明日起早。

因此这武艺大比拼,归云山以二平一胜拿下了战局的胜利。青州兵也并未纠缠,当即收拾锅碗瓢盆就回了青州。那雪狐狸留信要郑冲去掩翠山找她,也带着自己的人马离了东牟。

败了童仙如,归云山众弟子自然是欢欣鼓舞。黄修惦念着荀玫被童仙如挟持的事,心中惴惴不安。众人正吃晚饭,忽然听见看门人报:"门口有个孩子要见月儿姑娘。"

黄修命人带那孩子上山来,却见正是比试第一日那替荀玫传话的小孩。那小孩递给黄月一个信封,说道:"荀姑娘说,这是她见月儿姑娘勇猛战斗,有感而发,还请月儿姑娘好好读一读。"

黄月从信封中抽出信纸来,展开看,是一首诗,题目为《黄衫女儿行》。

轻衫杏儿蕊，细铠映天光。
玉容倾菡萏，皓体凝馨香。
蔷薇濯玉露，芍药笼烟妆。
乌云结宝钿，素手出金钏。
久为双钏束，折柳垂杨岸。
自小习弓马，常怀游侠愿。
轻骑出雁门，打马上阴山。
玉臂千钧力，强弓七十石。
上发指高鸟，飞箭无目全。
控弦凌日月，长驱扫柔然。
四夷皆震恐，虏骑悉胆寒。
饮马单于祠，流连狼居山。
驱策千里驹，游走浮云端。
三日行五百，六日行一千。
长途旦夕至，谁谓宋之远？
自在沧海客，天涯一飞鸢。
朝乘扶摇起，暮宿梧桐间。
林中诸小子，戚戚弄金丸。
弋者何所伤，我自游高天。

　　黄月不禁笑道："阿玫姐姐竟有这样好的兴致，做着童仙如的人质，还有心情为我写诗。但扫柔然之类的事，我也未曾做过呀。"
　　衷伯安道："这诗虽说东拼西凑，倒也能看出个开阔的意象来。

月儿虽然还没扫柔然，但有这样的气魄在。"

秋晗神色紧张道："师兄，我看荀玫这诗并不只是赞颂月儿，'林中诸小子，戚戚弄金丸'，她是在警告我们，童仙如会折返回来，从归云山的林间发动突袭。"

黄修道："秋师弟说得对，童仙如为了得到张氏遗孤和龙渊宝剑费了那样大的心思和周折，怎会轻言放弃？他很可能只是假意退走，以麻痹我们，今夜还是不能放松，值守巡逻需要像前几日一样严。"

秋晗道："今夜我与师兄轮流守夜，这样就算他们趁夜来犯，我们也总有人能够居中应对。"

这一夜，童仙如果然来了。他假意退走，甩脱了光州和掩翠山的人马，甫一入夜，便又带着青州精锐星夜折返回来。这一路上人衔枚、马摘铃，是走得悄无声息。他本想趁着归云山大胜之后心态放松、防备松弛上山偷袭，之后再嫁祸给掩翠山。可谁知归云山却提前做了防备，归云弟子占地利，又熟稔地形，手里拿着奇形怪状的兵器藏在各处伏击他们。山石又按五行八卦阵法排布，一群术士模样的人脸上涂抹牛血，在其间装神弄鬼、大呼小叫，惊扰得山禽野兽乱飞乱跑，也弄得青州兵人心惊惶，不到天明便溃退下山。这群训练有素的州府兵，竟没能在归云山这帮文弱书生这儿占到一丝便宜。

童仙如狗急跳墙，下令放火烧山。归云弟子中不乏通晓兵法的人，知道这满山的林木又逢深秋干燥，最怕失火，因此早就在山林中间砍伐出一条三丈宽的空白地带来。这样一来就是山下有人放火，也烧不到山腰和山顶上去。前段时间，归云弟子天天砍树拔草，累得手脚抽筋，被山上唯一一个精通推拿的老仆妇捏得大喊大叫。他们倒也不喊别的，只是通过大喊抒发对砍伐树木的怨憎——"我们是伐木累！""伐木

累！""伐木累！"

随着童仙如这场夜袭，归云山攻守之战，这才真正拉开了序幕。也是从那一夜起，山上再也没人见过何文则，而婢女阿芸也一同失踪了。

这场归云保卫战足足持续了两个半月，双方你来我往，奇计频出，竭尽攻守之能事。归云山更是发明了一系列堪比木牛流马的神奇器械。双方各请绿林豪杰助阵，亦各自在朝廷上拉帮结援，轰轰烈烈地打了一场政治战。文渤老丞相正值头风发作，他心神动摇，险些招架不住，给张氏一族平了反。

借着这场归云保卫战显名的，却并非是前期居中主事的黄修或者秋晗，而是那天纵将才、白马将军张舜宾。一部流传甚广的《归云山龙虎风云会》，半部写的都是张舜宾。如此一来，非但叫高居庙堂的大人们见识了他这么个人物，在江湖中他亦是声名鹊起。

后来，他收整光、青两州的山贼响马，驱逐了童仙如等奸臣贪官，自号为青州刺史，做了实际控制数州的方伯，未必不是因为《归云山龙虎风云会》广为传播事先做好了舆论铺垫。

张舜宾常常与黄月并肩退敌，一柄龙渊剑锋锐无比，与黄月的一对弯刀配合得天衣无缝，经过《归云山龙虎风云会》的加工渲染，后在民间传为一段佳话。

第八章　嘒彼小星

> 嘒彼小星，三五在东。
> 肃肃宵征，夙夜在公。
> 寔命不同！

那一夜，火烧归云山。自山脚至山腰，火光把天地照得通明，山林间猛兽奔逃、禽鸟惊飞，风声夹杂着树木燃烧的毕剥声，还有满山遍野禽兽的哀嚎与人类的嘶喊。何典忽然觉得，也许自己已经置身于地狱之中，跟在他身后的阿芸浑身颤抖，紧紧地握着他的手。

何典抬头看了看天，浓重的黑烟遮蔽了夜空，因此一颗星子也不见。他又去看秋晗，秋晗的眼眸总是像幽深的潭水。那幽深的潭水里藏了太多历史，因此有一种说不出的寂静与深沉，古潭无波。唯有极少的时刻，那潭水中才会漾起一丝涟漪。

静水深流，何典常常独自回味这个词。在秋晗那张波澜不惊的脸孔下，涌动着的是一条奔涌的大河。何典甚至有些惧怕秋晗。他总是觉得，有些事情秋晗不说出来，可心里却如明镜一般，早已察觉了真相。

秋晗既然站在这里等着他，就是已经知悉了他给青州刺史童仙如当内应的事。何典猛地想起这样一个问题，秋晗是何时知道的呢？也许从他们两个从青州结伴回归云，秋晗就已经看出了他内心的纠结与忐忑。

秋晗会怎样对他呢，詈骂他背信弃义，质问他为什么要当归云山的叛徒，还是一声令下，让藏迹在林间的归云弟子把他抓起来，再交给黄修好好审问一番？

何典学的是成仁取义之儒家，对经义的理解连归云居士都大为赞赏。可在他的心里，学儒只不过是一种入仕晋身的台阶罢了，他真正想要做的从来就不是高阁之上供人瞻仰、叩拜的贤人圣哲。

这是一个怎样的世道啊！世族大姓占了普天之下七成的土地却不必缴纳赋税。那些硕鼠隐匿人口、盘剥百姓。贵游子弟鱼肉乡里、不学无术，却轻而易举就能封荫得官，"公门有公，卿门有卿"，真才实学者却进身无计。贪官污吏充斥着整个朝堂，掌着一国之政的文渤大丞相却欲树私德而行宽仁之政，对权贵一味放纵。甚至由于皇室与权贵信佛，寺院也大肆侵吞小民的田产，把方圆百里的农家，几乎全都变成了释迦的佃奴，和尚们却还言之凿凿地讲佛祖舍身饲虎的故事。这是何等讽刺！

何典出身于一个普通的农家，见惯了恶吏呼门、豪仆欺道。他也曾在无数个不眠之夜，躺在床上辗转反侧，思考救世的良法。他一心想要做的是为国家革除弊制，一洗这天地间的浑浊。为了达到这个目的，他必须爬上高位。为了达成这个目的，亏损些私德，暂且委身于个把小人又何妨呢？

何典出身微末，难有进身之阶，偶然得人举荐认识了童仙如，暗中做了他的入幕之宾。张舜宾之事发后，童仙如拜了文渤老丞相当义父，更是许诺何典，若能协助自己找回张舜宾和龙渊宝剑，则一定会向文丞相推举他入仕。

何典原本坚定地相信自己所做的事都是正确且必要的,可是现在,他却犹疑了。大火烧上了归云山,虽然何典知道,归云山对火攻早有防备,可当看见几名师弟被烧伤抬上山,看到这地狱一般的奇景时,他还是觉得心慌不已,就好像造成这一切恶果的人正是他自己。

在回青州的路上,秋晗曾不无深意地对他说"为大于其细,成事如此,为人亦如此"。看着秋晗的眼睛,何典的心中泛起疑惑,自己是否真的是个虚伪之人?自打认识童仙如以来,自己帮着童仙如出了多少瞒心昧己的主意,难道这也是为了救世吗?自己难道不曾在权力的引诱中迷失自我?

何典握紧了阿芸的手,事到如今,他也只能硬着头皮问秋晗:"秋师弟若没话要说,愚兄就下山去了。"

秋晗侧身让出了下山的路,道:"文则兄,保重。"

秋晗是个奇怪的人,他没有提关于童仙如的任何话题,也没有问何典为何要离去。秋晗像是看透了他的虚伪、他的执念,也看透了他的挣扎与懊悔,于是跳过了所有质问与开解的环节,只是轻轻说了一声"保重",就好像两个好友已然经历了分歧与和解,把一切都留在了不言之中。

何典带着阿芸仓皇下山。他是童仙如的谋士,在青州兵营里得到了非常高的礼遇,但他借故辞却了童仙如。

他和阿芸一路向东,风餐露宿,日夜兼程。他们在某个夜晚举行了婚礼,没有典礼,也没有宾客,甚至没有两身像样的衣服,那阒寂的山野只有他们两人。阿芸的头上别了一朵深秋不知名的小花。天地为证、星月为媒,何典发誓绝不辜负这个在他最狼狈时嫁给他的女人。

当申万景的军队趁夜里应外合拿下相城时，何典也正望着夜空中的几颗晨星出神。过去的那些人生片段，宛如走马灯一般在他眼前流转不停。

何典终于知道自己为何忽然失去了申万景的信任。就在昨天，焕若约了他见面，依旧是在第一次见面的茶坊里，只是这一次，焕若并未亲自为他煮茶。

焕若依旧是那副玩世不恭的神情，她从怀袖中取出一支珠钗来，擎在手中细细观赏，且妖且闲，满是阴柔内媚之态。何典却觳觫不已，他认得，焕若手中那支珠钗，正是满月之夜，他亲手为夫人簪上的那支。

焕若嬉笑道："师兄追随镇南申将军，不可不谓尽心竭智。可惜何夫人却是文氏的内奸，可不是造化弄人吗？这位何夫人一直在给邺城传递情报，前日刚被申将军的密探查获罪证。夫人好身手啊，竟从道观之中，逃脱了钟大人属下的搜捕。只是为难了师兄，师兄在几日前送夫人去了乡下的庄子，可是也看出了夫人的一些蛛丝马迹？为师兄计，不必为一女子自毁前途，若能效法吴子杀妻，表明心意，必能使申将军回心转意，重新重用师兄。大丈夫何患无妻呀。"

何典一把抓住了她的手腕，愤怒得无以复加，道："我夫人她到底在哪儿？"

焕若任由他抓着，也并不挣扎，只是笑道："夫人好得很。我向师兄保证，她绝对没有缺食少穿，还有几位归云故人每日里伴着她呢。只要师兄不与我为难，待我大事做成，必然把夫人好生送还回来。"

何典松了手，威胁道："几年不见，师妹竟也变得这样心狠手辣了。自古游说辩智之士，皆自以为纵横捭阖，从容入于深渊，可探取骊龙之珠而全其身，却不知能全其身者，骊龙睡也。若一日骊龙醒来，此之徒尽为齑粉矣。苏秦五马分尸,郦其毙于齐镬,师妹既然窥视骊珠,还宜更谨慎自持些才好。"

焕若道:"师兄留步。"何典回头一看,却见其微微笑道:"师兄既深勉小妹,小妹亦当有所图报。我自知骊龙之珠难得,而郦生、苏秦之毙,甚于齑粉。不过,还请师兄慎思吴起、商鞅故事。吴尹变法于楚,商君变法于秦,二人皆仰赖国君,而得罪于卿贵,到了最后……又都是何种下场呢?师兄一心想要变法革新,却是得罪了钟离淼等申氏身边的旧人,至于那申万景,虽则心有谋算,却也终究不是坚刚不可夺其志的革新之主。"

何典道:"不劳师妹费心,我今夜就去见申将军,说明我夫人的事。"

焕若道:"师兄还是别费心机了,申将军太忙可能没法见师兄。过了今夜,这相城大概就是申将军的了。至于小妹嘛,申将军已准了我明日作为使节入邺。今夜师兄看到晨星的时候,我大约也就要启程了。"

何典道:"他们还是要夺取相城?"

焕若笑道:"申钺与郡主的婚姻,闹成那个样子。申万景要伏击文翾,又怕相城在背后生事,自然是要先解决后方。何况嘴边儿的一块肥肉,吃下了它,能更好地与文翾决战,何乐而不为呢?更何况秋先生那十二只船带来了多少金银珠宝,全都进了相王府和相城官员的私库,申氏的部将看在眼里,哪个能不眼馋?他们为了自己能得到这些财富,自然会明里暗里地劝申万景吃下相城。"

何典苦笑道:"师妹谋划得好一出驱虎吞狼啊。"

焕若亦苦笑:"唉,我与师兄都是操劳的命,为了国事、为了天家之事,'肃肃宵征,抱衾与裯,寔命不犹'啊!"

何典回过神来,朝阳已现于天际,他坐在院内一夜无眠。杀伐鼓角之声早已淡去,这一夜,相城归了申氏。有申钺在城内的里应外合,相城守将们大多在睡梦之中,还未及穿上铠甲抵抗,就已经失去了人身自由。他们向申氏部将献出秋晗当日的财物,恳求他们在申万景面前说几句好话,许多人这才保住了身家性命。有那么几个会奉迎的,比如,董翰哄得钟离淼开心,甚至还保留了自己的职务和军权。

郡主哭闹之后,已经低眉顺眼了不少。好可怜见的美人面,让申钺不禁又怜惜起来。申钺想,也许除去了相王,他和郡主未来的夫妻关系反倒能够和顺起来。

申万景父子原本的计划是软禁相王,继续以相王的名义讨贼。可惜天不遂人愿,这一夜搜遍了全城,也没有找到相王的影子。

夕照透过小窗,把屋内一人一琴都染得泛黄。

博山炉中的沉香已经燃尽,文翻将手一翻,拨出了今日的最后一声琴音。他若有所思地凝视着日光照射下翻涌的尘雾,兀自发出一声嗤笑。

"那位荀公孙现在在做什么?"他问了一句。

候在屋外的府官隔着门道:"现下长史正陪着说话。"

"卓五呢?"

"长史已见过卓五,让他回去休息了。"

"长史的问话记下来了?"

"都记下来了,请大将军阅览。"

"递进来。"

府官把记录递给一名婢女，另外两名婢女推开门放她进去。她匍匐在地，膝行上前，把记录放在了文翮身边，又膝行着倒退出来。

不多时，文翮自己开门走了出来，道："在府中设宴，请荀公孙。"

荀公孙进入邺都已有一整个白天了，大丞相却只派了丞相府的长史去交接，自己则关在屋内，弹了一天的琴。

文翮性情古怪、喜怒无常，常以小过殴打或虐杀奴仆，在他身边伺候的仆婢无不如履薄冰。一个平日里还算受宠的婢女大着胆子问道："大丞相可是要更衣？"

文翮的嘴角泛起笑意，婢女们却愈发胆怯了。

"怎么，我穿着这身衣服，不适合见使者吗？"

那婢女急忙跪下道："大丞相息怒，是婢子多嘴了。"

"我发怒了吗？"文翮抬起她的下颌，像是问她，又像是在自己问自己。他并不等谁回话，自顾自地走了，只留下那婢女跪在屋前，被人搀扶起时犹瑟瑟发抖。

有相府都管的操持，晚宴很快便布置停当。文翮入席时依旧是穿着斗室弹琴时的宽大长袍。这衣服的前襟开敞极大，当风而立，颇有些山林隐逸的趣味。他原先披散的头发用一根布带松松地束在了脑后。

文翮身高八尺三寸，两肩生得十分宽阔。因长年骑马习武，手掌内生有硬茧。他生来便肤色黝黑，两道长眉倒是秀气，如利剑般直飞入鬓，若不是左边的脸颊上有一片烧伤的痕迹，还可算是个英武的青年人。

焕若上前来拜，文翮只是略微点了点头，示意她入座。

文翖道："公孙一路北上，舟车劳顿，却不肯在相城中多歇歇脚，一心要进这被围得水泄不通的邺都，不知可是相王和镇南将军招待不周？"

焕若道："臣是为解天子和大丞相的困厄而来，故不敢少歇。"

文翖一副大惑不解的样子，道："天子和本相有何困厄？"

焕若道："申万景那贼人狂悖，竟敢发兵围困邺城，妄图对天子不利。"

文翖道："镇南将军可是打着奉诏讨伐本相的幌子来的。天下人都说我欲为典午之事，公孙怎么看？难道本相真的是司马昭吗？"

焕若道："那申万景对天子有几分忠诚？他不过是见大丞相新丧，意欲假清君侧之名行叛乱之实罢了。大丞相无背主之行，况天子是老丞相所立，大丞相安，则天子安，大丞相危，则天子危，这些道理臣还是懂得的。若说大丞相欲成霍光、周公之政，这话倒还有理，若说大丞相是司马父子那等逆贼，臣却万万不能赞同。"

文翖笑道："公孙是知我者。但公孙说解我之困，却是大谬。邺城百年帝都，王气所在，怎会轻易被攻克？当年将作大匠岑高造的好一座城池啊，强攻根本不可能攻得下。况且邺城中粮食积蓄足够数十年之用，倒是申万景，他的粮草足够他撑过本月吗？如今四境勤王之师已齐聚，不过是待申万景师老兵疲、粮草耗竭，便一举将其屠灭。本相只需静待即可，何用解困？"

焕若不慌不忙道"大丞相太过轻敌了吧？若说王气，又何独邺城？崤函有帝皇之宅，河洛有王者之里，就连建康城亦有龙盘虎踞之形，一旦遭逢兵燹，不一样化作焦土？四境勤王之师虽来至邺都，却钩心斗角，且畏惧申万景，只是作壁上观。大丞相难道还要靠他们来解邺城之围吗？臣丝毫也不怀疑邺都粮食充足，但邺都被围日久，大丞相能保证不生内变吗？"

文翾起身道："公孙所虑不无道理，想不到我文翾的知己竟生在南国。来，我与公孙共饮一杯。"

身穿罗裙的美姬早就斟好了酒，捧在焕若面前，焕若一饮而尽。

文翾拍手道："爽快！再斟来。不知道江都公可还好？"

焕若欠身道："劳大丞相挂念，臣祖父依守三宝，身体还算硬朗。"

"公孙所谓'依守三宝'，是何意？"

"臣祖父常挂在嘴边的三宝，一曰慈，二曰俭，三曰不敢为天下先。"

文翾大笑道："好！那就为了江都公的身体安健，再满饮了这杯。"

焕若喝完了酒，却看见文翾捧着酒杯正看着自己。

"不知道公孙喜欢打猎吗？"

焕若道："臣祖父常说'驰骋畋猎使人心发狂'，不许臣家族子弟打猎。"

文翾道："那是可惜了，'驰骋畋猎使人心发狂'……不过，使人心发狂有什么不好吗？江都公年岁虽高，却能一边满嘴的慈、俭、让，一边命自己的孙子卑辞厚礼结交诸侯，可见其雄心壮志一点儿不减。不知公孙此来邺都，江都公可有什么嘱托？"

焕若道："臣的祖父一心为了朝廷，不敢有什么私心嘱咐。"

文翾的双眼，像鹰隼锁定了猎物那样死死盯着焕若，道："那就算是为了公事、国事，可有什么嘱托？"

焕若道："忠君爱国……"

文翾被焕若的回答逗得笑了起来，离了座位走到焕若身边，拉着她的手要她去屋外的篝火边共舞。他的不少宾客和侍女在席间服用了寒食散，此时周身发热，也都跟随着走出，随音乐舞蹈起来，状如疯魔。

焕若看见，每个人的眼睛里都闪烁着一种名为疯狂的快乐——燃烧！疯狂地燃烧！把生命化作燃料，点燃那堆名叫极乐的篝火，寒食散和烈酒就是它最好的助燃剂！每一颗心都在剧烈跳动，跳吧，就当这是死亡前最后的舞蹈！

文翾伏在她耳边说道："你看，繁星都在旋转着为我们伴舞，潮水和流波都在奔涌着为我们助兴！让这夜晚更长一点儿，让这篝火更旺一点儿，让它比银河中的群星还要辉煌！让它把我们的骨和肉都化作尘埃和灰烬，然后，融化在这宇宙之中，变成泥土，变成花朵，变成风雨，变成高山……"

焕若觉得天旋地转。

如果说相王的宴会，是关于美酒、佳肴、美人的享乐之宴，那么文翾的宴会则像是世界末日前的最后狂欢，是关于究极的疯狂、混乱与濒死的体验。

文翾大笑着，如此放肆与癫狂，以至于面目狰狞可怖。他压着焕若的后脑勺，迫使她靠近火焰，道："公孙是否也想过，放一把火，把这世界烧个干净？"

焕若觉得自己的心脏怦怦跳个不停，文翾给她的感觉竟然如此熟悉。她觉得自己一定见过他，但想不起是在哪儿。

狂欢过后，文翾又带着众宾客回到座席上。焕若强自镇定道："臣此来邺都，是受青州张刺史所托，为约定共讨申贼的大事而来。臣的祖父自然也愿见邺都之围消解。申贼兵甲锋锐，若放任其做大，更于江都无益，还望大丞相……"

文翮的眼神已经恢复了冷酷，笑着打断焕若道："张舜宾向来视本相如寇仇，如今申万景势大，张氏亦怕其拿下邺都转头就吞并了青州，因此与本相联合，这倒也可以理解。但是他为何要你荀公孙做居中联络之人，这却让本相百思不得其解。你们江都又在谋算些什么呢？你荀公孙和那位——"他别有深意地在此停顿了一番，道："秋先生，给相城送去了十二船的粮食……这也是在帮本相吗？公孙在相城和申贼帐下与他们的将军、府官肆意交游，也算是帮本相？"

文翮虽身困邺城，对城外之事却一清二楚，看来他必定是在城外安插了密探，且能够传信息入城。焕若起身道："大丞相明鉴！臣所献粮食，虽是直接进了相王的府库，却使申万景与相王起相争之心，想必大丞相已经知道了，贼人们在相城自相残杀的事。且这天下的征伐不止一种。若伐之以武，则曰'武伐'。'武伐'之外，仍有曰'文伐'者。所谓'文伐'，不起干戈，不动甲兵，杀敌于无形，折冲于千里。臣在相城所做之事，便是以文伐之，先帮大丞相和青州刺史削弱申贼的力量。"

文翮道："本相倒是想听你说说，怎么算是文伐？"

焕若答道："文伐之要有五。一曰'尊之以名'，'下之必信'，尊其以煊赫之名，示我以卑弱之态，此骄其意也，骄则生奸，骄则必败。自臣入相州以来，示申贼以大势，让他以为自己是天命所在，以骄其心，其败态萌矣。"

"其二呢？"

"二曰，'因其所喜'，'亲其所爱'，臣自入相州以来，顺从申贼之意，使其有欲则计乱。"

"第三呢？"

"'严其忠臣','养其乱臣',此其三。遮掩其忠臣之劳,彰示其乱臣之功,使其亲小人,远贤臣。廷无忠臣,社稷则病。申贼所倚赖出谋划策者,相城主簿何典也,臣已设计陷害其夫人为细作,使申贼与其离心。"

"这倒是,那第四呢？"

"四曰'收其内臣','间其外臣'。五曰'塞之以道','收其豪杰'。臣在相州,厚礼结交其府官裨将,内收其心腹,外折其爪牙。障其目,塞其耳,使其上下不通,君臣离心,才臣外相,焉有不亡？"

文翾赞道:"好个鬼谷高徒,《六韬·文伐》,这篇本相也是读过的,却不如公孙这般能够妙用！只是不知公孙是想要当张仪还是苏秦？"

焕若笑道:"若定要有一比,臣愿做信陵君。"

文翾道:"窃符救赵？真英雄也！来,公孙当为信陵君再干一杯。"

两名美姬轮流捧着酒杯相劝数杯。焕若虽然酒量不错,但若再喝下去,只怕会误了大事,于是推脱道:"大丞相的美酒太过醉人,臣已经有些不胜酒力了。"

文翾还未说什么,那美姬见状却扑通一声跪在了焕若面前,央求道:"公孙可怜可怜奴婢,好歹喝了这一杯吧。"

焕若见美人浑身战栗,满面凄惶之色,自然也猜出这文翾是效仿石崇使美人劝酒,若客人不喝酒便斩杀美人。

文翾道:"好！公孙既然不喝这杯酒,就是这美人劝酒失职,依照我这儿的规矩,她的双手就该被砍下来了。公孙竟一点儿也不怜香惜玉吗？"

焕若道:"臣实在是不胜酒力……不是美人劝酒不力,上天有好生之德,还请大丞相饶了她吧。"

文翻的脸上挂着玩味的笑意,道:"就这一杯,公孙也不肯喝吗?也好,今夜不够尽兴啊,也是时候该见见血了。"

他话音刚落,便有两个武士走了过来,一人执一把刀,另一人把那美姬的双手按在焕若面前的桌案上。那美姬已哭得几近昏厥,眼看着就要落刀……

"等等……"文翻微笑着说道,"动手利落些,别让公孙身上沾了这贱人的血。"

"是。"执刀的那名武士道,于是挥刀要砍。

"慢……"那武士及时在美姬的手腕上半寸收住了刀,美姬已昏倒了过去,焕若道,"我喝就是了。"她硬着头皮拿起了酒杯,一仰头把酒喝尽了。

"这就是了,我看着公孙就是海量。既然公孙如此怜香惜玉,今夜就让她陪公孙过夜吧。"文翻脸上挂着带有玩味的笑意。

焕若只是不忍见无辜之人受刑,这才勉强喝了这杯,听到文翻要那美姬陪自己,不禁吓了一跳,忙道:"臣怎敢夺大丞相所爱?"

文翻叹道:"'宁不知倾城与倾国,佳人难再得'啊!来,公孙,咱们接着喝。两位绝世佳人好不容易遇见荀公孙这样怜香惜玉的美少年,怎么还不接着劝酒啊?"

焕若不得已又喝了四五杯,只见身形愈加摇晃,最后将身子一瘫,倒在了一个美姬怀里。

焕若是被人搀着离席的,她暗暗眯着眼睛看路。然而她越走越觉得不对劲,他们扶自己走的根本不是回驿馆的路。她只得假装被风吹得清醒了,示意两个仆从可以自己走了。

但是那两人根本不与她说话，只是径自挟着她继续向前走。她心中大呼不妙，可身后还跟着带刀的侍卫，只得继续装醉，被他们挟到了一扇门前。门内有通向下的楼梯。焕若猜测这下面应当是相府的私牢。

越往下走，腐臭的味道越浓。两边的墙壁上有照明用的火把，借着光亮，焕若看得明白那墙壁上，有道道血色的指痕。再向下走，则遇着一口枯井，井中堆着层层叠叠的白骨，竟还有未完全腐败的断肢和头颅。这是要让每个路过之人在进入囚室之前，都能看明白前人的下场。

终于到了囚室，焕若双手张开被固定在刑架上，兜头的一盆冷水让她打了个寒战。

她睁大眼睛，看到文翾正优哉地坐在对面的一把椅子上。

"进了这地牢，不是得先打个杀威鞭吗？"文翾对方才泼了焕若一脸冷水的仆人说道，"你还闲在那里做什么？"

那仆人取下挂在墙上的鞭子，向焕若走来。

焕若怒目圆睁，道："大丞相为何这样对我？"

文翾猛地站起身走到了焕若面前。他原本就比众人高出一头，在这狭小的私牢里，愈发显得有威压感。

文翾冷笑道："卓五已经把你们的勾当都说出来了。他假意信了你们的鬼话，就是为了赚你进邺城。"

焕若道："大丞相是什么意思？"

文翾道："青州张舜宾勾结申万景谋逆，还派了你这么一个奸细到邺城里来。你真以为自己行事足够周密吗？实话告诉你，自打你一进相城，我就已经对你的行踪了如指掌。想让申万景假意退败，里应外合地诱我出城，再设伏截杀我。只可惜你们虽聪明，却也蠢笨，邺城这样坚固，我又何必要出城去呢？你倒是说说看……公孙啊，你说说我待你多好，好歹还让你在临死之前喝了那么多美酒。你放心，我文翙说到做到，等你下了黄泉，也一定让那个美姬去地下陪你。"

焕若不知道文翙是真的知晓了内情，还是故作狠戾来诈她。若是前者，则她断无生还之理，以文翙的嗜血残暴，只怕会把她折磨得快死时，再挂出城墙示众。她只能祈祷是后者……卓五这一路上都在密室中，船上的人说什么、做什么，他不会听见，也不会看见，他又怎么可能泄露什么呢？

焕若已至绝境，唯有拼死一搏。她没有恸哭也没有求饶，反倒是哈哈大笑了起来。文翙十分摸不着头脑，道："公孙笑什么？"

焕若道："我笑'宁不知倾城与倾国，佳人难再得！'"

"是醉糊涂了吗？"文翙伸手去探焕若的额头。

"大丞相看臣，可像是醉了？"焕若厉声问道，"大丞相喝得没有臣多，却是心神恍惚，醉得不轻呐！臣倒是十分欣赏大丞相的气魄，千古艰难唯一死，大丞相能将生死置之度外，实在是让臣佩服！我虽受戮，不知大丞相可退申贼之兵否？"

文翙亦狂笑不止，道："生，吾之所假也；死，吾之所归也。吾其畏死乎！公孙说的是，我今日杀了公孙，也照样退不了申万景的兵。日久了生变呐，谁知我这颗头颅会被哪个人砍去呢？但我与公孙是殊途的知己，故而定要优待你，让你用一种前无古人的死法去死。我今虽殒公孙之身，却全公孙之名。公孙可要谢我？"

文翙是个轻易言死的疯子，这更加难办了。焕若心下急躁，却容色自若道："君子之所疾，乃在没世而名未称。今大丞相待我优厚，我又何避鼎镬？只可惜呀……"

"可惜什么？"

"可惜那位倾国倾城的佳人，也要随你我一同引颈就戮了。"

"想不到，公孙还是个情种。也是啊，情之所钟，正在我辈。"

焕若索性大声诵念道："'思美人兮，擥涕而伫眙。媒绝而路阻兮，言不可结而诒。蹇蹇之烦冤兮，陷滞而不发。申旦以舒中情兮，志沉菀而莫达。'"

焕若所念为屈原的《思美人》。屈原诗向来以美人比君主，以男女之情比忠君之情。文翮突然领悟，其实焕若所叹息之美人，并非是先前劝酒的美姬，而是北辰宫里的那位天子。自老丞相主政以来，天子不过是台前的一个木偶，权臣变异，自然也会兴废立天子之事以昭示权力，而被废的天子嘛……除了被暗害而死，似乎已没有别的下场了。

文翮并没表现出太多意外，道："所以说公孙涉险入邺，是为了陛下？"

"是……也不全是。青州张牧是个忠臣，他之所以配合我们，都是为了能解陛下的困厄。但我是为吴王做事，吴王不愿见申万景得了邺城，一人做大，我要做的这事能使吴王得利，也能使大丞相获利。只可惜呀……大将军只因我在相城周旋了一番，就要疑我。"

文翮道："吴王想要什么？"

"吴王想要的——只有大丞相能给。大丞相何不放我下来，咱们好好聊聊？"

文翮笑道："公孙还是好生待着吧。公孙愿意明明白白地说出来，还可少受些苦头，若是闭口不言，那就是想把这刑房里的刑具都试一遍了。"

焕若求饶道："别……大丞相，我虽不是那么怕死，可是特别怕疼。

既然大丞相对吴王感兴趣，那我说出来也就是了。"

文翮满意道："这才是聪明的孩子。"

"数月前，金陵的紫金山上挖出了金人……"

"这我知道。"

"随金人一同出土的，还有一份先秦古简。这古简上的文字少有人能识，句意也晦涩难懂。吴王得了这古简，不知是书生的刻意解读，还是这古简上真有所载，可能是因为吴王前一晚做的一个梦让他加深了这种信念，反正吴王是信了，他信自己就是那个能够成千古未有之大业，扫清六合、混一南北之人。因此，他发了奇想，想要在起兵之前得到两样东西，以佐证古简的正确性，同时振奋人心。他与谋士秋晗策划，做了这样一场珍珑局，弄出这无穷的张致来。"

"秋晗？哈哈哈哈哈，公孙只需告诉我，吴王或者说江都公究竟想要什么？"

"臣要带回金陵的是一个人和一块石头，现下就端居在北辰宫里。这两样东西，也只有大丞相能给。"

"公孙是要陛下南狩？你可真敢想啊……"

焕若抬起头，正视着文翮那双阴晴未定的眼睛，道："大丞相把吴王所求的东西交给臣，臣自然能重挫申万景，为大丞相解邺城之围。大丞相能把生死看淡，臣却还是惜命的。既然臣已将所有事都挑明，这就是一场买卖了。"

文翮后退了一步，隐匿在阴影中。焕若笑道："大丞相快些决断吧。粟谷最多可放置三年，更何况官府的粮食虽足备，百姓的粮食却没那么充足，大丞相再优柔寡断下去，思虑个三年五载的，激起了城内民变，可一切都晚了！"

"放荀公孙下来。"文翙终于开口道。

焕若被从刑架上释放下来,却早已腿软,一下子倒在了地上。文翙笑着把她扶起,拱手道:"公孙受惊了。"

"不妨,不误了大事就行。"焕若亦笑道。

文翙笑道:"只是……公孙是千金之子,就算是为了吴王之事,也大可派别人前去,难道说北辰宫里的美人,就当真如此倾城,竟要公孙亲自为之涉险?"

焕若苦笑道:"大丞相是文老丞相的独子,独享父亲的呵护,想必不大明白我的处境。我祖父的孙辈太多了,他哪儿能各个都重视?所谓富贵险中求,我不过是憋着一口气,要做成一件大事给他们看看!"

这时,却有仆人快步走进了囚室,在文翙耳边轻声道:"皇后不知从哪儿探听到咱们把荀公孙带进地牢了,传话说别伤了荀公孙,她也要见见这人。"

"她又来添什么乱,一定是那老狐狸怂恿的。"文翙不耐烦道,但很快他便换了一副笑脸,道,"既然殿下这么说了,就带荀公孙去吧。记得给荀公孙醒醒酒,别熏着殿下了。"

焕若听得真切,皇后吗,坊间早有传言,那位从柔然远嫁而来的异族皇后行事放荡,更与大丞相的关系不清不楚。文翙宴请自己是在相府内,又是酒酣耳热后秘密把自己带入私牢的,皇后却能在这么短的时间里就从相府得到消息,并传话回来,看来这位皇后殿下也是个不可小觑的人物。

文翙看着焕若被带走的背影,数年前的事又浮现于眼前。

看来这位荀姑娘是真的没有认出他。

那一年,文渤整肃朝堂,把那些哓哓不休的反对派杀了个干净。

青州刺史童仙如是个审时度势之人，本受过龙骧将军的大恩，见龙骧将军倒台，于是干脆转脸拜了文渤为义父，并许诺可以献上龙骧将军逃走的儿子张舜宾和家传的龙渊剑。

文渤生了改朝换代的心思，于是派文翩前往青州，一来取龙渊剑，二来则是要在青州古刹永宁寺中铸金像，以占卜天机。

第一天，文翩塑造父亲文渤的人像，那团金子最终成了虫豸一般的模样。文翩心想，倘或天命不在父亲，或许是在自己？第二天，文翩塑造自己的人像，一样是不成形。那时候"玄佳"谶语传得朝野皆知，文翩不知怎么突发奇想，又在第三天塑了雍王旻朗的人像。这一回却是成了。

文翩仰天长笑，他觉得世间万物生息滋长、王朝轮回、世运跌宕，却终究归于尘土，而这终将灭亡的一切，又有什么意义，还不如一场火烧个干净。

后来，永宁寺真的被一把大火烧了个干净，焕若做了他心里想的事情……他不打算再把焕若当成是一个人质，想要带她回邺城，可是他却看见了那个人。

文翩在童仙如府上住了几日，自然也听过"秋晗"这个名字。他就在那，看着熊熊烈火焚烧的永宁古寺，文翩骤然参透了其中的含义——旻，秋之天也；朗，天之明也。

因而当焕若打着"秋晗"的名义到了相城，文翩就猜到那是她，也猜到了她心里盘算着什么。可文翩还是想见她一面，看看她的嘴里又会蹦出哪些颠倒黑白的话来。

文翩知道自己向往一个最后的了结，但有时候会恐惧自己的内心，因为他的心里某个极深的角落里，仍藏着一丝对生的渴望。他感觉自己一直在无尽的深渊里下落,这种坠落感从父亲还在世时就产生了。这也没什么,自古无不亡之国、无不败之家,这是此世界残酷冰冷的运转法则。

文翙知道父亲的基业终究会被雨打风吹去,而自己的头颅也终有一天会被人砍掉。他只是以一个将死之人的心境,享受着最后的疯狂,并且好奇眼前的每个人,当然也包括他自己,会以什么方式迎来最终的结局。

第九章　如入火聚

荀玫盘着腿坐在囚车上，马队行进在峡谷中，两岸崇山排闼而来。若是忽略眼前的木栅栏，那么眼前群山连绵秋意不尽，好一派苍凉大气的景致。荀玫嘴里哼着小曲儿。囚车四面透风，雨后山间的空气又极为清新怡人。她独自坐在囚车里，身上裹着御寒的毛毯，马队中无人来理她。她独自赏景哼歌，或旁若无人地念诵古诗名篇，倒像是旅游观光一般轻松恣意。

偶然有行路的商旅、樵夫见这囚车、少女，都露出惊疑好奇的眼神。荀玫倒也不觉得尴尬，若是与人的目光刚巧对上了，她反倒还要粲然一笑，和偶遇之人来个眼神交流。

快到中午时，马队在一个村落前停下了，看来是要在这里歇脚。队伍最前那身披黑袍的高大男子打马到了囚车边，问道："荀姑娘一路上坐着腿可麻了，要不要下来自己走两步路？"

荀玫道："下来走走也好，来人，给我打开车门。"

那黑袍男子一挥手，便有骑士翻身下马，开了囚车的门，把荀玫搀了下来。荀玫一直盘腿而坐，确实也有些腿麻，下车后不住地抖腿。黑袍男子笑了两声，一打马悠悠地朝前走了，马尾正扫在荀玫脸上。荀玫愤愤地瞪了他一眼。

这人据说是文渤的使者，是来收取张舜宾的人头和龙渊宝剑的。可是童仙如弄丢了张舜宾，一时也拿不出龙渊剑，使者催索又急，童仙如只得把手头现成的一个人质荀玫交给了使者。

这黑袍使者比童仙如更加可鄙，自从他接收荀玫以来，荀玫作为人质的待遇是一落千丈。只因他在童仙如要给荀玫准备马车时说："人质就该有人质的样子，哪儿有人质坐马车的？我看用一辆囚车装着荀姑娘再合适不过了。要是怕路上风大冻坏了荀姑娘，就盖上一块毯子吧。"她现在只能坐在四面透风的囚车里。

想起他说这话时嘴角那洋洋得意的弧度，荀玫至今都恨得牙痒痒。对一个此前从未见过之人，竟有如此折辱之心，可见其心性险恶。只是这人一直戴着兜帽，面容半遮半露，让荀玫只知道他面容黝黑，却并未有一次看清他的真容，荀玫暗恨道，不然真要好好记下他的长相，日后好好报复一番。

荀玫这人天生有些反骨。那使者的意思是为了要看她受辱，她却硬要做出一副落拓不羁、满不在乎的模样。

万幸那人还没有真的丧心病狂，大概也是怕荀玫若是病了影响自己拿赎金。下雨时，他好歹还让手下在囚车上搭了一块油布，这样荀玫才没被淋成落汤鸡。

荀玫日日在心中哀叹："张舜宾啊张舜宾，我这是代人受过啊！都说救人一命胜造七级浮屠，怎么我救人一命却遭此劫难？"

进入村子后，荀玫越走越觉得眼熟，直到一个小孩子用疑问的目光看着她，她也疑惑地看着这小孩，半晌才想起来，这不是又回到邹大伯他们村子了嘛！那孩子不是兴哥，又是谁呢？

兴哥年纪虽小，却也心思玲珑。他见荀玫身上虽无镣铐，行走时却被两个人一左一右好似挟制一般，因此并未当场与荀玫相认。直到马队全都停下用饭时，兴哥才主动找了个机会来给荀玫送饼。兴哥道："姐姐，你们这一路要去哪儿？"

荀玫道："我们这是去青州呢。小兄弟，你的家人呢？"

兴哥道："我二姐姐回娘家路上走丢了，我爹和我二哥寻我姐姐去了。家里只有我和二嫂子。"

荀玫有些丧气，兴哥向她通报的信息是，他家里的壮年男子都不在，只有他一个小孩和一个妇女，本想着若是邹大伯在家，兴许还可协助自己脱离黑袍人的掌控。

荀玫顺着话茬问道："你姐姐回家路上怎么会失踪呢，可是被山贼掳走了？你爹和你哥哥可别越走越远，找错了地方。"

兴哥佯哭着摇了摇头，道："若是被山贼掳走，当有索赎金的书信送来才是啊。"

荀玫摘下身上的玉佩，递在兴哥手里，叹道："我留着这个也没什么大用，就用来救人吧！姐姐把这个送你，到时候要是山贼来信要钱，你就叫你爹爹把这玉佩当了，去把你姐姐赎回来。"

兴哥对着荀玫眨了眨眼，荀玫也对他眨眨眼，说道："快回家去吧，小兄弟，回去把玉佩给你家大人，别丢了。"

兴哥收了玉佩便赶忙离开了。看管荀玫的士兵以为是她偶发善心，也并未阻拦。

用过午饭，这一支人质押送小队继续前行，约莫半个时辰抵达了永宁寺。黑袍人见过了住持，命令手下休整待命。看来今夜就是要在这永宁寺借宿。荀玫曾扮作尼姑在永宁寺挂过单,寺中一些和尚认得她。但因她是那黑袍贵人带来的,和尚们也不好打听这尼姑变女囚的原委。永宁寺对黑袍人的到来十分重视,为了招待他,竟谢绝了其他香客。

荀玫被安排在一间套房里,一个四十岁左右的农妇负责给她送饭。荀玫与她闲聊后得知,农妇夫家姓刘,正是邹大伯村里的人,家里耕种着永宁寺的田产。佃户家里的四五十的妇女要轮流来寺中给僧人们洒扫、浆洗。她们只在稍远的后院,没人见着的地方服侍,不许到前殿去叫香客瞧见。

荀玫又是叫婶子,又是把自己的一对耳环送给了这妇人。这妇人喜得眉开眼笑,对她自然是无可无不可。

农家人夜里休息得早,用过晚饭后,刘婶就在外间的地铺上睡下了。荀玫听见如雷的鼾声,偷偷打开窗,见看守自己的士兵也靠着墙根打瞌睡,便轻手轻脚地从窗户翻了出去。她先前就来过永宁寺,白天时又在心中暗记寺中道路,原本以为能够轻松找到缺口,谁承想永宁寺的面积实在太大,荀玫走着走着就在里面迷了路,甚至连自己的卧房都找不回去了。

她借着北极星辨别方位,索性一路向北走。永宁寺坐北朝南,三间正殿之后,是僧人、香客饮食起居的生活区。越往北走,房屋越觉得稀疏,荀玫最终来到一片较为开阔的空地,被几间房屋环绕着,似乎已经走到了寺院的尽头。

这里的房屋看起来十分破败,并无人居住的样子,正堂的门锁着。荀玫蹑手蹑脚地向东屋里一看,登时被吓出一身冷汗。那屋内摆着牛头马面等各式形容可怖的纸人,以及一些色彩斑驳的泥塑,尽是地狱小鬼对人挖心、腰斩、断骨之类的酷刑展示。

她花了好长时间才缓过神来，又向西屋看去。只见这里整整齐齐地摆着几口棺材，看来是当地人暂厝在寺中的。配着树上的乌鸦鸣叫，虽也有几分鬼气森森，但棺材方方正正，反倒比东屋里堆放的那些活灵活现、专为吓人的地狱玩意儿要可爱多了。

荀玫甚至想到，如果东屋的那些鬼物都张牙舞爪地活过来，西屋的棺材也一个个地跳起来与之对抗。荀玫一向无法控制自己的想象力，脑海中一片群魔乱舞。树上的乌鸦还在叫个不停，她心烦意乱，只能不停默念"子不语怪力乱神，子不语怪力乱神……"为什么我在佛家的地盘还用儒家的话？

忽然，荀玫听见一声尖锐的女人哭喊声，宛如地狱中冤魂厉鬼的尖啸。树上的乌鸦亦被惊飞了。荀玫觉得一阵寒意擦着自己的头皮而过，那寒意很快蔓延全身。

女人的哭声依旧不止，荀玫听见从前院传来一阵脚步声。西屋虽然摆着几口棺材，却终究比较空，难以藏形，荀玫慌忙之下躲进了东屋里，与那些形容可怖的泥塑、纸人挨挨挤挤地凑在了一起。

不多时，一男一女到了院中，那男的说："都这么些日子了，怎么还叫呢，惊扰了贵客可怎么办？贵客在此有大事要做，要是惹恼了他，咱们都没好果子吃。柳嫂子，你们就不想想办法？"

那柳嫂子说："你这死鬼！我能有什么办法？你们弄了她来，难道我还能杀了她不成？阿弥陀佛，阿弥陀佛……"

那男的说："你平日里怎样聪明的人，怎么这会儿就呆板了？不会给她灌点儿蒙汗药？让她这两天先睡死过去，别搅了贵客的事。"

二人说着，便开了堂屋的门走了进去。

荀玫蹲在西屋听得分明，那一男一女进屋后，女子的哭声愈加凄厉。

荀玫猜测她兴许是遭了这一男一女的折磨，随后那哭声渐渐变弱。

为何这寺院之中会关着女子，又为何会用蒙汗药？这一双男女口中的贵客很显然是黑袍人，他留在这寺中，又是要做什么大事？荀玫的脑中思绪乱飞，等这一男一女离开后，便从西屋潜出，想到堂屋里看看情况。可是堂屋的大门已经被那二人上了锁，荀玫手边又不曾带着溜门撬锁的工具，眼看着天色要亮，只得悻悻离开。

荀玫一边往回走，一边打着腹稿，如果遇上了人问自己，是假装自己有梦游症好呢，还是说自己上茅厕迷了路好呢？或者干脆说自己听见了女人哭声，一路循着哭声过来的，看看这寺院里的人对此做何反应……

看来上天还是眷顾荀玫的，她兜兜转转，竟真的回到了之前的卧房。荀玫依旧翻窗进去，看屋外的刘大婶还睡得熟，便也脱了外衣，躺在床上睡着了。这一觉睡得并不安稳，她满脑子都是些乱七八糟的东西，一会儿是她和那些夜叉鬼怪脸贴脸、手挨手地挤在一个大缸里痛苦呻吟；一会儿是棺材全都蹦起来，一个个憨态可掬的样子。

荀玫还梦见了一条长河，河对岸上行走着一位女子。那女子一身缟素，头上也缠着白绸，不知是为谁送葬。乱世之中，遭逢百凶。她像是一个被人操纵的人偶，麻木地行走在河边，唯有一双眼睛中满是抑郁与悲戚。

荀玫想要放声痛哭，喉咙却像是被堵着哭不出声。对岸的女子形容枯槁，仿佛已经被伤痛抽走了大半的生命。她凄厉地唱着："'薤上露，何易晞！露晞明朝更复落，人死一去何时归？'"

歌声凄恻怆然，令闻者动容。

荀玫隐约觉得对岸那女子是自己的娘亲。可是她不能到彼岸去，只能隔着河水，静静地陪娘亲走一段路。

一觉醒来时，荀玫的脸上挂着泪痕，脑海中依旧回荡着女子的唱词。

　　薤上露，何易晞……

荀玫躺在床上赖到晌午才起床。她借着午饭的时间，和伺候自己的刘婶聊起了天儿，不知不觉就聊到了柳嫂子，诱导着刘婶把柳嫂子的事儿都说了出来。

刘婶道："那柳氏算是我们的头儿。她汉子原先做过土匪，如今弃恶从善替和尚老爷们管着几个庄子，手下养着几十个年轻无业的汉子，看家护院、催租收粮，都是他们的事儿。柳氏借着她男人的势，自然也就管着我们这些妇女，怎么排班都是她一人说了算，讨好了她，就能做清闲的好差事，不累，还能在贵人们面前得脸。她如今三十来岁，别看她年纪轻，为人精明谋算得很。"

荀玫道"我先前也在这永宁寺住过，倒是听闻，她和出家人有勾搭，常常夜中私会，可有这事？"

刘婶一下子乐了，压低了声音凑在荀玫身前道："大姑娘怎么还打听这个？我说给大姑娘听，大姑娘可别向别人卖了我。"

荀玫笑道："那怎么会？我在此处就婶子一个知心能说话的人，又何必在别人那儿多嘴？婶子也太小瞧我了，难道我连这点儿见识也没有？"

刘婶道："柳氏是勾搭了一个堂主，法名唤作智觉。我听说她男人也知道她的行迹，但是也并不去管她，还巴不得她把和尚们都讨好了呢。咱们永宁寺的和尚每日奉承的都是达官显贵，有的是手眼通天的本事。所以柳氏和智觉那两人平日里就像做了夫妻一样，除了住持等几个有身份的法师外，也不避旁人。按说她管着我们这些妇女，该每日都来吧，可好几次她一整天都不见人影，就是去与智觉到外面鬼混了。"

荀玫掩面笑道："佛国净土，竟有这样的丑事。"

刘婶一拍大腿道："可不是！姑娘你久居深闺，不晓得外面的情形。现如今哪儿还有干净的出家人啊，那智觉和尚先前把农户家里的姑娘藏在寺院里，还把人家弄大了肚子。为此农户们大闹过一次，不过是被住持给压下来了。人家可是有青州官老爷们的关照，胳膊哪里拧得过大腿哟……"

荀玫又与她闲聊了一会儿，了解了柳氏每日的安排和习惯。她又借口要画一幅画来表达自己昨晚的梦境，让刘婶替她寻来画画的工具，荀玫对工具要求得精细，名目又多，琐琐碎碎，包含了许多不沾边儿的物件。荀玫本以为刘婶未必能都找来，谁知还真让她都给置办来了。这实在超出了一个农妇的能力，倒让荀玫好生疑心了一番。

荀玫托言要作画，把自己锁在了房内，研究起那只铜箍的黄花梨笔筒来。她把笔筒上的铜箍子撬开拆下，小心地碾成自己需要的样式，将一把剪刀、火镰和火石藏在身上，又把中午和晚上专门省下的干粮都装进一个包裹里。

到了夜里，荀玫背着包裹翻窗而出，一路向北走，来到昨夜那个吓她不轻的院落中。她用碾好的铜片插在正屋锁眼中左试右试，终于撬开了那把锁。

荀玫蹑手蹑脚地进了屋。这屋内空空荡荡，满地都是灰尘。柳嫂子他们的脚印却消失在了一堵墙之前，看来后面应是有个密室。荀玫四处敲敲打打，推动砖块，果真打开了一扇暗门，里面乃是一个向下的通道。

荀玫壮着胆子走了进去，眼睛逐渐适应了黑暗。借着密室中唯一一个透气口泄下的月光，她看清了这里的布置。五六个年轻女子瑟缩着坐在一起，见有人走进来，全都颤抖着向后挪动。

看来她们都是被永宁寺的和尚藏在此处的农家女子。

荀玫低声问道："你们是被和尚掳来的？"

其中一个女子点了点头。

荀玫道："不必害怕，我来救你们出去。"

"你是谁？"刚才那个点头的女子问道。

荀玫顺嘴道："我是……我是观音座下的龙女，专门来救你们出苦海的。"

女子们犹疑着，荀玫又道："你们不信？好，那我就实话实说，我是青州府的女捕快，你们都是本案的受害人，现在，你们得听我的指令行事。"

"不可能！"其中一个女子厉声叫道，听她的声音似乎正是昨夜哭喊之人，"官府的老爷都是黑心烂肺的人，不可能来救苦救难。"她一边哭叫，一边冲上来拽住了荀玫的衣领。

荀玫有些急了，道："那你们就把我当成是一个路过的女侠，打算行侠仗义一把，行吗？总之，我不会伤害你们，我要救你们出去。请相信我，听我的话，好吗？"

一个年岁较长的妇人道："姑娘，我信你。"她站起身帮助荀玫摆脱钳制，解释道："姑娘，她没伤着你吧？你别气，她是回娘家的路上被掳了来的，这两天受了太多委屈……"

荀玫忙问道："邹家姐姐，你是不是邹家姐姐？你有一个弟弟叫兴哥，还有一个姐姐、两个哥哥，你父亲是整个村子里最古道热肠的人。"

那女子道："你怎么知道我？"

荀玫道："我曾在邹大伯家借宿，邹二哥家我也住过，还同他一起吃过酒，我与你弟弟也是朋友。这事儿要解释起来太复杂。总而言之，我姓荀，名叫荀玫，我不会害你。我就叫你邹二姐，行吗？"

女子点了点头。

荀玫道："你父亲邹大伯和你二哥都去找你了。"

邹二姐哭号道："那天杀的贼秃驴和我说，我爹和我哥前天得了信儿，知道我被困在永宁寺里，就来这儿要人，却被他们打了回去。他们去青州城告官，童仙如那个狗官不在，他的爪牙却串通秃驴说我爹和我哥无端打伤僧人，损坏寺产，倒把他俩抓起来了，要我弟弟卖田去赎人。"

荀玫听到此处，心下已是了然。邹大伯在农户中算是家境殷实的，他又古道热肠，不吝接济，在村中很有号召力。不少村民以他为榜样，若偶然遭了难就相互帮扶，都守着自己的田产不卖给寺院。邹大伯自然也就成了永宁寺眼中的刺儿头，必欲除之而后快。兴许邹二哥在家里容留张舜宾之事也有人告发，因此青州府衙联合永宁寺，设下了这样一个局来陷害邹家父子，以此达到杀人夺地的目的。

荀玫道："各位姐姐，请问一下，你们被拘禁在这里，可是有人每天给你们送饭？"

那年岁稍长的妇人道："有个柳姐姐每天早晨来送一次饭，她也是个苦命的人，被人逼着当和尚的姘头，又被逼着来干这事。她每次送饭时，都有两个年轻男人跟着。她兴许能帮咱们。"

荀玫道："姐姐们，你们困在这里看不明白。这姓柳的不是什么好人，她假情假意接近你们，是为了借'过来人'的心态劝服你们，好要你们顺从。你们万不可相信她。"

邹二姐是个刚强的人。她先前被接连的打击乱了心智，这才号啕无状。此时，她听了荀玫之言已然恢复了神智，眼神中隐约有其父其兄的影子，说道："荀家妹子，我们听你的，不信她。你要我们怎么做，我们都听你的。"

"是啊，我们都听你的。"其他女子也都说。

荀玫点了点头，接着道："你们每天只吃一餐，故而身体虚弱，不能与那两个壮年男子硬碰硬，只能用计。我这里有一些干粮，一会儿姐姐们可以分吃了，也能留一些明晚再吃。还有一把剪刀、一个火镰，邹二姐你拿好。你们一会儿全都出去，藏在西屋。等早晨那姓柳的和两个男人进了密室，你们就悄声进来从外面把密室的门关住，把他们三人锁在里面。你们把三人困在密室后，把西屋的纸人都搬出来，把能用的木材都用上，在通风口上煽风点火，用烟熏这密室，逼着姓柳的把永宁寺后院的钥匙交出来。但要小心，不可让火势过大，要是僧人们看见浓烟以为失了火那就麻烦了。待做完这事，你们就还拿着钥匙在西屋藏着等我。我对这永宁寺的布局已经熟悉得差不多了，明天夜里这个时候，我还来找你们，咱们趁夜一块走。"

布置完一切，荀玫原路返回，躺在床上睡到天明。为了多拿食物给被掳的女子吃，荀玫故意要了许多包子馒头之类的吃食。刘婶暗自发笑，想不到这小姑娘的胃口竟抵得过好几个庄稼汉。

173　　第九章　如入火聚

待到金乌西沉，那接连两日都没过问荀玫的黑袍人，却突然想起来了。他命人送来一套女居士穿的直裰，要荀玫认真梳洗一番换上，今晚与他和住持一起吃素席。荀玫心里本就藏着事，但推脱不得，只得按下心中焦虑，暂且按照黑袍人的安排前去用斋饭，吃罢后再去找那些被掳的女子。她心里直犯嘀咕，不禁猜测这黑袍人是想以自己曾假扮尼姑的事来当席间笑料，还是想让自己当场剃度出家？

经过了昨晚的事，荀玫对这永宁寺是一丁点儿好感也不剩。她穿好直裰，本该把头发束起藏在缥帽内，却故意没有束发，宛如古楚人一般，披着及腰的一头乌发，甩着大袖走入了宴席。她面带讥笑，挑衅似的向满座剥了壳的鸡蛋似的脑袋炫耀着自己的满头青丝，大剌剌地在黑袍人身边落座。

上坐的老住持倒是看起来慈眉善目，至于座中一个个肥头肥脑的和尚则十分可厌。众僧见她这样乖张不敬，不禁一个个脸色难看。黑袍人露在外面的半张脸却分明笑了起来，他并未出言责怪，反倒命人给荀玫布菜。

荀玫心中无语，这人怎么就连吃饭都戴着兜帽？看黑袍人的神情，分明是猜到自己会做些离经叛道的事，他一定要自己来赴宴，倒未必是为了折辱自己，而像是要借自己来取笑这一群大和尚。

面前的桌案上摆着素斋，却也做得十分精良，那素鱼、素肉，无论色泽、纹理、香气，都如真的一样，令人垂涎欲滴。荀玫也不理旁人，只是自顾自地吃了起来。

黑袍人对住持道："我这妹子前两天做了一个梦，梦醒后心绪不宁，还将梦境画了出来，想请诸位长老为她开解开解。"

那住持道："贵客有命，岂敢不从？"

一个士兵捧着画稿送到了住持面前。那画中是一个黑云遮月的夜晚，墨黑的海上矗立着一座高塔，那是座浑身浴血的浮图塔。塔身挂着铎铃，被风吹得东摇西晃。巨塔摇晃的庞大身躯，仿佛一个身体扭曲的巨怪，熊熊业火焚烧着它的全身。它挣扎着想要站起来，可是四条粗大的铁链却死死地锁着它的脖颈。无数赤裸的人在黑色海水中挣扎，他们伸出惨白的手臂，痛苦地挥动着，仿佛想要抓住一切可以抓住的东西。画中所有人的面部表情都既痛苦又狰狞，就连站在海上的夜叉都捂住了耳朵，仿佛听到佛塔化身的巨人在凄厉的风声中嘶吼。塔身边缘一点点地焚烧殆尽，变成黑色的烟尘。可就连那些烟尘也不得安详，被风裹挟着离去，依旧痛苦地嘶叫着、哭泣着、挣扎着，直到消失在无尽的夜色里。

那高塔就像是一叶孤舟，行驶在地狱的怒海之中，满身是血污与尘埃。但它依旧不愿沉沦，地狱一日不空，它的帆就一日不会落下。度尽众生，方证菩提。

苟玫扭头看黑袍人。苟玫向来做戏做全套，今日无事，正好画了一幅画放在房间的书桌上。看来刘婶把自己的一举一动都汇报给了黑袍人，那些稀奇古怪的"作画工具"大概也是黑袍人替她找来的。

那画的视觉冲击力极强，住持双眼微睁，说道："好一幅地狱变呐。听说苟姑娘曾做过关于永宁塔失火的一场梦，是吗？"

苟玫原本就是为了骗取焦氏的信任才随口编了那么个谎话，后来又不知是因为什么，画了这样一幅画（兴许只是为了在猎奇的探索上更进一步），此时被当面质问，也只好将错就错，道："是梦见过。我非但梦见佛塔失火，还梦见无间、阿鼻、飞刀，种种地狱，就悬在你们每个人头上。"

住持道："欲知前世因，今生受者是。姑娘今生的梦魇，乃是前世为恶的业果。"

荀玫貌似来了兴致，停下了正抓食物的手，道："哦？长老能看到我的前世？"

住持道："姑娘的前身乃是一杀人如麻的匪徒，只是因临死之前，曾得一圣僧大德点化，念了一卷经书给你，这才免于落在恶道，依旧托生为人，只是不再有男身，而生为女身。居士今日亦可见前生因缘。"

荀玫笑得喷饭，道："原来杀人如麻的报应，是来世当个女人啊。当女人就这么不好啊。"

一个长着酒糟鼻子的僧人道："女身垢秽，非是法器，且内有五障，曰多染、多欲、忌妒、不憨、情缚。"他的声音极为洪亮。他似有若无地瞟了黑袍人一眼，大有深意地说道："这女子最可怕之处，在于非但自己不洁净，还要用骷髅相勾引男人，让男人也不洁净。"

荀玫想到这寺里的和尚在密室中囚禁妇女，不禁怒极反笑，拍手道："是这个理！按释家说法人生而有五种不净，种子不净、住处不净、自体不净、外相不净、究竟不净。我看法师你也不似九品莲花中托生，想来也定是某个红粉骷髅，通过这种种不净而生出来的。若按《大智度论》'是身为臭秽，不从华开生'，世人皆有生处不净，大家都在泥潭中打滚，一般的满身脏臭罢了，何来的差别心呢？"

那酒糟鼻怒道："我永宁宝寺何等清洁之地，岂能由你在这里侮辱圣地？"

荀玫亦丢了微笑的假面，本想揭一揭永宁寺的丑，思索一番后，还是冷言道："说到底，佛，外国之神也，本非诸夏所宜奉祠。以我诸夏之性，岂得效西戎之法？"

住持还保持着体面，缓缓言道："人有东西南北，佛却无东西南北。佛祖虽生于西方，却不是外国之神。佛入中原，乃因汉明帝夜梦金人，遣使向西方求法，于是请来竺法兰、迦叶摩腾二位阿罗汉，至东方传道，普救众生。请问姑娘，倘或佛祖仅为西方之神，汉明帝如何夜感而梦之？"

荀玫道："你倒是提点我了。《后汉书》亦有云'老子入夷狄为浮屠'，释教本为道教之一支也，原是正道，而今却为群小所持，蛊惑民心，使我诸夏淫祀泛滥，人归异教。而人之不净，革囊盛血，岂非说人生就肮脏，子孙无需孝顺之行，父母不必哺育之恩？继而闻道之人，弃妻孥，废宗祀，夷灭人伦，毁泯纲常。如此看，释教曰乱世还可，如说是救世，不让人笑掉大牙了吗？"

住持道："荀姑娘好伶俐的口齿，只是老子化胡之说，本就是虚妄，不过险恶之徒杜撰耳。姑娘以为佛说'革囊盛血''种子不净'，便是劝人不孝吗？不是的。孝顺父母是人之本性，然而今生虽有天伦之乐，亦脱不出六道轮回，或者来世还要发落地狱受苦。如目连一般，修成正果，救母亲出恶道，才是真正大孝。荀姑娘这个年纪，本该天真无邪，却心思沉重，频频梦见地狱景象，未必不是聪明障道。众生轮回于六道之中，也因有做了恶事的堕入畜生、饿鬼、地狱三恶道，也有因做了善事的升入人、阿修罗、天三善道，循环往复，不得超脱。其中，有人信而得救，有人悟而得脱。唯有一类人无法脱离苦海，那便是自以为聪明却执迷不悟之人。姑娘先前在佛国净土假扮比丘尼，骗了青州刺史的夫人，已是造了罪孽。若有不信障，便是一阐提，拨无因果，颠倒邪见，不信现在未来业报，不亲善友知识，不听诸佛所说教诫，当堕地狱，无有出期。如世重病，终难治也。荀姑娘，你还不回头吗？"

荀玫嗤笑道："我今年不过十八岁，并未做什么大奸大恶的事，有什么要回头的？一个杀人如麻的匪徒，尚且能因为听人念一卷经而得救；我就是再罪大恶极，看来也不用担心，只等着临死之前找人给我念一卷佛经吧。不过，有一件事，我倒是想听听诸位法师的意思，我身边这位被你们奉为上宾的穿黑袍的贵客，绑架了人家的女孩，要向这女孩年过古稀的祖父索要赎金，他这罪业又该怎么论呢？"

众僧沉默了一阵，住持道："荀姑娘与这位贵客乃是前缘纠葛，荀姑娘只知今世为这位贵客所制，却不知这位贵客是在帮姑娘消去前业。"

荀玫听了这话，顿觉得索然无趣，不再接话。

那酒糟鼻质问道："你怎么不说话了？"

荀玫道："反正'为恶'和'消业'的解释权都在你们那里，我多说下去还有意义吗？无眼耳鼻舌身意，我把耳朵和嘴封闭了，还不行吗？我只是可惜了那座永宁古塔，倒是被你们这群人玷污了！"

众僧更是怒不可遏，又用了许多口业、报应、地狱之类的话来吓荀玫，又要轰她出去，只因黑袍人不许才作罢。荀玫闭嘴吃饭。挨到宴席结束，荀玫便飞一般地回了卧房，躺在床上闭目养神，直到听见刘婶的如雷鼾声，才照例带着包裹翻窗而出。

荀玫溜进那座荒芜的小院，在西屋找到了藏在这里的女子，忙把包袱里的馒头和包子分给众人。

荀玫道："咱们还得去把那柳氏放出来。"

邹二姐问道："妹子，你不是说柳氏是个歹人吗，还放她做什么？"

荀玫道："再向前只怕会遇着人拦路，兴许还用得着她。只是得把她的嘴堵起来，别让她叫嚷。"

于是大家一起下到密室，把柳氏绑了出来。邹二姐用剪刀抵着她的后心威胁道："你要是敢反我们，就给你前后戳个窟窿。"

柳氏吓得浑身发颤，哪里还敢多嘴，忙是点头如捣蒜地答应。

要出这永宁寺的北门，还得看门房的小沙弥给开门才成。邹二姐挟持着柳氏上前要小沙弥开门，两人身子贴着身子，就好似手挽手一般。小沙弥也没看见，邹二姐手里的剪刀抵在柳氏的肋下。

众人都在脸上抹了灰扮作洒扫的仆妇，有柳氏带着，小沙弥倒也没起疑。出了永宁寺，又走了二十几里路，柳氏哭求道："求各位奶奶放了我，我家里还有个三岁不到的娃娃，离了我就活不成了。求各位奶奶大慈大悲，放这小儿一条生路吧。"

柳氏哭得凄惨，惹得一众女子都动了恻隐之心。荀玫见众人要放过她，便道："你用你家孩儿的性命起誓，回去后，不可泄露我们的行踪，并保证以后再也不为虎作伥了。只要你保证做到这两样，我们就放了你。"

柳氏连忙起了个毒誓，邹二姐给她松了绑。她磕了几个头，飞快地转身离开。

荀玫提议众人不要分散，先一齐到邹二姐家里去，等明日天亮了再找村子里的人护送她们回家。可是其他女子都是附近村庄的，她们惦念家人，早已归心似箭，荀玫哪里还管得住。于是众人在此地分道扬镳，只有荀玫跟着邹二姐往她家走去。

走了约莫一刻，忽然听见马蹄声响，竟是柳氏的丈夫带着手下的无赖骑马来追她们了。荀玫和邹二姐躲避不及，被抓起来带回了一处田庄。

179　　第九章　如入火聚

柳氏见了二人，自然是扬眉吐气，冷笑道："两个小贱人，还敢要杀你柳奶奶吗？"说着就劈手要来打荀玫。邹二姐为了护着荀玫，一头撞在了柳氏的肚子上，把柳氏撞得跌了个跟头。邹二姐虽绑着双手，却凭着一股蛮劲儿骑在柳氏身上，用头狠狠砸她的头。

柳氏大骂其丈夫道："你这个没种的孬货，还不快来帮忙，难道要看她打死我？"

柳氏的男人跳下马，抽出腰间短刀，手起刀落砍在了邹二姐的后颈，登时被血溅了一身。邹二姐只来得及啊了一声，就直直地栽倒在柳氏身上。柳氏倒是啊啊叫个不停，大喊道："快把死人从老娘身上挪开，我只是让你教训她一下，谁让你杀人了？"

荀玫叫不出声，只是觉得自己浑身的血液似乎都凝固住了。

柳氏的男人笑道："已经杀了，有什么办法。你也不说清楚，我看，一不做二不休，这女娃也知道了你们弄的这事儿，干脆也杀了。"

柳氏正犹疑时，那男人却已狞笑着向荀玫走来，荀玫只得一步步向后退去。那男人举起了刀，只听噗的一声，他手里的刀掉了下去，他疑惑地低头看着自己的胸口，那里已经洇出了血迹，插着一支羽箭，随后他栽倒下去。

那人倒下后，荀玫看到了骑在马上的黑袍人。黑袍人一挥手，士兵便走了过来，不过片刻工夫，就把柳氏和在场所有的无赖子都杀了个干净，简直像屠宰羊群一样容易。

黑袍人让手下给荀玫解开了绳索。他要拉荀玫上马，荀玫却摇了摇头，道："让我去看看邹二姐的尸体。"

黑袍人大概并不知道邹二姐是谁，但还是任由荀玫去了。

荀玫替邹二姐合上了双眼，她跟着黑袍人回到了永宁寺，让寺里的医生给自己看了伤。住持和一众大和尚还赶来关怀，那酒糟鼻的态度也一反饭桌上的强硬，变得油滑而谄媚。荀玫这才知道，原来他就是柳氏的那个姘头智觉。

最后，屋里只剩了荀玫一人，她从袖中掏出了从邹二姐尸身上取回的火镰和火石，一下、一下地擦着……

热浪一波又一波冲在荀玫的脸上，她感觉自己的脸仿佛快要被炙烤得融化了。她像是个游魂一般独自行走着。天是昏黑的，月亮藏进了浓密的乌云里，连一颗星子也没有。地上却很亮，火光把整个寺院照耀得如同白昼。她听见大火被风吹得呼呼作响，人们惊慌地呼喊、痛苦地呼喊。

荀玫抬头，看到不远处的永宁塔也烧了起来，火势已经蔓延了整个寺院。荀玫觉得胸口有些憋闷。她本不想烧毁那座古塔的，也不像憎恶这寺院一样憎恶那古塔，但既然已经烧起来了，也没关系了……烧成灰，也就干净了。

谁能想到，她那伪造的梦魇竟在此刻成真了呢？

也许她真的要遭受报应，四面都是熊熊烈火，她身处地狱，已无处可逃。

不知何时，黑袍人已经到了荀玫的面前。她任由黑袍人骑着马把自己带离火海，来到了一片开阔的高地上，被放下了马。

"世人为何总是处在颠倒的梦想里呢？"她喃喃问道，不知是在问黑袍人，还是问自己。

黑袍人对她一笑，道："因为我们不能降服自己的内心。"不知为何，荀玫觉得他的声音有些虚弱和颤抖。她忽然觉得他是一个空虚且落寞的人，却又在这落寞里，肆意滋长出一种极致的疯狂。

荀玫抬头反问道："你的内心降服了吗？"

黑袍人哈哈大笑，道："我的内心，任谁也降服不了。"

荀玫道："我总觉得整个阎浮世界都在危崖绝壁之上，不知什么时候就会掉下去摔得支离破碎。"

黑袍人道："泡沫上的幻影，原本就不那么真切。所有被世人轻信的法则，都像泡沫一样易碎。所以到最后，什么也抓不住。你知道吗，荀玫？被高温灼烧的刹那你只会感受到一种清凉。因此我们只能在混乱和无序中追逐另外一种极致，在癫狂和极热的顶点，寻找片刻安宁。你做得很好，这世界也是如此，烧光了就安静了……"黑袍人沉默了一会儿，又问了句不相干的话："荀玫，你要不要跟我一起回邺城？"

荀玫道："我以为你是要拿我来跟我祖父做交易呢，难道去了邺城，能要价更高吗？再说了，我去或不去，还不是由你？"

黑袍人道："我忽然不想拿你去做交易了。我既然问了你，那就是想知道你的答案。"

荀玫道："那我告诉你，我不去！去了也只是当笼子里的鸟儿。你干脆杀了我吧。"

黑袍人笑了："好，你走吧。你看，你的绿林朋友来找你了。"

荀玫顺着他的目光看去。掩翠山的雪狐狸等人策马而来，还有兴哥和秋晗，他俩同乘一匹马。

荀玫疑惑地回头问黑袍人道："你要放了我？"

黑袍人道："我要放生你……你就像曾经的我。那个骑马的男人，他是来救你的人吗？原来是他，原来是他……"他从手下那里要来弓箭，拉开弓，瞄准了秋晗。

"别杀他！"荀玫用尽全身的力气去拉他的马缰。一箭放出，却是射偏了。

黑袍人又两次张弓，却又是两次失手，反倒是雪狐狸亦拉弓反射，一箭射中了他的肩膀。黑袍人痛得一抽。他的手下打马上前欲与雪狐狸等人交战。黑袍人却放声大笑，命令手下后退。他俯身对荀玫道："看见那个骑马的男人了吗？他很好，肯定是从东牟一路追你过来的。和尚们不明就里，谄媚讨好，也说他该是转轮圣王。兴许他是这混沌愚蠢的寺庙里，所给出的唯一清明的答案了。你既然要跟他，就最好跟定了他。"

说完这几句没头没脑的话，黑袍人带着手下策马向西而去。

雪狐狸和秋晗走到荀玫身边跳下了马。秋晗把荀玫先前给了兴哥的玉佩交还在她手里。

看着兴哥的眼睛，邹二姐的死和永宁塔焚烧的场景在荀玫脑海中不断地循环，她该怎么和兴哥说呢？荀玫觉得天旋地转，倒在了秋晗的怀里。

"我有点儿害怕，秋师兄，是我点火烧了那座塔，会不会遭报应呢？"荀玫问道。

秋晗紧紧搂着她，道："别怕，万事万物都在因果律之中。化为烟尘洗净这人世，是永宁塔的宿命。"

秋晗的声音依旧是那样醇厚坚定。她忽然感到了些许安宁，正是在这样的声音中，她被赦免了一切罪过。

荀玫道："师兄，我忽然想起来那天夜集，我在小蓬莱镇喝醉了酒遇到你，我一路上都在问你问题，醒来后，却忘记问了什么。那么简单的问题,我怎么会反反复复地发问,我那晚究竟是怎么了……师兄,晗,日之含也,你把自己称作是将出而未出的太阳,你到底是谁?"

"阿玫,我在梦里见过你,你被困在业火焚烧的高塔上,我是那个赴火来救你的人。"秋晗说道。

第十章　直挂云帆

　　夜风吹动珠帘，大魏天子的正宫皇后郁久间氏斜靠在一把躺椅上，望着湖面上宛如薄纱一般的雾，天空中隐约可辨几颗星子。身旁伺候的小宫女早已穿上了夹层的袄子，然而郁久间氏似乎从不畏寒，不然，她也不会在这秋意渐浓的时节，在凉气袭人的夜里，还是躺在花园的凉亭中默然不语，似是观雾，又像是看星。

　　十八岁的郁久间氏还有另一个名字叫阿惠，这名字是她曾经的奴隶——如今的陪嫁侍从李昭给她起的。李昭原本是魏人。他饱读诗书，想来出身亦非草莽，却在而立之年，不知经历了何等变故，被卖入了柔然王庭，在那里当了二十年放牧的奴隶。二十年，草原上的风刀霜剑，使他的面容变得不再丰润饱满，像一截枯萎的老树根。

　　然而李昭并未忘却年少所学，他本人又十分聪明灵活，牧民口口相传，把他传说成了"草原上最聪明的人"。越来越多的人来向他请教问题，甚至连大可汗的兄弟和儿子们也来找他。在一次狩猎中，李昭挟持着小狼崽从母狼的口中救下了十三岁的阿惠，从那以后，他就成了阿惠的私有奴隶。虽然名义上是奴隶，李昭的生活质量却有了翻天覆地的变化，阿惠暗中以对师父的礼仪相待他。阿惠那一口让魏室天子颇为惊讶的流利的中原话，就是跟着李昭学的。

阿惠嫁来中原时，柔然可汗想选三百个青壮卫士随她出嫁以便护卫。阿惠则说，若孩儿在魏庭有什么变故，三百甲士亦无济于事，反倒使魏家天子疑心于我。若魏家天子忧惧不能安枕，孩儿纵然使出浑身解数，也必不能与夫君和睦，又如何结两国之好呢？可汗又问她想要什么陪嫁，只要她说得出口，哪怕天上的星星也要摘来给她。阿惠却只要了李昭。大可汗不解，阿惠则笑道，父汗想保孩儿平安，一个李昭，不比三百卫士更管用？

此时，李昭也正坐在阿惠身边的一把椅子上。他年老畏寒，已经穿上了狐皮大氅，怀中还抱着暖炉，显得格外惬意。自从回归故国，他也算是享尽了人间之福，衣服饮食比肩王侯，狠狠弥补了一把过去的缺失，连妾室都一口气纳了七房。据说，李昭常常与七房姬妾大被同眠。要不是因为年老体衰精力不济，只怕更荒唐的事也做得出来。他并没有官职，却是北辰宫里的常客，被朝中、宫里的人戏称为老狐狸。达官显贵蔑视谮毁于他，他也并不怎么当回事，毕竟有皇后保着，终究是没人敢动他半分。

阿惠望着眼前的白雾，蓦地回想起第一次踏进邺城的情景。那天，她穿着一身绛红色刺绣复裙，外罩一件抵御尘沙的幪衣，头上戴着一顶厚实的大手髻——这是为了把皇后的十二支金钗步摇全部固定住。她看着自己的样子，觉得实在有些好笑。

阿惠早起就坐在妆镜前，任由几个侍女给自己梳妆打扮，一天中陆续有些别的仪式，一直到黄昏时分她才准备好出门。阿惠感觉自己的头太过沉重，以至于她只能直直地挺着脖子，因为自己一低头脖颈就会被折断。

为了不让满头的金翠晃起来，阿惠走得很小心，一步一步，颇有些中原淑女的贞静端庄之态。两个侍女分别扶着她两条胳膊，这才把她扶上了一辆金碧辉煌的四望车。坐到车上，她终于松了一口气，算是圆满完成了这场婚礼的第一个小步骤。

侍女递给阿惠一把小巧的折扇。她便用这把折扇轻轻掩面，却也仅仅是掩了口鼻，一双眼睛还露在外面左右地望。陪着阿惠上车的还有一位女侍中，正襟端坐在她身侧，双手捧着皇帝刚赐给阿惠的中宫印玺，一脸如临大敌的表情，让她不由觉得好笑。反正面扇遮着，她便当真笑了一下。

这一路上，阿惠看着邺城的街道，她还是第一次这样仔细地观摩中原的城市，不禁充满了好奇。她看着骑马走在前面的卫队和街道两旁观礼的百姓。他们同样对她充满了好奇。她还未来到邺城时，市井里就已经传遍了关于她的各种传言，其中议论最多的无非是她有一双翠绿的眼睛。

柔然可汗的眼睛固然是棕色的，但她那来自鄯善的母亲却有一双绿眼睛。邺城的百姓从未见过柔然的可贺敦，但他们仍然热烈地讨论着新皇后身上那奇妙而复杂的血缘，以及她会把皇室后代血统带偏的可能性。

车窗外是一张张好奇的面孔，正仰着脸，目光游移在长长的卫队和马车之间，恨不能一刻也不眨眼地饱览这天子娶亲的壮观场面。他们的目光在看别处时轻松肆意，转到她时却总是有意无意地避开。唯有几个胆子大的看客，瞅准机会机敏地朝窗内一瞥，正看见她。她也正睁着那双引人注目的眼睛，饶有兴趣地看着窗外的他们。

那些目光让阿惠紧张又兴奋，她对这种万众瞩目的情况并不算反感。她早在柔然时便知道自己会嫁给中原的皇帝。然而直到此时,她才真正品尝到一点成为一国之母的滋味。她觉得十分新奇有趣,对未来的日子抱有很大期待。

这种繁琐的仪式烘托出憧憬和悸动,让她还未曾同天子谋面,便已经萌生了一些关于爱情的臆想,就好像她命中注定要和他并肩站在一起,成为一对光照后世的明君贤后。更何况人人都告诉她,天子长得如何如何俊美,他的气质和风度是如何出众。在周围人这样的盛赞之下,她也难免不对他生出些爱慕吧。

天子……想到他,阿惠不禁发出了一声叹息。

阿惠那位英俊无比、多情多愁的夫君,比想象中的还要完美。可是他并不爱她。

阿惠也渐渐察觉到,这里的人们似乎把天子娶了一位来自草原的正妻当作笑话和皇朝衰落的证明。这让她觉得愤怒又好笑。丈夫的冷落加上世人的讥讽,更激发了她心里的叛逆。

比起郁郁寡欢、整日幽居宫禁的天子,起先,阿惠觉得自己和大丞相之子文翙更玩得来。她与文翙一同策马狂奔,一起弯弓狩猎,那些日子别提有多么恣意快活。文翙曾射中一只大雁送给阿惠,那一箭竟贯穿双目,这样精湛的射术即使在柔然也是罕见。

阿惠让文翙做了她的情人。在柔然时,阿惠就有过几个或英俊或温柔的情郎。她也曾幻想过与天子鹣鲽情深,但既然天子对她无意,那么谁也不能让她守一辈子活寡。阿惠知道魏人对男女之防相当森严,但越是踩踏他们的禁区,越是让她感到愉悦。

文翙很喜欢喝酒,他是借着酒回归自己的本质——那种无尽的癫狂——中去。文翙曾对阿惠说:"这世上最痛苦的事情,莫过于在狂欢之中午然清醒。试想一下，当你从醉意中寻回了一丝理性，看着同饮者们熏熏然的面庞上充满着单纯的幸福和喜悦，你意识到这样极致的欢乐总有一个尽头，这无疑是许多人乐极生悲的缘由。所以世人啊，珍惜吧！良会不常有，狂欢在今夕。"

虽然文翙总是在狂欢宴饮，但阿惠能够感受到，他精神的最底层固结着一种纯黑的绝望。他似乎总是活在一种世界末日的心境里，要赶在世界毁灭之前，充分甚至过度地使用自己的感官。他的痛苦、疯狂和绝望，就像藤蔓一样死死缠绕着阿惠，让她陷在爱恋的深渊里。

阿惠无法不爱他。她觉得自己像个奴隶，甚至无法拒绝文翙的任何要求。她一度觉得自己会在那个深渊里永远跌落下去……那样的心境旁人无法理解，甚至李昭这样聪明的人都救不了她。

回首那段时间，她总觉得过去的自己太愚蠢了，竟然会被文翙这样一个软弱又恶毒的烂人吸引。

文翙似乎总是在找各种方法折磨天子，他的语言愈加不敬，他的行为愈加猖狂。文翙以宫宴的名义招来皇室宗姬，强迫她们与他淫乱。文翙以嘉成公主的幼子为要挟，命令自己府中的奴仆侮辱了她。

嘉成公主回去后，在自己的卧房中服毒自杀。

得知堂姐自杀的消息后，天子把自己关在寝宫里整整三天，未尝饮食。当文翙装模作样地去探望天子时，却在北辰宫里遭到了刺杀。文翙仗着一身武功逃了出来，腹部却被刺伤。施行刺杀的是天子的两名近侍，他们被抓后一言不发，文翙以极其残忍的手段处决了他们。

文翙把天子身边的侍从全部替换成了自己的人。他把天子幽禁在北辰宫内，不许天子见任何人，也不许宫人把饮食送进去。

阿惠曾要求文翙停止这种残暴悖逆的事，问文翙："如果大丞相要行废立之事,有的是办法,何必这样折磨天子呢?"

文翙却用饶有兴趣的语气说:"天子是应运而生之人,我只是想看看,他这样的人会不会被饿死?他这样的人……如果被逼到了极限,会怎么样?他会不会也变成个疯子呢?"

阿惠急得束手无策。最后,还是李昭想出了办法——天子必须得装疯!

阿惠问为什么,李昭道:"要从文翙手中救下天子的性命,只有这么一个办法。文翙是个不计后果的人。他做一件事时,虽然能够预见其后果,但并不在意。只要他能在这件事上得到乐趣,那么即便付出性命也无所谓。他想看看真龙天子是否会被饿死,并不怕由此而来的种种后果。他不怕旁人说他悖逆,也不怕四境诸侯起而伐之。那么眼下要救天子的命,就只能由一件更让他感兴趣的事,来盖过他对饿死天子这件事的兴趣。文翙是个疯子,他肯定也很想看到,天子这样秉性刚强的人如果也被逼成疯子,会是什么模样。"

阿惠后来问李昭:"为什么要帮助天子?"

李昭说:"是出于敬重。"

阿惠又问:"敬重天子什么?"

李昭笑笑说道:"他的身上负荷着天下的苦难。"

阿惠笑道:"他身上怎么会负荷着天下的苦难呢?"

李昭道:"万方有罪,罪在一人。其实人人心里都有苦痛。就说文翙,他喝醉后不也常常悲恸忘形?他能够体会到生而为人的痛苦和绝望,因此选择放浪形骸、肆意滥杀。然而陛下每日都承受着绝望和痛苦,家国分裂、奸人弄权、苍生倒悬。这样的锥心之痛,无一日不与身同在,他可有放浪形骸吗?"

阿惠道："没有。"

李昭道："有人在绝望的重压下选择放弃和沉沦，有人却依旧挣扎着向上。即便身处绝望和剧痛之中，却依旧能够约束自身，知不可为而为之，以皓皓之白，而投身尘埃，以肉体凡躯，而甘愿烈火焚身，只为拯救苍生亿万，这难道不让人敬重吗？所以，殿下，咱们一定得尽力去保护天子才行。"

阿惠忽然觉得天子与文翾仿佛是一根线的两端。天子享有至高无上的虚名，处处受制于人，活得宛如一个提线木偶。他的眼神却总是那样温柔坚定。而文翾，他实际上操控着这个国家，是这世界上最有权力的人，但却放纵疯癫，内心怯懦。

"李师父为什么对荀公孙这样感兴趣？"阿惠问道。

李昭道："我先前从未听说过这位荀公孙，但是江都荀氏绝非善类。我只是不解，他们为何在这个节骨眼上派了位江都公嫡亲的孙儿过来。江都必定是有所图谋。"

"江都荀氏？"

"正是……这些年我虽在柔然，对中原之事却也有所耳闻。试想青州纷乱二十年，朝廷多次派兵总不能完全剿灭盗匪。若是未肯细思的人，必定说青州多矮山丘陵，贼人便于匿藏，或者青州民风悍勇，有赤眉、黄巾遗风。可是群盗猖獗多久了，二十年了！这时间太长了，长到让人匪夷所思。欲固东南者，则必争于江汉。欲窥中原者，则必得淮泗。欲固东南，青、徐是必争之地。青州纷乱，则北骑不敢轻易南下，恐盗匪祸乱于其背也！青州这样的局面，只对一方有好处，那便是吴国。"

"师父是说，青州群盗的背后原本就有吴王的扶持？他们为了稳固东南，悄悄地在背后给盗贼送钱，让青州纷乱了二十年。"

"是，也不是。吴王自己就是北人，南北分治三百年，人情殊异，南方世族又势大力强，他虽称吴王，对内却也只得制衡而已。兵法云'善战者，无智名，无勇功'，百胜而不涉险，故而书不载其事，人不称其功，此谓有大智慧也。以我之见，善为政者，亦不得遽显功名。倘或一人能够倒悬天地、改换日月，然隐而未发时，犹能使时人不觉不察，其人可谓善政。世人皆只谈论吴王，而隐去江都，论及江都便只言富庶，却不知江都荀氏躲在吴王的幌子下面做了多少事。江都公才是善为政者呀！"

"那如今的青州牧张舜宾呢？"

"他就算不是江都扶持的代理人，也绝对和江都脱不了关系。还有那个归云山，门人弟子遍布天下，竟有一半的人才都被江都笼络，安知归云山没有荀氏的钱粮支持？"

"师父能猜到江都派荀焕若入城的目的是什么吗？"

李昭摇了摇头，道："若连着秋晗挖出金人和麒麟简献给吴王的事来推想，我倒是有一些猜测，只是还需要见见那位荀焕若，才好有定论。"

"他不是来帮文翩的，对吧？"

"也说不准。申万景是不世出的将才。文翩虽也是自小掌兵，聪明慧炬，却也只能依凭邺都城池坚固才得以安稳罢了，若与申万景战于平野，他能有几分胜算？假设申万景得了邺都，挟天子以令诸侯，平靖中原，挥兵南下，这不是江都所愿见的。江都不愿申万景得邺城而做大，自然会想办法挫其锋锐。但是，他们有很多种办法打击申万景，譬如，支持青州在后方进攻，或者与燕、代联络合围申万景。阴谋术法贵在简单合用，越复杂的谋划越容易出岔子。如果他们真如我们所愿，是来解邺城之围的，又为何非得先假意讨好相王和申氏，弄出这样无穷的张致来？难道真的只是为了在这个节骨眼上进邺城来见文翾一面，好让他与青州联合行动？这是我怎么都想不通的一点。"

阿惠道："我大概明白师父的意思了。这诸侯之间攻伐倾轧，虽也有权衡谋算，但大抵就像是大刀斫木，利落简约。但是荀公孙此来种种行迹，却像是细针绣花鸟，精致、复杂、环节多，还漫长。他自己的说辞更是一层叠着一层，任何一层稍有不慎，就有性命之忧。所以师父觉得，他的行为透着些不对劲儿。"

李昭轻轻捻着胡子道："秋晗是江都的客，他们造了那份麒麟简，还专门让人写了快书，以便这发掘出金人、古简的事在极短时间传遍南北，却又不告诉众人，那古简里所写的命世之人究竟是谁。说不定，秋晗给每个诸侯都写了一段关于天命在彼的虚言，以便加以利用，使他们之间相攻伐。扰乱天下，分而治之，这是江都的老把戏了，只是不能确定他们这次想要的是什么。"

宫娥来报："殿下，大丞相把人送过来了。"

阿惠转头对李昭笑道："师父不必急，答疑解惑之人这不就来了。"

焕若走进凉亭，对着皇后殿下行了臣礼，听见皇后命自己起来，这才敢抬头去瞧她。这皇后也当真是绝顶美貌！一头乌发好似生漆染就，当真是鬒泽含光，何用髢也？雪肤花貌配着这雾鬓云鬟、玉钗金钿，一身金线牡丹的绮罗裙，和着这一片长门深居、幽怨怅惘的宫花禁柳，竟别有一种旷古之异色。

美中不足,只是那双夺魄碧眸太过可厌。曾经抟土造人的女娲,究竟是怎样任性而顽皮地排布着凡人的相貌,竟使这种翡翠一般的碧色,神迹般地点染在她的眼瞳之中,让她仿佛是深山野林里化形未全的精怪。直愣愣地看人时,那碧眸中犹自射出兽类的纯真与凶猛。

皇后也盯着焕若看了半天,这才扑哧一声笑了出来,道:"荀公孙,我听说你们中原人见寡君之前,要先见寡小君,所以我也要见见你。你不见怪吧?"

焕若这小半辈子素以机巧善辩行于世,这会儿却也被皇后一句话弄得槽多无口,说不见怪不是,见怪那更是不礼貌了。

皇后所说的见寡君之前须先见寡小君,应是用了卫灵公之妻南子求见孔子的典故"四方之君子,不辱欲与寡君为兄弟者,必见寡小君"。所谓"寡君",是先秦列国的使节,在对话外国人时用以称谓本国国君的谦辞,即"鄙国寡德之君",而寡小君则是指国君的妻子。自秦一统之后,这样的用语已不常见,况且卫灵公与南子也不适于用来自比。卫灵公纵容南子与公子朝私通,为中华文学宝库留下了"娄猪艾豭"的成语。灵公自己更是与弥子瑕创造了与"断袖"齐名的"分桃"典故。不过,这对国君夫妇倒是相处得亲密无间,经常晚上躺在被窝里说关于大臣的悄悄话,只是其放浪形骸、行事荒唐,却被一代代人永远地流传下来。

郁久闾皇后自嫁入皇宫,关于她的流言蜚语便充斥着大街小巷,成为邺城百姓茶余饭后的谈笑话题。若照常理来讲,南子这种被文人史家定性了的"妖妃""荡妇",她应该极力避讳才是。但她能这么坦坦荡荡地引南子之言,要么说明她文化水平确实不高在乱用典故,要么便是她对世人评价毫不介意,胸无挂碍。抑或是二者皆有?或是她故意这样卖个破绽，是在利用自己的北狄身份藏巧于拙，让焕若放松警惕？

迟疑了半晌，焕若才答道："蒙殿下相召，臣已是不胜荣幸，岂敢言见怪？"

李昭试探道："'江南佳丽地，金陵帝王州'，飘零塞北近三十年，老朽最想念的还是南国的烟雨啊。江都公苦心孤诣地让公孙过来，想是要在芜城造一座帝宅？"

焕若早知道郁久闾皇后身边有个绝顶聪明的谋士，看来正是问话的这人了。焕若道："臣此来，自然是为了解邺城之困。"

李昭道："公孙大谬！邺都何困之有？后赵石勒初攻邺时，刘演据三台以守，以石勒之骁健，尚且避让而不强取。前秦苻丕不过中人之才，然而以慕容垂当世英杰，攻邺城犹二载不能克。非石勒、慕容垂智力之不及演、丕，是邺城金城汤池，易守难攻。彼时邺城尚且如此难下，何况我们如今的邺城呢？公孙大可不必为我们操心，倒是公孙你，进了丞相府的地牢，还能这样风度翩翩地与我们谈笑，可见是个不长记性的人呐。"

焕若知道瞒此人不过，只得道："国临大难，诸侯应释其私政共佐王室，襄周、召之业。天子若肯入江东避难，自然是我等的荣幸。"

李昭眯起了狐狸一般的眼睛，道："这晋之垂棘、鲁之玙璠、宋之结绿、楚之和璞，并为春秋四宝。几经乱世，这垂棘、玙璠、结绿早已不知所终，唯有和氏璧尚存，且被秦始皇制成了传国玉玺。历朝历代，无不以保有玉玺而为正朔……天子倘或南狩，这传国玉玺，自然也是要一并送去江都的。"

焕若只是看着他，并不答言。李昭继续道："南人虽表面臣服，然其素与朝廷不睦,就算迎了陛下回去,也不见得能有多得人心。就好比东周的楚国,向来不服中原正统,僭称王号,其图强兴业时,难道还需要像齐、晋一般打出尊周攘夷的旗号吗?费尽心机弄来这个正统的象征物,不是为了南国的局面,而是为了日后北伐时,能够笼络北人之心。"

焕若道:"老先生多虑了。汉时,吴楚以大国起而作乱,后七王就戮,无一幸免。晋时,祖逖虽善兵,终不能清扫中原,克定北还,褚衰、殷浩大军北伐无功而返。自古以来,只有自中原南下而荡平南境,焉有起于东南而终能克定中原者?此地势使然,非人力可扭转。昔者陆抗有言'西陵、建平,国之藩表,存则吴存,亡则吴亡',若自荆湘图东南,犹如高屋建瓴,顺江而下,可直抵吴之腹心之地。吴王割据自保已是吃力,何敢图北?"

李昭道:"所谓地利不如人和。嬴秦据守关中,擅崤函、陇山之固,居四塞之地,睥睨中原,如高屋建瓴。若其国内勠力同心,则虽孙、吴再世,亦难攻取。然其不修德政,失却民心,最终败于一个起于沛县的汉高祖。可见地利虽是兵家所必言,然而公孙论断'以南图北'绝无可能,这却是巧言浑说了。"

焕若道:"依老先生的意思,倒是吴王不该起这番匡扶魏室的心思了。"

李昭笑道:"我和殿下并不关心你吴王有没有、该不该有的心思,我们只关心,你当真能解邺城之围?"

"那是自然。"焕若斩钉截铁地说道。

李昭心下已然明了,道:"秋先生那十二船粮草,经了一道相王的手,原本就是要给申万景的。给他这些粮食,就是要助他灭了文翮。

听说相城虽已被申万景拿下，那位酒囊饭袋的相王却是不知所终。这一招伏笔，真是一步好棋啊！相王想必已经被你们藏起来了吧。到时候，只须再让这位殿下出面，号召相城官兵百姓驱逐申氏，申万景腹背受敌，作壁上观的代王等诸侯自然会觉得围剿时候到了。可笑那申氏损兵折将，平白为你制造混乱，除去文翾，可邺城和相城，他却一座也别想得到。但是，文翾是个聪明的人，就算申万景诈败溃逃，他也一定不会轻易出城追击。"

李昭看焕若不语，继续道："公孙不愿意说，或是心里已经有了答案，或是心里还彷徨着。我为公孙出一计，如何？"

焕若道："先生请讲。"

李昭道："这天下之事，凡是与人相关的，则要欺以其方。文翾此人性情乖戾，最喜折辱他人，对申万景犹是如此。要诱他出城，公孙不仅要让他觉得，彼时出城有利可图，还要让他觉得，出城有乐子可看。公孙明白了吗？这方圆百里之内，申万景要设伏，就一定是选在天平峡。文翾虽急欲挫败申万景，却也不会轻易出城。能诱文翾出城的办法，就是让申万景在相城下被拒之门外。这消息传入邺城，文翾就一定会想要亲眼看看申万景狼狈的模样。他一定会在这时率兵出城，想要趁申万景累遭挫败之际，与之搏一搏命。公孙要带天子和传国玉玺出邺城的时机，也正在此时。"

焕若看着李昭的双眼，猜不透眼前这个老人究竟为何要帮自己。

阿惠笑道："夜深了，师父也该回府去休息了。荀公孙随我来，我有事要单独问你。"

焕若忐忑地跟着阿惠进了寝殿。阿惠忽然牵住她的手，另一只手则搭在了她的胸口上。

"公孙其实是女孩子吧?"阿惠道。

"你是怎么知道?"焕若惊道。

"如果你真的是男人,不可能都不偷偷看我一眼,而是一心只顾着和李师父过招。因此,我有此一猜。"阿惠嘻嘻笑道。

"殿下对自己的魅力这么自信吗?"

阿惠真诚地道:"对啊,我一直是这么自信。荀姐姐,你给我梳个头吧。"

"什么?"纵然焕若自己的思维就很跳脱,但对这个话题的转折还是很吃惊,"殿下,大晚上的为什么要梳头?"

"你给我梳头,我就帮你做成你的事。"阿惠对焕若眨眨眼睛。

焕若本是个撒娇弄痴的行家里手,可谁知这阿惠比她还要精通此道。焕若推托不过,于是让阿惠在妆镜台前坐下。焕若也是个有意思的人,无论什么鸡毛蒜皮的事儿,没兴趣则已,一旦来了兴趣便肯用十分心思。因此即便是这待诏的活计,她甫一上手,来了兴趣,把阿惠这一头乌黑长发摆弄来摆弄去,竟觉得好不有趣。

阿惠这头发散下来有三尺多长,且每日用桂膏及茶籽油养得极润。这是一块天然的好材料,仿佛山间未琢的璞玉,只待能工巧匠精雕细刻,令其传名大邦。诸君试想,若阿惠的头发触手枯燥,或者发量稀疏,荀玫哪里还有心情认真给她梳头?

何况焕若也生来有些巧智,虽不曾特意学过盘发,可什么发髻看过一遍,即印在脑中,什么高髻、矮髻、垂髻、刀髻、长乐髻、望仙髻,随手便可梳来,还往往能够破陈出新,独具匠意,虽不说冠绝古往今来的各色簪花客、梳头匠,也可算福至心灵的一个妙手。

阿惠长发秀美，荀玫梳理时温柔款款，自然而然带了一分疼惜、两分情意。何况荀玫瞧见自己技艺高绝，竟也不辜负这美人面，心里又添了四分自得、三分感动。

世人有一语曰发肤之亲，原来这"发"同"肤"相触之间当真是有如此魔力。

焕若过往性子里有些浮浪，曾自诩是绝情绝意的人间过客，可实则却是个好留情的。此情此景间，小窗抬望，碧瓦朱檐，仿佛鸳鸯交颈；繁花郁柳，恰似偎翠倚红。金屋回看，只见博山炉香烟袅袅，添几分迷离梦幻；鬓云堆柔鬒纤纤，度数回缱绻旖旎。回头觑，是红烛昏罗帐。铜镜里又是这样一个不世出的北国佳丽，一顾倾城迷下蔡，数笑烽火烛穹苍，注定要书称史载，艳播后人。

此情此景，直看得焕若心神荡漾，于是以情入景，触景生情，便好似自个儿做了那画眉的张敞、窃香的韩寿，恨不能春秋漏断，夜夜与阿惠厮磨。

焕若忽然想起我见犹怜的典故来。晋南康公主去见成汉主李势的妹妹，本是拿了匕首要索这个情敌的性命，却看见李势之妹容貌绝美，正临窗梳头，长发曳地。她楚楚下拜，向南康公主叙述国破家亡，自请就死之意。公主不由心生怜爱，抛却了匕首，抱住她道："阿子，我见汝亦怜，何况老奴？"想来人爱慕颜色，不在男女。故而世出佳人，女子亦会为之倾倒。

只消梳这一场头发，二人便推结分好，引为闺中密友。

焕若站在阿惠身后，看着镜中的她道："殿下如此美貌，真是我见犹怜。"

阿惠笑道："荀姐姐，我俩合该做朋友才是。我看你女扮男装一路上过关斩将闯进这宫禁里来,就知道你是天底下头一个有趣的女子。既然我与你遭逢上了,哪有不和你交好的道理?我早就知道你是天子的故剑情深,我在心里多少次想象过你的模样和性情。但直到见到你以后,我才明白,天子他不爱你。他只是用他心里面你留下的影子,作为他隔绝情爱的一道高墙。你要是来与他再续前缘,那恐怕是要失望了。"

焕若道:"殿下,我与他可没有什么前缘。我进来邺城,不过是我自己想要做成这件事罢了。"

阿惠亦通过镜子凝视焕若,道:"那便好了!天子是这世上最无情的人,他的情爱不会给你,也不会给我。不过话说回来,若是用男女情爱的那套说辞来框住他,不也把他说小了吗?他心里有无限的悲悯,有家国天下,因此任是他这么无情,我们不是一样要替他辛苦绸缪?这大概就是任是无情也动人吧!"

阿惠转过身,抓住了焕若的手腕,道:"荀姐姐,你现在是在我手里了。我现在可以带你去见一见天子,也可以让文翮把你杀了。你想让我帮你的忙,还得答应我一件事。"

焕若道:"什么事?"

阿惠道:"你要救天子出邺城,必须也得把我带上。我听闻江都荀氏面海经商,你们家的船队曾去过很多很远很远的地方。"

焕若道:"殿下是想随船出海吗?"

阿惠点点头,道:"我读过一本书,里面说去一次南洋诸国,风色好时,半年可以往返。每年十一月刮北风时,商船便从刺桐港启航,乘季风南下至诸岛国,把一船的瓷器、茶叶、丝绸卖出,再补入犀角、象牙、香料、珊瑚、琉璃,待次年五月刮东南风时,趁时返程。这样一来一回，两头可以得利。因此要会相风、观星象，要懂得怎样驶船，还得会说岛夷之言，通其人文风物。这些，荀姐姐都会吗？"

焕若不好意思地笑道："有些会，有些不会。殿下想学，是吗？"

阿惠道："告诉姐姐吧，在柔然时，我很爱骑马，喜欢向着一个方向策马飞奔，或是追逐落日，想着朝这个方向跑去，会遇见怎样的风景，会遇见怎样的人。但看这邺城之中，尽是房屋曲折，哪里有自在跑马的地方呢？这个世界很大，有庙堂，有江湖，有数不尽的风景和美食，但是我困在斗室里，什么也见不到。我曾想过，在花园的假山洞里挖一条地道，一直挖出宫外，或者做一只巨大的风筝，把自己绑在风筝上飞出皇宫。后来，这个计划经过几次变形，成了用鲜肉吸引天上的鹰，等抓到足够的鹰，就训练它们听话，在它们脚上绑上绳子，下面吊着一个足够装下两人的大篮子，这样我和天子就可以坐在篮子里飞出去。"

阿惠这些不切实际的计划把焕若逗笑了，她道："殿下还真是渴望自由啊。"

阿惠点头道："焕若，人生太短暂了，可是即使它这么短暂，它仍然具有无限的可能。我不要把我的余生都锁在一座宫殿里，哪怕它是这世界上最美丽的宫殿。我还看书里说，九州之称，其实并非指中国之内，而是指天下有如赤县神州者九。我们所见之海，不过裨海而已，行过裨海，方才能见着其他的九州，而九州之外，才是无垠之海，名瀛海。为何没有人想要乘着船一直东去，去看看是不是有这样的九州，去看看瀛海之外又是什么？就是穷尽一生，我也想要知道这个世界究竟有没有边界。我想要乘桴浮于大海，去见识古往今来人们都未曾踏足过的土地，然后记下所见所闻，把我所见的地理画成图册，让魏室和柔然的人也都知道。你说这世界到底是什么样的,是不是苍天如同穹隆幕布一般罩在我们头顶上?如果我航行到海角天涯,航行到这个世界的尽头,一定要看看这块天幕的背后是什么。还有《周髀算经》所谓'东方日出,西方夜半',是不是真的?这样见多识广的一辈子,方才叫活了一辈子!"

焕若心想,兴许大魏的城池与宫殿,对她这样一个草原姑娘来说,还是太过逼仄了。她亦被阿惠的心绪感染,不由得生出一种豪壮之情,抱住阿惠道:"好妹子!我答应你,一定护送你出了这邺城。等回了江都,我就让最好的水手来教你,把最好的海船给你用。天涯海角,你想去哪里,就去哪里。"

阿惠道:"我们拉钩,一言为定!苟姐姐,我这就能带你去见天子。但是你得做好心理准备,先前李师父让他装疯,但他是真的有点儿疯了。"

第十一章　风波万里清

荀玫曾以为自己不过是个人间看客。

但他们都告诉她，她是被烈火焚烧的塔中人。

邹二姐的夫家来人把她的尸体领走了，兴哥不愿姐姐被人抬走，一路跟着哭得撕心裂肺，脚趾都磨破了。几日后，雪狐狸买通了狱卒，从青州大牢里救出了邹大伯与邹二哥。父子三人相见，更是抱头痛哭。

荀玫也变得十分异常，有时候意志消沉、落落寡欢，有时候却还像先前那样活泼好动。秋晗安顿好一切后，便带着荀玫，由雪狐狸及其部下护送着返回归云山。邹二哥听了秋晗的劝告，也带着他的妻子、兴哥和邹大伯一起去了归云山。

归云保卫战已经结束，童仙如被打得丢盔弃甲，一路狼狈逃窜回青州城的故事，也已经在衷伯安的稿纸上着了墨。

刚上归云山，荀玫就被黄修送去与她的堂兄荀子夏相见。

这荀子夏在族中子弟里行五，二十七八的年纪，亦是丰神俊秀，通身世家公子的气派。他见了荀玫，先是冷笑了几声，道："七妹妹好本事啊，离家出走快一年，满江都都传，你大概是在外面找上如意郎君了。"

荀玫亦呵呵笑道："找上了，又如何？我看上的人，自然是出色的，难道五哥眼馋了？"

荀子夏怒道："七妹，难道你心中便没有一些廉耻之心吗？逾墙相从，则父母国人皆轻贱之。你自以为得了贵婿，便敢在我面前嚣张起来了，你当祖父能够轻易饶了你吗？就是莒敖之女贵为襄后，然而不媒自嫁，终究能容于家族吗？"

荀玫道："何为逾墙相从，还请五哥为我解释？"

荀子夏道："诗经有云'无逾我园，无折我树檀'，说的便是此了。七妹，你不畏父母诸兄之言，也该为咱们荀氏的声名想一想。"

荀玫笑道："你妹子书读得少，不知道何人要逾你家园，折去你家的树檀？"

荀子夏见她非但不反省，反而装痴作傻，假作不解自己的意思，更是怒不可遏道："七妹别装糊涂了！你往日里揶揄众人，何等机巧博闻，怎会不知道这个？私定嫁娶而不礼曰'奔'，此淫奔之诗难道你不知道？你既做得出这等事来，又何必问我什么是逾墙相从！"

荀玫大笑道："兄长所说逾墙相从，原来是《将仲子》一篇！子曰'诗三百，一言以蔽之，曰：思无邪'，即便是男痴女爱，发乎中情，本就是这世上极真挚极无邪的了。饮食男女，人之大欲存焉，兄长何以以一'淫'字相加？圣人谓其'无邪'而兄长谓其'淫奔'，如此看来，果真是仁者见仁，淫者见淫。更何况《毛诗序》有解，'《将仲子》，刺庄公也'。郑庄公使心用幸，因其母疼爱幼弟而心怀嫉妒，瞒心昧己，陷害共叔段，后逐其弟于卫国，囚其母于颍城，可谓为兄不悌，为子不孝，是以为后世人所讥诮。兄长难道没有读过《郑伯克段于鄢》吗？"

荀子夏怒道："狡辩！《将仲子》一篇本就不止毛氏一解，刺庄公之说不也牵强？再者，共叔段多行不义，自毙其命，怎么反倒怪其兄长？庄公之母武姜为长不尊，祸乱国体，庄公若真的不孝，岂会有后来黄泉见母之事？可笑！当真可笑！你区区一个丫头片子，难道我还要与你争什么气吗，你也太高看自己了吧。"

荀玫看着荀子夏嘿嘿冷笑两声，道："兄长既不屑与区区之我相争，又何必动怒呢？郑庄之事远矣，我何能知之？不过观今人不悌不友之言行，遥想古人之当然耳！"荀子夏被气得说不出话，荀玫与人舌战最是兴起，只为一时爽快，竟有的没的都顺口说出来，道："不瞒兄长，倘或你是这个意思的话，那还真有逾墙相从。只不过，倒不是他逾我的墙，而是我逾他的墙。也不是我相从了他，竟是他相从了我！好一个私定嫁娶为不礼，礼又是什么玩意儿？"

荀子夏急道："住口！你……住口！寡廉鲜耻，亏你还是公府千金……这话也是你能说的？"

荀玫却越发笑得张狂："叫我住口？凭什么！我凭什么要住口？世人皆知美之为美，斯恶矣，皆知善之为善，斯不善矣！我既不知何为廉耻，亦不知何为寡廉鲜耻，难道不比你这种满口廉耻礼教的虚伪之徒强百倍？"

荀子夏道："那你就留在这儿，永远别回江都，在这里自生自灭吧。你可真是那个疯子的女儿！"

他话音未落，荀玫突然跳过去狠狠掐住了他的脖子。外面的人听见动静进来，好不容易才把扭打在一起的两人拉开。

荀子夏走后，众人都担心荀玫情绪会不好，但她看起来倒像是没事儿人一样。她与黄月等诸友相见，相别虽不算久，却恰似经历了生死别离,彼此之间更是亲爱有加。

黄月兴奋地告诉荀玫,她现在也在江湖中小有名气了,还有了一个绰号叫玉面阎罗。荀玫一定要她做东请众人吃酒,黄月自然是应允的。酒席间,众人说起与童仙如交战的种种奇计妙策,无不兴高采烈,说起何文则叛逃之事,不禁群情激奋,一个个口吐芬芳,问候何文则八辈祖宗,一时竟刹不住车。还是黄修转移了话题,说小蓬莱镇的居民在归云保卫战期间大多避祸远走,却也有胆大之人做起了青州兵的生意,趁机发了一笔大财。众人或是以为笑料,或是唏嘘不已。

酒喝到半夜,众人才回了山上。

接连两日无事,直到秋晗接了一封密信。那一夜,烛光在窗内摇曳,秋晗与张舜宾在屋中密谈。张舜宾双膝跪下,要将龙渊宝剑献给秋晗,秋晗却并没有接受。

第二日午饭时,秋晗对张舜宾说起曹孟德收黄巾军为青州兵的典故,张舜宾不解其意,荀玫却听出了他话里的苗头,道:"秋师兄的意思是,张大哥出身名门,遭奸臣构陷而孤身亡命,飘零草泽之中,得遇月儿这样的侠士相帮,郑大哥又做了掩翠山的女婿,何不趁着青州大乱,结交英雄豪杰,打出勤王讨贼的旗号,收拢青州盗匪,把他们转化成正规军。童仙如、李夔这么多年来养寇自重、鱼肉百姓,这等赃官早该被处置了。张大哥可起兵讨伐,取而代之,继而抗击奸相,匡扶魏室,届时号称青、光州牧,都督二州诸军事,博一个封妻荫子、万世留名,岂不又是一段美谈?"

张舜宾看向秋晗,却见秋晗略微点了下头,张舜宾眼中满是感慨激动之情。

荀玫却还在兴头上根本停不下来，竟开始漫无边际地想象，胡言乱语："青州之地，多丘陵河谷可以为地险。故而响马贼寇依傍山河，偕影藏身，各自掩蔽、互为勾连，出则剽掠，入则潜匿，竟至数十年而能不被剿灭。且其左负海饶，右屏山河，内足以自固，外可三面用兵，进可进取天下，退可割据一方。张大哥拿下光、青二州，文有归云众彦为之辅弼，武有掩翠群豪为之驱策，文武并济，则向西直取邺城，挟天子以令诸侯，再西向灭代王而吞并州。若以汉九州而论，并州东有太行屏障，南则首阳、王屋，西有汾、浍襟带，北则雄关雁门，故而历代无不责其牧以分陕之重，如若失之，则是奉送天险予仇寇。既得其地，可以东北用兵。幽燕之地尽得辽东鱼、盐之利，于我有挈裘之势，且与北狄相亲，自古便是一大患，故而前汉有陈豨之叛，后汉有彭宠之祸。前人之鉴，欲安邺都，则必稳固河北。彼时张大哥已尽得代地，可发兵飞狐口，突袭而定渔阳、燕郡。再向西击破西房，南下扫平吴越，荡平宇内，混一南北……"

这套说辞再继续下去只怕便是改朝换代了，张舜宾赶忙打断荀玫道："荀妹子，你快住口！"

原本午饭时还高高兴兴，谁知到了下午荀玫便发起疯来。

她在厨房里抱着一个药罐大哭不止，任谁也劝不好。

恰逢这时，江都又来了一位贵客，是一位年轻美貌的女子。女子名唤斐娥，乃是江都公身边最年轻的一个都管。她一身锦衣华带，看起来富贵逼人，身后跟着两个丫鬟、五六个小厮，那气派，竟比荀玫还更像公府千金。

这斐娥与黄修叙过了话，便要去见荀玫。黄修没办法，只得把她带去了厨房。

一个年长的厨娘解释道:"荀姑娘过来,倒是说了好些话,只是多为南音我们也听得半懂不懂,那时候还不曾哭。一会儿煎药的红香小丫头来了,才勾出事儿来。荀姑娘要看她的药方子,那小丫头便给了她。谁知荀姑娘一看之下,直说这药方子不好。那方子据说也不过是些寻常的当归、川芎一类,我老婆子也觉不出有什么不对。那小丫头赶快解释说这不是荀姑娘的方子,这是煎给雪姑娘的。可荀姑娘根本不听,还是说这方子不好。我们便问她这方子哪里不好,她就哭着说坏就坏在这当归上,若没有这当归,就是好的。我们又问当归哪里不好,她就说这当归自然是极坏的,古人都说但有远志,岂在当归,怎么今人偏不懂呢?"

这一通话没头没脑,更是讲得旁人如坠云雾。斐娥倒是听得明白,却是碍于中冓内情,不肯对别人明说。斐娥心下猜测,荀玫素与从兄弟们不睦,如今更是深恐其讪谤于内。家主虽在孙儿辈里最疼爱荀玫,亦怕众口铄金、积毁销骨。

就是曾参一般立身以正、慎独恭谨,也有谗言三及,慈母不亲,何况荀玫平素恃宠妄为,哪能事事都行得端方?不光她逃家出走,就她平日在家时的诸多忤逆行径,所有罪愆,若一时并算,她哪里吃罪得起?也难怪她忧虑至此了。

斐娥素知荀玫的秉性要分了两面来看,一面她乐笑善语、机敏可人,可另一面却心思深重,常常为莫名之事大悲大恸。

可笑荀玫病得糊里糊涂,把岐黄之当归解作了当归于家。然而其浑浑噩噩之时,竟还不忘掉书袋引姜伯约"良田百顷,不在一亩,但有远志,不在当归",当真是十足的迂阔可爱了。思及此,斐娥心下道,待她病好了,倒可以此取笑些时日。

斐娥又瞧见苟玫兀自抱着药罐不撒手,似乎正发癔症,哪里还认得出自己。苟玫最近憔悴得厉害,原本的俏丽佳人,此时却形销骨立,一身的盎然生意仿佛被一下子抽干了,好似才盛开的花苞,一霎眼便枯朽了一般。

斐娥被苟玫这情状惊得一身觳觫,眼眶瞬间红了,险些没忍住眼泪,忙取了披风来将她围抱在怀里,又取了热水一点点喂给她。

斐娥一边喂着,一边迁怒起黄修来,责怪他没看顾好苟玫,在这小厨房之内大发了一通雷霆。

好不容易哄着苟玫上床歇息,又请了大夫看过,斐娥的气也消了大半。斐娥想这黄修虽年轻,却毕竟是归云山的少主人,也自责方才火气太盛,不该对他无礼,于是温言道:"这大悲大喜是我家姑娘的宿症了,方才是我太过心急,失礼之处,还望黄真人别放在心上。"

黄修是个素性宽和之人,虽受了无名之火,却也不甚在意,道:"怎么苟师妹一直有这样的病症吗?"

斐娥苦笑道:"说起来,我虽与她相识十数载,对她这病症的由来,却也是不甚了解。我家七姑娘从前读刘伶、阮籍、嵇康之事,就仿佛与古人携手交游,自觉与其人异世而同尘,因此立意要做个竹林中的任情任性之人,整日学了人家非汤武、薄周孔,视礼法为粪壤,恨不能有一日也驾了鹿车,饮醉于途,吩咐人道'死便埋我'。只是她十几岁的年纪,又并无些家国之变、远虑近忧,哪知道魏晋时人胸中块垒,哪里知道人家是抑郁而不得抒发,只得放浪形骸,移情山林?我看她往常所矫情痛惜者,不过是青春易逝、年命不永,强做些伤春悲秋的愁态罢了。也是因为我家主君极疼这个孙女,家里竟没人敢招惹她。人人宠着她,惯着她,见她哭了闹了，也只得小心哄着陪着，养出这一身的娇病来。她反倒觉得周遭都是俗人，无人能了解她。可她打生下来，体会过什么悲欢离合，又见过几样民间疾苦？就是因为身边儿什么都不缺，反倒觉得人生百无聊赖了。"

黄修道："也许是有真正伤心之事，只不过我们不知道罢了。"

斐娥笑道："你说得也是。一人有一人的境遇，她心中的事情，我也未必知道。我不过是以己度人，便觉得人家是无病呻吟。"

这两人在荀玫房中说话时，那雪狐狸也在一旁，她待黄修走后，对斐娥道："斐娥姐，我看荀姑娘并不是无病呻吟。她近来也确实遭逢了许多事。但她这人逆反得很，不肯要旁人知道她是为某事而难过，因此一直积压在心里。这事儿说起来也怪我，在青州营帐与她相处了几日，还以为她是童仙如的客，她也只说自己叫阿玫，并没说是荀家的人。不然，我也不会撒下她不管，自己回掩翠山去了，留下她在童仙如那受了一番苦。还是秋先生到掩翠山找我，才告诉我阿玫是你家的人。"

斐娥道："薛家妹子，玫儿的事，你用不着自责。她清楚你们与江都的关系，生怕你送她回家，又怎肯对你说出自己的出身来？你虽与她相识不久，却看得比我更透彻些。这些天到底发生了什么事，你快与我讲一讲。"

雪狐狸便从童仙如围困归云山，一直讲到火烧永宁寺。斐娥早知道归云山被围，但荀玫这样大胆竟一把火烧了古刹，还是头一次得知。

雪狐狸又道："贵府上的五郎前两日才到了归云，和阿玫好吵了一架，又对我们掩翠山好一通指手画脚。我爹不当这两州的总瓢把子已经多年了，如今在掩翠山，不过是找个山清水秀的地方安心养老罢了。难道江都公他老人家的意思，是要我们如今归五公孙管辖了？"

斐娥冷笑道:"荀子夏?他那是拿了根鸡毛当令箭,我家主人要他北上不过是留意些生意上的事,他就各处横插一手,又来招惹我们七姑娘,又想要在你们这里收拢一把。薛家妹子放心,江都公与令尊的约定不会变,过去什么样,今后咱们还是什么样。只要这商路通着,怎么都好说。"

雪狐狸笑道:"有姐姐这句话,我们就放心了。"

斐娥微微笑道:"说起五郎来,他父亲近来的确在家主面前得脸,他那一房的人便都张扬起来。但他终究是代表江都来的,他说的话,也未必就不是江都公的意思。雪姑娘何不请令尊修书一封,去我家主君那里问个明白呢?"

雪狐狸揽着斐娥的手臂,对她眨眨眼道:"放心,我知道姐姐的意思。"

斐娥叹道:"其实,七姑娘她也是苦命的人。她五六岁时,母亲便得了病,被送到乡下庄子里养病了。她父亲又续娶了一位后母,待她也不是很好。她性格倔强,行事又与常人不同,不为家族所容,是十目所视、十手所指。若不是我们家主怜爱这个孙女儿,把她养在身边亲自照料,只怕她未必活得到这么大。"

雪狐狸亦跟着叹息,她们二人又聊了一会儿。雪狐狸道:"姐姐这次留几天?我还想你来喝我一杯喜酒呢。"

斐娥笑道:"薛姑娘大喜啊!却不知道这新郎官是谁?"

雪狐狸眉眼弯弯,伏在斐娥耳边与她说起了悄悄话,两人你推我搡地笑作一团。

荀玫在床上悠悠醒转,一睁眼刚好瞧见斐娥与雪狐狸二人。她轻轻咳嗽一声，斐娥赶忙走了进来，道："七姑娘可觉得好些了？"

荀玫面露喜色道："斐娥姐姐何时来的？快一年没见，让我好想你。你怎么越来越好看了，我真想天天都能见到你。"

斐娥用食指在她额上轻点了一下，道："你这小油嘴儿，既然想天天见我，就跟我回江都吧。"

荀玫眉头一皱道："我不愿回去。"

斐娥疑道："为什么？你要是忧心你祖父罚你，那是大可不必，他想你还来不及呢。"

荀玫道："姐姐要是跟我说这个，那就请回吧。我既然跑出来了，就不愿再回去。我若是回去了，迟早有一天要忧郁惊怖而死。"

斐娥问道："七姑娘，你心里到底怕什么，是江都，还是金陵？主君已经说了，你不愿嫁吴王世子，这都由你。咱们江都荀氏是几百年的大族了，难道还护不住一个你吗？"

荀玫虽病着，却依旧是牙尖嘴利："护得住我？我是看明白了，这世上任谁也护不住谁，个人只得按照个人的命罢。朱张顾陆、王谢桓庾，哪个不是盛极一时，哪个不是瓦解冰消，偏独你们荀氏千秋万代吗？"

斐娥亦怒道："七姑娘可看清楚了，我斐娥是姓荀吗？"

荀玫道："反正我不回去，你就是绑了我回去，我也要用牙把绳子咬断。"

斐娥冷笑道："七姑娘既然这么说，那我就一路绑了你回去！你道我不敢？主君若是问起来，我只管说是你犯了病要自残，难道他还要降罪于我吗？"

荀玫听了这话，索性撒泼打滚地哭闹起来。斐娥何等精明强干的一个人，此刻却也无可奈何，安排了黄月来哄她，原定着回江都的日子自然也只能延后。

转眼立冬过去，归云山上爆出了大新闻——归云居士终于要回来了。

黄修每天都神经紧张得像是要上考场了，神经叨叨地安排众人洒扫校舍，每日游荡于各个校舍，趴在窗户上监督所有人上课。

归云居士归来的日子越是临近，黄修就越是惴惴不安，不停地对人道："我一开始就不应该留下来，要是我不留下来，我也不能摊上监管归云山这么个事儿；不摊上这么个事儿，我也不至于一个人背起全部的锅。天呐！要是当时选择跟着我师父一心去修道就好了。"

与黄修相反，黄月倒是开心得不行，每天都坐在山脚下等信儿。

终于，归云居士回到了阔别已久的归云山。他是悄悄上山的，并未惊动众人，唯独被守在山脚下的黄月发现了。黄月挽着父亲的手臂，缠着父亲说话。归云居士好不容易打发了小女儿，先去拜见了秋晗，又探望了张舜宾，最后则去会见了斐娥。两人一番官方客套话后，又招了荀玫来相见。

归云居士笑着道："七姑娘也长这么大了，可比之前见你时高出不少。"

荀玫此时的状态倒十分正常，一双眼睛笑盈盈的，对着归云居士补行了拜师礼。两年前在江都荀玫就见过归云居士，当时对这个英俊潇洒、谈吐不凡的大伯印象很好。

荀玫道："两年前一面，师父竟然还记得我。"

归云居士道："怎能不记得？那时，修儿在你们一班姐妹面前，卖弄玄虚，说了两句'彼无形者，聚之散之，全在势也'，'彼无待者，起之去之，尽随性也'，要你们猜他的意思。你当即便回答道：'无形之物是水，聚散无常，因势利导；列子御风，犹有待也，无待者莫过于风。故而这两句话说的是因风随水，水为入世之表，风为出世之范。然而因风随水者，则可化入世为出世。譬如，人都道入世须学东方曼倩，几人知东方朔不是入世，乃是出世？小隐隐于山野，中隐隐于市巷，大隐隐于朝堂。真正的大隐士，即便身处朝堂，也如身居山野一般自由自在。其人情练达也如水，其放纵自然也如风。'如此机敏慧黠，怎能不叫人印象深刻啊？不知两年过去了，阿玫可在出世入世上有了更深的体悟？"

荀玫低头道："师父快别揶揄我了。弟子……出世和入世，我都没有做好，弄得自己不容于世，一颗心也总像是在牢笼之中，不得自由。"

归云居士道："没事的，阿玫，慢慢来。你还年轻，人生的道理要一点儿一点儿来领悟，可别以为读了诸子百家，就能从此不惑。我相信，你总有一天能找到让自己舒服的状态。听说你近来缠绵病榻，师父已写信请江南神医来给你瞧瞧，过几日大概就到了。"

荀玫拜谢过后，便被打发回屋去了。归云居士见过了客人，这才空出时间来发落黄修。黄修战战兢兢地侍奉在侧，把近来归云山发生的事又详细地讲了一遍。

归云居士叹道："只是可惜了何文则啊，他是个踏实干事的人，我的本意是要他帮着秋先生……黄修，身为监管竟然玩忽职守，原本是要重责你的。你能在青州兵来犯之际，团结众人保住归云山，是你大功一件。但先过后功，功不掩过，该罚的，还是要罚。你可认？"

黄修道："父亲说得对，孩儿认罚。"

归云居士笑道："修儿，我原本以为你修道不过是为了一时好玩。两年了都还穿着道服，怎么，你是真打算弃了我和你妹子出家呀？你知不知道作为你爹，我现在看你穿这么一身衣服特别别扭，就好像能听见江若微那个老牛鼻子在我耳边喊我老浊物一样？"

黄修见他颜色缓和，也松了一口气道："看您说的……孩儿一直是宅家修行，哪里就抛弃你们两个了？爹，您和我师父都多少年的朋友了，您要是真不想听'老浊物'这三个字儿，还请他上归云山做什么？"

归云居士道："这不是为了给荀家七姑娘瞧病嘛。你看看你惹的这麻烦事，人家来了，反而病在咱们这儿了。她要真在咱们这儿有个好歹，江都那促狭老头不得怨恨上咱们父子？行了儿子，你去面壁思过吧，面够三天再出门。我得去找你妹子说话了，不然她该怨我不搭理她。"

江南神医江若微在数天后上了归云山。那道士坐在归云山顶的一棵古松下，给荀玫号过脉，又细细端详了她的面容，道："姑娘这病不在身上，而在性情上。人大喜则伤于阳气，大怒则伤于阴气。阳根于阴，阴本于阳，你必是自小就大喜大怒，如今落得阴阳并毗，寒暑不和，故而有此宿症。我开一服方子给你，你先吃着，再用性温的膳食慢慢调养，此外还要切记，忍怒以全阴，抑喜以养阳。记我一言'志闲则少欲，心安则不惧，无为则恬淡，神专则魄聚'，你要每天念诵几遍，养心养性，少思虑。我再教你一套栖神导气之术，每日也要多练，就是我不在这儿，也能跟着黄修练。"

斐娥亦站在一旁，忙推了荀玫一把："七姑娘，还不快谢谢仙长？"

荀玫忙拜道："荀玫终生不敢忘仙长之恩。"

道士叫她快起来，又借机讥讽归云居士道："还真是老浊物的弟子，这么多虚礼。"

那道士又瞥眼瞧见兴哥在旁边练武，便唤道："那小孩，你也过来。对、对，说的就是你，别看了，除了你谁还是小孩？以后跟着这个姐姐一起练功,知道了吗?好好监督她。"

兴哥自从上了山,就体验了一把什么叫"集万千宠爱于一身"。他年纪虽小,却机灵懂事,惹得众人无不喜爱。结果就是归云山全体开启养娃模式,九流十家都争着要给兴哥开蒙授课。张舜宾更是送了一把小剑给他,亲自传授他家传武学。

于是,荀玫和兴哥每天早晨便在山前练功,伸颈转关,猿经鸱顾,配以猿鸣鹤唳,动作滑稽,十分有趣,竟引了归云弟子和小蓬莱镇的不少人围观。一开始有几个不那么看重个人形象的跟着学起来,后来竟渐渐成了风气,归云山上人人都早起在山前做操。

每当众人早操时,归云居士便和道士坐在一旁的树下下棋。

归云居士道:"二载未见,不知你这老牛鼻子棋力上有什么长进?"

那老道道:"仍在'用智'上逡巡,还未到'通幽'一品。"

这两人端坐古树之下,衣袂飘飘,风姿十足。小蓬莱镇卖菜的大爷围观几局过后,终于确认了这是两个臭棋篓子。但他们刚好臭在同一个水平上,竟也是恰逢敌手。

归云居士写信向江都公说明荀玫的情况。斐娥因江都还有事,便先一步返程了。日子一天天过去,荀玫的情绪也渐渐稳定了下来。时间就来到了新年。

除夕之夜,忽然飘起了大雪,天地一片茫茫。不知是谁先抟起地上的积雪砸向某个好友,总而言之,归云弟子开心地打起了雪仗,直到吃年夜饭时才暂时休战。

好友们一起守岁,自然是快乐无边。大家说笑、祝酒,满怀成就感地看兴哥在大人的催逼下背诗、舞剑,畅想着来年会发生什么。黄月还趁着人多嘈杂，告诉了荀玫一件事——请江南神医来给荀玫看病，还是秋晗向归云居士提议的。

乌云散尽，月露中宵。

荀玫踩着积雪独自走向后山。漫山的积雪映着月华。山间亮起一束束火把，远远的，却给人一种温暖，仿佛整个世界都被这温柔与安宁的光包裹着。她又在刚才热闹温馨的氛围里，感受到一种孤独失落，但那只是淡淡的、柔柔的，并未演变成无状的恸哭。

这就是除夕了，荀玫心中念道。她从未觉得除夕与一年中任何一个夜晚相比起来有什么特殊之处，可是此时此刻，她却突然有了一种别样的感觉。就好像因为这个特别的时刻，她的感受与整个世界连通在了一起，就仿佛这漫山的白雪在呼应着她，温柔的月华也轻拥着她。

荀玫所经历过的短暂人生中，有一大半时间都在想怎么逃离。她不止一次幻想自己是一只飞鸟，朝游北海、暮宿苍梧，她会永远飞向更远的远方，看遍整个世界。但现在，至少是在这个雪夜、在这一瞬间，她想要留下。

荀玫又想起与秋晗和黄月借住在邹大伯家的那个夜晚，一边编着竹条一边听促织鸣叫。那样安宁而充满了烟火气的日子，离她那样远，却又那样近，近到仿佛就在她的心里。

"怎么又自己一个人出来？"

荀玫转身，是秋晗。他正站在一株梅树下，安静地看着自己。一片洁白如玉，柄处却透着些许粉红的梅花瓣刚巧飘落在他的肩头。

荀玫忽然想要开个玩笑。

"'摽有梅，其实七兮。'"

> 摽有梅，其实七兮。求我庶士，迨其吉兮。
>
> 摽有梅，其实三兮。求我庶士，迨其今兮。
>
> 摽有梅，顷筐塈之。求我庶士，迨其谓之。

这是《诗经·召南》中的一篇，唱的是一个少女，借捡拾坠落树下的梅子起兴，要她的情郎开口向自己求婚。

荀玫虽然离经叛道，却也从未想过自己能像先秦古人那样大胆地诉说爱恋。但说了就是说了，她靦然一笑，也没什么可羞愧和后悔的。

秋晗没有回答她的请求，只是道："我收到消息说，天子病重，我今夜就要赶回邺城去了。"

荀玫怔在了原地，消化着心头的失落。良久，她才道："我总是很奇怪，为什么有时候感觉，我离你很近，可是有时候，我却觉得你离我那么远？你就不能为了我留下吗？文氏专权，天子不过是个坐在龙椅上的傀儡，你就算回了邺城，又能做什么呢？你不过是投身于一个牢笼，手脚都被绑缚起来，遇事则多方牵制，行动则遭人掣肘……"

"阿玫，你不回江都去吗？"

"秋师兄，你先别说话，先等我说完，"荀玫用力忍住眼眶中的泪水，道，"你知道我为什么不愿意回江都？"

秋晗摇了摇头。他这个人，总是内里透着一种温柔悲悯，然而又是那样坚定，显得刚强不可凌。

荀玫还是没能忍住，眼泪一颗颗地掉落下来，道："因为那里就像是个囚笼，他们不是用四方的砖砌高墙，而是用人心里的条条框框把你困死，那些礼教制度、繁文缛节，能把人压得窒息。我的母亲出身寒门，我的外祖父在金陵执掌机要之职。出阁之前，我母亲就是名动金陵的才女,她的灵魂就像山间的风一样自由。我的父亲在祖父授意下求娶了她,可是他和他的家族却看不起她。他们明里暗里地蔑视她的出身,甚至不允许她亲自教养女儿,他们用那所谓百年家传的礼制族训生生把她逼疯了。终于,我父亲娶了一位配得上他高贵血脉的高门之女。他们终于满意了……我的祖父是个相对开明的人,可也是整个牢笼的掌控者。他看惯了低眉顺眼、卑躬屈膝的囚徒,因此当他看见我这个不那么听话的囚徒时,他觉得新奇,觉得有趣。相比于他人,他的确纵容我,但说到底,也只是在那囚笼的铁律之内纵容我。"

秋晗道:"如果你不愿意回江都,我可以请归云居士把你留下。我还有个问题想问问你,你觉得斐娥是个怎样的人?"

荀玫擦去了眼泪道:"她呀!说真的,我还真有些怕她。'夫火形严,故人鲜灼;水形懦,人多溺。'这水啊,默默温柔,谦恭走下,看起来毫无威力,然而却比火更适合用作杀人之利器。因为人会提防火,却鲜少提防水。你只看斐娥人前温柔似水,却不知她背地里杀伐决断的手腕。她又在我祖父面前得脸,我也怕哪天不备惹恼了她呢。"

秋晗道:"斐娥原是你家的婢女,这样的出身,自然要有些手腕才能够在主子们面前周旋。她心里虽有谋算,也杀伐果断,却不是个好杀滥杀之人。况且,她虽然理解不了你的心事,却是一心护你周全。你也必定是做了什么对的事,才让她如此看重你。"

"对的事?我做得对的事可太多了……"

秋晗抿嘴笑道:"她倒是给我讲过你小时候的一件事。"

荀玫怕斐娥说了自己什么坏话,立时警觉道:"什么事?"

秋晗道:"斐娥说,你们荀府里原先有个十分受宠的姨娘,因与另外一个姨娘相争斗,非说要吃那位姨娘养的两只鹦鹉,就派斐娥去拿那鹦鹉，还通知厨房说肉全不要，只要脑髓那一块儿做成豆腐模样。鹦鹉都很聪明，离了主人，它们在笼子拼命地叫。斐娥看着它们的眼睛，只觉得它们又惊又怕，扑腾着想要从笼子里出来。斐娥不忍看鹦鹉这样，却不敢违背主人的命令放生了它们，只能心硬着提了笼子向厨房那边走。她在路上碰见了你，你说要看看鹦鹉，她就举起笼子让你看。谁知你趁机打开笼门把两只鹦鹉都放飞了。"

荀玫笑道："我那时候就是专门与大人作对，斐娥记得真清楚啊。"

秋晗亦笑道："你总托名与人作对，可斐娥却觉得，你是看出了她脸上的不忍，才去帮她放生那些鹦鹉的。斐娥说，她被卖入荀府之前，在人牙子那里，和其他的女孩一起被关在一个木笼子里。她说那两只鹦鹉被放生，不知为什么，就像是她被放生了一样。"

荀玫有些赧然，秋晗继续道："既然她这样爱重你，那你何不多与斐娥亲近亲近？你是个务虚的人，而她却是个务实之人，有她护着你，你也能少受些谮毁。"

荀玫点点头道："那你还要回邺城吗？"

秋晗道："阿玫，你曾对我说，人生于天地之间，年命不满百，况还有生老病死诸多苦厄，谓天盖高、地盖厚，人行其间，却不敢不局不蹐！仿佛囚犯一般，一出生就戴着镣铐，佝偻身躯，急匆匆来去。因此，你说为人，要纵情任性。你说得不错，这人世间，的确是充斥着各种各样的痛苦。天下割裂，百姓倒悬，当今的朝廷从上到下烂了一片。文渤自主政以来，对官员豪族何等宽仁，但对黎民百姓何等苛暴，有多少征夫嫠妇号泣于旷野，多少孤儿寡母两不相完……'一为黄雀哀，泪下谁能禁。'这是阮嗣宗的诗，阿玫应当读过。阮籍感叹司马氏弄权，魏室将亡。然而大厦将倾，自己却欲救无计，欲退无路，天地广大，却无处可走，只得痛哭流涕。阮嗣宗为人以放诞称名，但有几人知他是因沧海横流，尽其力却不能挽救，才做穷途之哭？阿玫之哭，虽托言莫名，但究其根本，不也是为世情所感吗？"

荀玫破涕为笑："你把我想得也太好了……"

秋晗道："阿玫，你给我讲了你的事，那我也给你说说我小时候的事。柔然南掠那年，我六岁，与家人失散，只能坐在路边哭，是一个行乞的大娘救了我。她说自己不记得年龄了，我现在回想起来，她那时候大约也有六十岁了。乞讨一直是很难的，因为显贵之家的奴仆最不会发善心，而农户多数也没有什么余粮接济别人，得弯多少次腰，磕多少个头，才能要来一碗稀粥啊……这些我曾经都不知道，因为不管多难，大娘都会从别人那里求来稀粥和剩菜给我吃。她要饭的时候，总让我在看不到她的地方等着。我跟着她每天都在走，从这家到那家，从一个村子到另一个村子。我就这样，吃着百家饭活了下来。后来，她把我送回了我伯父身边。大人一直不让我见她，我甚至都不知道她是什么时候离开的。她曾对我说，只希望我长大以后，能当个好王、做个好官，别再让百姓们过得这么苦了。后来，我再也没见过她。我身边的人全然不知道，在朱甍碧瓦之外还有另外一个世界，那里民不聊生，或者他们知道，他们只是不在乎。阿玫，你相信'玄佳'谶语和明帝的梦示吗？"

荀玫反问道："那你信吗？"

秋晗道："我相信，我相信我就是那只黑色的凤鸟，那是我的使命。不是因为我生在帝王之家，而是因为命运要我遭逢的这一切苦难。我亲眼看到了苦难，又怎能不去拯救？我也常常看到一个幻影，它就在我的眼前。小时候，它还只是种朦胧的意象，而现在，它变得越来越清晰和真实，仿佛我伸手就可以触摸到。在那幻影里，九州一统，四海清晏，对酒歌,太平时,吏不呼门,王者贤且明,宰相股肱皆忠良……我逐渐明白了,那是未来的影像。我相信那样的未来终究会实现。"

荀玫看着秋晗的双眼,一句话也说不出来。她在秋晗的眼睛里看到了一种动人的情愫。那种情愫如同漫延的春光、一层层波纹推开的湖水,她被淹没在其中。晚风、花香、虫鸣,荀玫仿佛感觉到整个宇宙的律动,并已经融入这个世界。

对酒歌,太平时——那是怎样的适意与悠闲?秋晗为她提供了生命的另外一种解答。仿佛那种时时刻刻压迫着她,让她无所遁形的力量随着秋晗的话语自然消解了,她再也不需要无休止地向远方奔命……

秋晗未来可见的命运是那样温热广大,消弭了荀玫私情上的失落感。最后,她只是笑着道:"那看来,我们是不得不道别了。"

秋晗亦笑道:"是啊。"

荀玫佯嗔道:"'旻天兮清凉,玄气兮高朗',确乎好词。可我都还没叫过你真正的名字,从今往后,我都没机会再叫你的真名了吧?好羡慕你,有时候我也会想,要是我也能做一番事业,那该有多好,那时候我自然有我的一番道理。'吾希段干木,偃息藩魏君。吾慕鲁仲连,谈笑却秦军。'可惜我既做不得段干木,也做不得鲁仲连……我这样的一个人,是什么也做不成。对于未来,我只有一种困于斗室的枯燥和在深渊中跌落的焦虑。我打小便觉得人生逆旅,一辈子的相逢际遇,都不过是杨花浮萍,一时相聚在一起,或是风起,或是流波,顷刻间便要散场。又觉得这世上的事,再怎么花团锦簇、烈火烹油,也总有一日冰消瓦解,化为烟尘。因此每每纵情游宴,却于愈热烈时心中愈感凄凉哀恸,益发狂欢痛饮起来,只觉得这是此生的最后一次欢愉……旻朗、旻朗……好奇怪,这名字怎么那样陌生,就好像根本不是你。我今夜一定要多叫几次这个名字,让它在我的心里熟稔起来。"

秋晗笑道:"名字也只是个代号罢了,对阿玟来说,无论从前还是以后,我会一直都是秋晗。对了,你有字吗?"

荀玟摇摇头。

秋晗道:"那我为你取上一字,你看可好?"

"好。"荀玟答道。

秋晗道:"玟乃玉石之瑰丽者,孔子有言'远而望之,焕若也,近而视之,瑟若也'。玫瑰又素有火齐之称,需从火字边。不如就取'焕若'二字,子曰'焕乎其有文章'。阿玟,我相信你的未来也是如此光华灿烂,你可以成为任何你想成为的人,所有你想做的事,只要你用心去做,就一定能够做成。你只需要别再把自己困在那个自伤自怜的囚笼里。"

荀玟有些不敢确定:"你真的这么相信?"

秋晗诚恳地告诉她:"我真的这么相信。"

秋晗这样告诉她,这信念就在她心里扎了根。

从那之后的数年里,荀玟一直关注着他,她回过几次江都,也到过几次邺城。荀玟听说他娶了一位柔然姑娘,听说他与文渤周旋智斗的种种,听说他在堂姐自杀后大受打击,听说他被幽禁在了北辰宫……

他们说秋晗成了龙椅上的傀儡。

但秋晗本该是拯救世界的英雄,成就那古往今来为世人所企盼的内圣外王的君王。

荀玟也不禁在想,那孤悬于众生之上的至高宝座,是否让秋晗感受到了那种坠入虚空的徒劳与惶恐。他的眼神是否还是那样温柔坚定,因共情世间的苦难,胸中宛如烧着一盆炭火,是否还一心不改,为救众生而入地狱……

荀玫始终记着他的话——任何事，只要她想，并用心去做，就一定能够做到。

于是她的船队启航了，十二只巨船张挂锦帆，逆流而上。她劈波斩浪，一往无前。终于，她就要与他重逢了。

焕若从没有想过，元旻朗会变成这副模样。元旻朗，这是秋晗真正的名字，可她还从未这样叫过他。他离开归云之后，这两个字已经成为国讳，她大概永远也无法这样称呼他了。这两个字流连在她的唇齿之间，是那样陌生，难以与他的形象重合。

秋晗见到她，固然是兴奋的，浑身颤抖着，对她说出梦一般的呓语。

"阿玫，阿玫……"

"真好，我又见到你了。"

第十二章　应是到天涯

风烟既定，秋景宜人。

赵思齐等五人又聚会于韩家酒肆，这次，是为了给南下金陵的刘生送行。酒肆的小伙计今天心情不错，哼着隔壁姑娘常唱的俚曲忙进忙出，一点儿也不喊累。韩老板那一个八岁、一个六岁的两个小儿，则又坐在店门口看起了大船。

小的那个兴奋地说："哥，哥！大鱼驮着大船，动起来了！"

大的那个则故作高深道："傻！那是有人在船里蹬桨呢！"

韩家酒肆楼上，四人你一言我一语地问刘生关于秋晗先生的事。刘生都一一解答。蓝生是个胆大机灵之人，道："兄长实话告我，那秋先生究竟是个怎样的人？秋先生可看重兄长？兄长也别怪我有此一问，如今有多少虚伪之人都博个礼贤下士的名头，实则却轻薄有识之士。我是怕这秋先生不能以上宾礼遇兄长……"

刘生笑道："贤弟放心，秋先生是个极能识人的人。我早先一次见他时，他身体抱恙，因此见得实在仓促，没来得及多聊，也以为他只是个揽客慕虚名之人。昨日再见，却发觉此人胸中的经韬纬略世间罕有。我与他聊了半日，竟丝毫不觉得疲乏，反倒兴致愈盛，他是个知人之人呐！"

登船的时间将近，诸生依依惜别，祝酒言欢，把那青山不改、绿水长流、他日再相逢的话说了一箩筐。众人之中，唯独赵思齐显得格外落寞，自打申万景败走回老巢后，他便一日日地消沉下去。兄弟几人相劝，他亦苦笑道："我自以为得遇良主，谁知是鱼游沸鼎、燕巢飞幕，倒是让贤兄弟们笑话了。"

刘生宽慰他道："过去之日不可追，未来之日犹可期。贤弟大才，定会有施展的一日，莫要自伤自弃。"

赵生点点头："兄长放心吧。"

可刘生还是对他放心不下，嘱咐其他三人道："我这就得准备登船了，赵贤弟还就拜托各位贤弟了。"

蓝生笑道："兄长放心吧！别误了登船的时候。等到了金陵，可记得来信给我们。他年回来时，记得多带些淮南的瓜果，是我爱吃的。"

那边，刘生别了诸友，回家收拾好行李，大步向船队走来。这边，清水闸上摆起了宴席，数名舞姬衣袂翩跹，和着鼓点阵阵，踏着大江东去，有一番非常之壮美，这里自然是相王的主场。

相王看着坐在自己身边的斐娥，一想到即将与她远别，不禁心中凄楚。这无双的美人快把相王逼疯了。他们相处时日不多，却也不算少，这美人总是忽远忽近、若即若离，竟是一口也没让他吃到。

可相王现在又没法强迫她留下。申万景夺了相城的那一夜，若不是斐娥提前获知了消息劝他避走，把他藏在一个田庄里，只怕他早做了申万景那贼子的刀下亡魂。就算申万景不杀他，他今后恐怕也只能像大行皇帝一样当个被人操控的傀儡。

后来，申万景率兵在天平峡伏击文翱，斐娥又趁机联络相城的旧将，动之以恩义，又许以重利，趁着申钺不备直接俘虏了他。城内申氏守军丢了主将又措手不及，被打得大败，他们这才夺回了相城。

申万景在天平峡并未见到文翱，却被文翱的一支疑兵钓进钓出。那疑兵如同一群狡猾的狼，吃了诱饵却就是不入陷阱。申万景气恼之下回到相城，却发现相城的城门紧闭，还频频放箭，自己的儿子被绑在城头做了人质，文翱也率兵从邺城而出。申万景不愧是久经战阵的将领，虽连遇不顺，却很快整顿部队与文翱交战，打得文翱丢盔弃甲，带着几个亲兵逃回了邺城。

经此一战，原本申万景这边的士气恢复了些，这时却又传来燕、代回兵对申万景形成包围之势的消息。万般无奈之下，申万景顾念亲生儿子的性命安危，只得暂且撤军。

相王原本以为自己妹子与申钺大闹多次，又经历了几天相城被夺的晦暗日子，和申钺应该早已没了夫妻情分。谁知她竟死也不肯与申钺离婚，又以性命胁迫自己要保申钺周全。有妹叛逆如此，真是让相王头疼不已。

经过这一番生死劫难，相王觉得自己是真的有些爱上斐娥了。如果斐娥愿意留下，他甚至可以娶她做正妃。但不知为什么，斐娥却一心要走。她明明为他做了那么多事，却为何独独不愿意与他长相厮守？

临别之时，相王再一次问："姑娘真的不肯留下吗？本王的一颗心，今生也只能给姑娘了。难道这几日的患难与共，姑娘对本王就一点儿情意也没有？"

斐娥含笑道："殿下的深情厚意，婢子感念于心。不知殿下可听说过翩翩这种鸟？"

相王道:"姑娘说的是'周周尚衔羽,蛩蛩亦念饥'的翾翾?"

斐娥点头道:"翾翾在河边喝水时,怕头重脚轻掉入水中,因此衔着自己的羽毛,与人情爱又何异于溺于一条河中?殿下可能不知,像我这样的微贱之人想要谋求些什么,就如高空走一条孤索一般,每一步都要权衡左右,小心翼翼,稍有不慎,便是粉身碎骨。正是因为清醒自持,我才能走到今日这一步。翾翾尚且衔羽,我又怎敢耽溺于情爱呢?"

相王这才知道斐娥是面慈心坚。他自被夺了相城后威望大减,反倒是斐娥因为贿赂众将领而颇得人心。相王自知也没法用蛮力留下斐娥,只得悻悻然地与她辞别。

说起秋晗,还有件让相王狐疑的事儿。

相王在席间是第一次与秋晗相见,却左看右看都觉得怎么那么眼熟。宴席结束,船队即将起航时,相王才猛然想起,那不是被文翾谋害的大行皇帝、自己的远房大侄子元旻朗吗?

难道世上真有如此相像之人,是孪生兄弟,还是说那就是曾经的天子?若真是天子,就决不能让他离开!

想到这儿,相王赶紧差人通知董翰暂且不要放行。他召来主簿何典道:"今日宴会上的秋先生,当真是先生的同门秋晗吗?"

宴席上,何典与秋晗目光相对,恍惚间,恰如当年在归云,接席同游,谈笑无间。何典看着秋晗,依旧是朗眉星目,风华卓绝,只是因久病而略显苍白清癯,眼神中也更多了沧桑古意。这相别的数年里,秋晗也受了许多的苦啊。

就在昨日,黄修已将何典的夫人阿芸好生送回。阿芸看起来不仅没受什么苦,反而过得十分快乐舒心。她像一只小猫一样投入了何典的怀里，脸上那种曾经少女的情态，又再次浮现在脸上。

黄修依旧称呼他为"文则"，他也称黄修为"子永"。何典问黄修为何要陪着荀玫来蹚这浑水，黄修说是为了救秋晗的命。何典又问救秋晗的命就一定要搅得天下大乱吗，黄修说要救秋晗就唯有在混乱之中。因为他太显眼、太醒目了，唯有混乱能掩护他无恙。黄修临走时问何典，还记得当年的玄佳谶语吗？

何典忽然领悟了黄修的话，他之前猜得不错，那时在船里的"秋先生"并不是秋晗，真正的秋晗被一重又一重的高墙深锁在北辰宫里。

相王见何典不语，又问了一遍："何先生，那人究竟是不是秋晗？"

何典望着即将远行的大船，脑海又浮现出离开归云的那晚，他与秋晗在山间小路上的对视。

何典的唇角勾起笑意，转身对相王道："他不是秋晗，还有谁是秋晗呢？"

来时满舱货物，去时却船舱空空，又是顺流而下，惠儿唱着柔然的歌儿，曲儿随风飘，眨眼间，轻舟已过万重。

黄月、裴卿和衷伯安在半程迎接船队，故人相逢，自是无限欣喜。黄月与张舜宾订了婚，只是还未成亲。这些年，她也走了不少的地方，路见不平，就操起一对弯刀来行侠仗义。人人都传她是萧锦娘转世，那玉面阎罗的名气甚至比青州刺史还盛。她禀性单纯，心里没那么多弯弯绕绕，一路走来也吃过不少小亏。不过，她却并没有吃一堑长一智，依旧是我行我素，初心不改。

裴卿娶了个贤惠的妻子，也在青州府谋得了一个职务。他变得成熟稳重了不少，唯独是每次见到荀玫时，两人见面即抬杠、互撑成瘾。

因此不论什么场合，只要有这两人在，气氛很快便活跃起来。这大概就是两人独有的相处模式了吧。

三个人在与秋晗见面过后，都对阿惠的一双碧眼好奇不已。她也是大大方方的，不怕人看。自阿惠发现了衷伯安对中原各地的美食都十分有研究后，更是快乐得没边儿。两人一路上不是观赏景色，便是钻研美食，倒是一对好饭搭子。

离青州越来越近，李昭和荀玫却发现，秋晗的眼中却仍留有一丝愁郁。他们都猜秋晗是怕相别日久，权势迷人眼，却不知今日的青州刺史张舜宾会不会已经背离了当日之心？

剩下最后一段路程时，兴哥代表张舜宾来迎接船队了。数年时光，他已从孩童长成了英武的少年。秋晗看着兴哥的模样满眼是欣慰。兴哥跪拜秋晗后，双手托举一物道："这是张使君要我献给先生的。他说龙渊宝剑，只合为真龙而出。先生有此宝剑，定可以斩断妖氛，廓清寰宇。自古匡扶既倒之主，未必皆由高位起，汉光武起自民间，亦可一统天下，开后汉二百年国祚。还望先生莫要灰心，以青、光二州之力，东山再起亦不是难事。张使君还说，请先生在青州境内多走走、多看看，若是他牧民守土不力，先生责罚降罪，他自甘领受。"

秋晗不由得笑了起来，留在青州多看看他的政绩，这张舜宾在明显邀功了。他与张舜宾年纪相若，又是自小相识，回想张氏被灭门之前，张舜宾一直是这种活泼又俏皮的性格。

不看不知道，一看吓一跳。此时的青州果然已经大变模样，张舜宾收拢群盗，又借了群盗之力打击豪强，新的税法也在青州地界上运行良好。

秋晗不禁觉得一阵目眩。他与何文则谈论的革新变法诸事，在他离开归云之前都已一条条写下送给了张舜宾。谁知这些利国利民的新政在朝堂上举步维艰，在青州却推行得如此顺利。想来也是，邺城里文氏一手遮天，又有勋贵们的多方掣肘，比较起来，的确不如青州实行新法来得便利。

看到青州的百姓摆脱了豪族和盗匪的控制，日子一天比一天富足，秋晗几欲落泪。他不禁想，若是天下都能如此，那即便是死也无憾了。

张舜宾在青州城举办了盛大的接风洗尘宴。秋晗看得出，他与当年那个喜好戏谑又秉性真挚的少年并无不同。

有线报说文翾已死，代王等诸侯又自相杀戮争夺起邺城。据说，文翾与申氏交战大败之后，带着为数不多的亲兵狼狈逃回了邺城。邺城兵力已经不足以自守，文翾夜夜惊恐，生怕自己的部下倒戈，在睡梦之中砍下他的头颅。

于是，文翾以设宴为名，邀几个亲信将领到相府宴饮，宴会到了最热烈时鸩杀诸将。他看着满地尸身，把灯烛一个个推倒，放了一把大火，在火焰中癫狂地歌唱，自焚了。

荀玫听了这个消息，仿佛又看见了数年前永宁寺的那场大火，以及凝视着火焰出神的黑袍人。荀玫的心里有种说不出的感受，文翾与黑袍人渐渐相融。荀玫甚至产生了一种离奇的猜测，也许早在那时，受一种刺激引诱，文翾便置身于烈火地狱，于是，在那奇妙的景象中预见了自己自焚而死的结局。

这混乱与自毁的结局，原本也可能属于她。

秋晗看出了荀玫的异样，问她是不是不舒服。她摇了摇头，把脸埋在了他的胸口。

众人在青州住了几日，便随着船队继续向东，到了归云山，见了归云居士和众师兄弟，才像是真正回到家了。

斐娥要从东牟走海路回江都，她将给吴王带回一枚传国玉玺。至于这次没能把荀玫和秋晗带回家嘛，该如何应对江都公的询问，她已经很有经验了。

阿惠也要与斐娥一同去见识见识南国风光。衷伯安已经迷上了这个活泼爽朗，时常想象力爆发的异域少女，也自请做她的护花使者与她同去。阿惠本想带着李昭一同去周游列国，谁知李昭却辞别了她。

阿惠道："李师父是打算留在秋晗身边吗？"

李昭道："老头子这些年在殿下身边，受公主庇护才得以有今日，实在是感激不尽。今后就不能陪伴殿下身边了，殿下要好生看顾自己啊。"

阿惠打趣道："李师父年纪都已经这么大了，难道还想被画进云台的二十八幅画里吗，还是师父想要当秋先生的留侯呢？"

李昭嘿嘿笑道："姜子牙七十岁才出山辅佐武王取天下，我这才六十几，还年轻着呢！"

阿惠亦笑道："师父烈士暮年，壮心不已，真是让我佩服。秋晗哥哥、荀姐姐，我走了，等着我寄信给你们啊。"她朝着站在码头的两人挥挥手，蹦跳着上了甲板。荀玫心里尽是离别伤情，不禁泪洒衣襟。

望着大船远去，秋晗问荀玫："我记得曾经的阿玫也像阿惠那样，有个远走天涯的梦想。你如今还这样想吗？"

荀玫看着一望无际的大海，在一片海潮声中，转身对秋晗微微一笑,道:"现在的我嘛……我知晓了一件事。"

"什么事?"

"关于自由,真正的自由,并不是一直向远方奔逃,甩掉身后的枷锁。真正的自由,是因风随水,就像挂上一张锦帆,可以去任何地方,也可以哪儿都不去。因为天涯海角,就在我的心里。"